suhrkamp taschenbuch 3673

»Welch eine kostbare Blume ist die Freundschaft«, ruft Robert Walser aus, und Max Frisch fragt: »Sind Sie sich selber ein Freund?«. Zwischen diesen Polen bewegt sich das weite Spektrum der Freundschaft.

Freundschaft ist notwendig, Freundschaft ist schön, Freundschaft kann beglückend sein oder auch belastend. Wahre Freundschaft entwickelt sich, es dauert seine Zeit, bis Freunde sich wirklich finden. Und dann hält diese Bande ewig. Oder auch nicht. Stets geht es zwischen Freundinnen und Freunden auf und ab – im Guten wie im Bösen.

Dieses Lesebuch versammelt die schönsten Freundschaftsbeweise der modernen Literatur.

Der Herausgeber Wolfgang Schneider, geboren 1957, Verlagslektor, lebt in Frankfurt am Main.

33 Freundschaftsbeweise

Ein Lesebuch

Zusammengestellt von
Wolfgang Schneider

Suhrkamp

Umschlagabbildung:
Pablo Picasso. Badende Frauen, 1918
Musée Picasso, Paris

Foto: RMN/B. Hatala

suhrkamp taschenbuch 3673
Erste Auflage 2005

Quellenverzeichnis am Schluß des Bandes
Suhrkamp Taschenbuch Verlag

Satz: Hümmer GmbH, Waldbüttelbrunn
Druck: Ebner & Spiegel, Ulm
Printed in Germany
Umschlag: Göllner, Michels, Zegarzewski
ISBN 3-518-45673-3

1 2 3 4 5 6 – 10 09 08 07 06 05

Inhalt

33
Freundschaftsbeweise

Robert Walser
Freundschaft

Welch eine kostbare Blume ist die Freundschaft. Ohne sie kann selbst ein starker Mann nicht lange leben. Das Herz muß ein verwandtes vertrautes Herz haben, so ein Waldplätzchen, wo sich's ruhen und liegen und plaudern läßt. Man kann seinen Freund nie genug schätzen, wenn er ein wahrer Freund ist, und nicht schnell genug fliehen, wenn er uns als Freund betrügt. O es gibt falsche Freunde, deren Streben einzig darin besteht, zu verwunden, zu verletzen, zu zerstören! Es gibt Menschen, die nur deshalb so eifrig bemüht sind, unsere Freunde zu scheinen, um uns desto sorgloser und tiefer kränken und schaden zu können. Ich kenne keinen solchen Freund, aber ich kenne sie aus Büchern, deren Sprache gewiß wahr ist, da sie herzlich und verständlich geschrieben sind. Ich habe einen Freund, ich will ihn nicht nennen. Es genügt, daß ich ihn so sicher den meinigen, ganz den meinigen weiß. Wo gibt es ein Glück, eine Ruhe, ein Genießen, das diesem vergleichbar wäre? Ich kenne keines und keine. Nämlich keine solche Ruhe. Mein Freund denkt gewiß in dieser Stunde an mich, so gewiß, als ich seiner gedenke und erwähne. In seinem Aufsatz spiele ich ebensogut die Hauptrolle, wie er, der Gute, hier in meinem. O solcher Verkehr, solches Bündnis, solches Einverständnis, solches Fassen! Ich fasse es nicht, aber ich lasse es um so ruhiger um mich herum geschehen, als es gut ist und lieb. Wie lieb und gut, kann meine ungeübte Feder nicht ausdrücken. Das sollte ein Schriftsteller von Beruf schreiben, der nähme das anders in die Hand. Es gibt verschiedene Arten von Freundschaften, wie es verschiedene Arten von Treulosigkeiten gibt. Man soll nicht eines für das andere nehmen. Man soll nachdenken. Die einen wollen uns betrügen und hintergehen, aber sie können nicht, andere wünschen uns ewig treu zu sein und müssen uns verraten, halb wissentlich, halb ohne ihren Willen. Wieder andere verraten uns, um uns zu zeigen, daß wir uns getäuscht haben, wenn wir sie unsere Freunde wähnten. Ich liebe solche Feinde. Sie lehren uns etwas und sie hinterlassen uns keinen weitern Kummer als die Enttäuschung. Das ist allerdings ein großer Kummer! Wer möchte nicht einen Freund besitzen, den er zugleich lieben und schätzen kann! Beides, lieben und schätzen, sind für die wahre Freundschaft unentbehrliche Empfindungen. Man liebt ein Spielzeug, man braucht es nicht zu schätzen. Ja, man liebt Dinge, die man verachtet. Den Freund kann man nicht lieben und zugleich geringschätzen. Das geht nicht, wenigstens nicht nach meinen Empfindungen. Gegenseitige Achtung ist die Erde, in der eine so zarte Pflanze nur wachsen kann. Ich will lieber gehaßt als verachtet sein, lieber nicht geliebt, als so geliebt sein, wie man ist, wenn man zugleich mißachtet wird. Nichts kränkt einen edlen Menschen mehr als Mißachtung. Ein edler Mensch hat nur edle Menschen zu Freunden, und edle Freunde sagen es einem, wenn sie uns nicht mehr zu schätzen vermögen. Wahre Freundschaft ist demnach eine Schule der schönen und feinen Gesinnung. Und sich in dergleichen üben, ist ein Vergnügen, das über zehn, ja hundert andere Vergnügen hinausragt. O ich bin voll des Bewußtseins der Süßigkeit edler Freundschaft. Noch eins: spaßhafte und lächerliche Menschen haben Mühe, sich Freunde zu erwerben. Man traut ihnen nicht, und wenn sie Spötter sind, sind sie auch kein Vertrauen wert.

Max Frisch
Freunde und Fremde

Das war in diesem Herbst.

Wir steigen über Gletscher, drei gleichjunge Leute, und wir sind verbunden in einem Seil. Das Licht ist heiß, das an diesen weißen Hängen verdoppelt wird, und brennt in unsere überfetteten Gesichter. Ich stochere von Spalte zu Spalte, überbrücke Schrund um Schrund, setze Tritt vor Tritt. Langsam und mühsam. Und kaum, daß ich je zurückblicke. Aber ich weiß: Meine beiden Freunde folgen und tuen immer das gleiche, Fußloch um Fußloch. Ich werde nicht müde, und es wird mir nicht langweilig. Denn ich spüre das Seil um die Brust. Ich spüre, wie es die Nachfolgenden straffen. Ich spüre immer meine zwei Freunde.

Dreitausendneunhundert.

Ich kenne diese Gegend von manchen Jahren her. Ich finde sie schön und liebe sie.

Dann Viertausend. Noch eine Stunde bis zum Gipfel, und bis zu jener hohen und weiten Schau. Schon unten in der Stadt habe ich ihnen erzählt von dieser Schönheit. Schon vor zwei Monaten. Und jetzt noch eine Stunde. Und jetzt bilde ich mir augenblicklich vielleicht ein, daß man ein einziges Herzhämmern hört durch das Seil, das unsere drei Brustkörbe umgreift.

Eine eigentümliche Spannung zwischen diesem Wunsch, daß man schon oben stände, und jenem andern Wunsch, daß man diesen letzten Gipfelgrat nie erreichen würde. Daß die Zeit stehen bliebe und wir fortsteigen würden, ohne unser Ziel innerhalb dieser Endlichkeit zu erlangen. Daß man dauernd in einer selben Spur ginge und vor sich immer eine gemeinsame Erwartung hätte. Mir kommt hier nicht vor, als wären wir drei Leute mit drei Köpfen, sondern eine Hoffnung mit sechs Füßen. Hoffnung auf eine starke Schönheit. Und so fange ich jetzt fast an, diesen Gipfelgrat da oben zu fürchten, dessen Eislinie mit jeder Stufe größer wird und schwungvoller. Weil er unsere Sehnsucht stillen wird und weil dann neue Sehnsüchte aufgehen, die jeden wieder anderswohin ziehen. Man möchte diese Hoffnung vielleicht lieber nicht einlösen und die Ruhe und die Gewißheit bewahren dürfen, daß man jetzt nahe unter einem gemeinsam ersehnten Ziel ist.

Und nun stehe ich oben. Und ich ziehe das Seil um meinen Pickel, bis wir alle drei oben stehen. Unser Blick taumelt hinunter ins Nikolaital, und tastet sich an jenseitigen Schneewellen und Felsrippen wieder himmelhoch. Meine armen Augen: sie wissen nicht, wo sie anfangen sollen, und sind einmal wirr und einmal starr.

»Hier, das ist der Dom!«

Ich schreie es, denn der Wind fetzt einem die Stimme von den Lippen weg. Und mein Mund weiß auch nicht, wo er anfangen soll, und lacht und sagt: Monte Rosa und Matterhorn und Weißhorn und Gabelhorn und Rothorn ... Der eine blickt immer auf meinen Mund, dessen Lachen hastig ist, als wäre ich ein Kind unter dem Christbaum. Ich spüre es, wie er auf mein Lachen blickt. Ich spüre es, daß er in diesem Augenblick vielleicht etwas anderes denkt als ich. Aber was denn? Was läßt sich hier anderes denken? Und ich zeige weiter und weiter wie dieses Kind, das den Geschwistern seine Christgeschenke auslegt.

Bis mich dieser unterbricht:

»Du. Weißt du, Max: Hier ist dir eine Zahnplombe weg.«

Warum hat euch all das gar keinen Eindruck gemacht? Aber ich wage sie nicht zu fragen. Im Abstieg bin ich nun hinten. Schweigend. Eigentlich haben wir auch im Aufstieg geschwiegen. Aber anders, scheint mir. All diese Eisstürze und Felstürme kenne ich schon von manchen Jahren her.

Ich finde sie schön und liebe sie. Ich habe sie schon früher begangen – –

Hier mag mein Irrtum sein: ich habe hier einmal Schönheiten empfangen, die vorüber sind, und habe hier Leute begleitet, die für mich ebenso vergangen sind; und so sind mir diese toten Schneeströme und diese toten Felssäulen wie Denkmäler geworden, versteinerte Erinnerungen an lebendige Tage und lebendige Menschen. Vielleicht eine Täuschung, wenn ich diese Schneelinien und diese Steinformen liebe. Mag sein: es ist die Schönheit jener Tage und die Liebe zu jenen Leuten, was ich in dieses Bergtal überdichte, das an sich wohl gar nicht schön und gar nicht liebbar ist.

Ist es das?

Die Moräne ist erreicht. Wir stehen. Und dann schnallt man sich die Steigeisen von den Schuhen.

Wortlos.

Dieses Schweigen ist nicht Ruhe, sondern Spannung: jeder denkt jetzt irgendwie über diesen Tag, indem er die Schlaufe von der Brust streift und sich aus dem Seil löst. Das ist zweifellos. Aber jeder denkt jetzt irgendetwas anderes. Und keiner von uns weiß mehr, was der andere denkt. Und jeder von uns hütet seine Blicke, wie die Angler ihre Ruten hüten, damit sie sich nicht verfangen in diejenigen der anderen.

Bis einem die Steigeisen aus der Hand fallen und über die Steinplatten rutschen. Ein markdurchkratzendes Klirren. Das schlägt eine Bresche in dieses starrpanzerige Schweigen. Und ich will es weiter durchschlagen und sage kräftig: So!

Mehr kommt nicht.

Jeder sagt: So!

Und darauf geht es die Moränenblöcke hinunter. Jeder seinen Weg und jeder wieder eingepanzert in seine Wortlosigkeit.

Schon die vorhergehende Nacht waren wir ganz allein in dieser Hütte. Und jetzt wieder. Gestern fanden wir ein Spiel, das weder Licht noch Karten noch Figuren heischte: man sagte sich aus dem Gedächtnis kleinere und größere Prosastücke, und die andern mußten wittern, aus welchem Kopf sie wohl stammen könnten. Das ging bis tief in die Nacht. Von Lessing bis Schnitzler ...

Heute geht es nicht.

Einer wäscht Tassen. Ich spalte unsinnig viel Holz. Einer trocknet Teller und pfeift dazu. Wie wenn ein Junge im Keller ist und Angst leidet und singt oder pfeift.

Und endlich greifen wir zur Petrollampe für den Schlafraum. Ich behandle den Docht mit meinem Taschenmesser, sehr lange, während die andern in der Türe lehnen. Jetzt sagt einer:

»Es tut uns selber leid, Max.«

»Was?«

»Ich meine nur so. Wegen heute. Wir haben dich doch schmerzlich enttäuscht. Oben auf dem Gipfel. Nicht?«

Ich fingere am Docht herum.

»Du hast diese ganze Tour eingefädelt. Du hast uns eine große Freude damit machen wollen. Denk ich. So eine gemeinsame Freude.«

Das sticht, wenn der andere eine Absicht derart bewußt ausspricht, die man tatsächlich gehabt hat, aber unbewußter: daß wir verwachsen unter dem starken Eindruck dieser Tour, daß wir Freunde werden im gemeinsamen Erlebnis einer großen Schönheit. Das sticht einfach, dieses Gesehenwerden, das heller ist, als man sich selber sah.

»Das war wohl von Anfang an dein Wunsch. Oder nicht?«

Und ich spreche mein Ja in einem Ton, als stände ich vor dem Gericht und wäre überliefert. Ich schäme mich auf einmal vor diesen zwei Menschen, die ich mit so errechneter Planhaftigkeit erobern wollte. Mein Wunsch nach ihrer Freundschaft steht jetzt so nackt und ausgeliefert vor ihnen, wie ein Liebesgeständiger nicht lächerlicher vor einer Frau stehen kann, die mitleidig die Achseln zuckt. Schamqual: man hat verloren in einem Tauschhandel, wo man in der Rechten eine Münze hingab und in der Linken nichts zurückerhielt. Ich möchte ins Kamin verrauchen vor meinen zwei einstigen Mitschülern. Ich möchte heute abgestürzt sein mit euch ... ich möchte ...

»Das wirst du uns nicht weiter übelnehmen«, sagt der andere von ihnen, »daß uns die Aussicht droben so großartig kalt gelassen hat. Du mußt das verstehen, Max: wenn ich so den ganzen Aufstieg spüre, wie einer wartet darauf, daß ich oben aufjauchze – Mensch, man läßt sich nun einmal nicht zu einer Freude zwingen.«

»Zwingen?« Indem ich kleinlaut frage, gebe ich meinen Blick dem Dritten. Und dieser Dritte antwortet mir, indem er seinen Blick dem Zweiten gibt:

»Du hast uns in dieses Erlebnis zwingen wollen. Das scheint mir auch so.«

»Na ja. Du hattest eben den festen Willen, uns in dieser Tour zu erobern. Das ist ja nichts Böses, aber – Na ja. Das ist sogar sehr schön. Du mußt uns verzeihen, daß die Freude nicht gemeinsam war. Wie gesagt: man läßt sich nun einmal nicht zwingen zu einer Freude.«

»Daß wir drei heute nicht Freunde geworden sind, wie du gewollt hast, Max, das ist deine eigenste Schuld.«

»Na ja«, sagte jener wieder. »Gehen wir jetzt hinüber.«

Aber wir gehen nicht. Die beiden sitzen auf der Wandbank und ich sitze auf einem Stuhl. Vielleicht ist das immer so, wenn drei Leute zusammen sind: es sind nie drei, sondern immer zwei und einer. Ich blicke unter den Herd, wo meine Fußspitze hundert kleine Ellipsen kratzt. Aber ich sehe sie auch so immer, diese beiden einstigen Mitschüler, die im Schein der Petroleumfunzel schweigen an der Wand und die heute abend Freunde geworden sind im gemeinsamen Erlebnis: sie haben zusammen einen Dritten beschämend tief durchblickt.

Marcel Proust
Leibhaftige Gegenwart

Wir haben uns geliebt in einem verlorenen Dorf des Engadins, dessen Name von doppelt süßem Klang war: der Traum deutscher Laute erstarb in der Wollust italienischer Silben. Unweit bespülten drei Seen von nie gesehenem Grün Tannenwälder. Gletscher und Bergspitzen schlossen den Horizont. Abends vervielfachte sich in der Tiefe der hintereinanderliegenden Ebenen die Sanftheit der Lichttöne. Werden wir je die Spaziergänge am See von Sils-Maria vergessen, als der Nachmittag endete, um sechs Uhr? Die Lärchen, von so schwarzer Klarheit, wenn sie sich vom blendenden Schnee abheben, streckten dem blaßblauen, beinahe malvenfarbenen Wasser ihre in zartem Grün leuchtenden Äste entgegen. Eines Abends war uns die Stunde besonders gnädig gesinnt; die sinkende Sonne ließ im Verlauf weniger Augenblicke das Wasser alle Farbtöne und unsere Seele alle Wonnen durchlaufen. Plötzlich zuckten wir zusammen, denn wir hatten einen kleinen rosa Schmetterling erblickt, dann zwei, dann fünf, die die Blumen unseres Ufers verließen und über den See dahinflatterten. Bald schienen sie nur noch ungreifbarer, davongetragener Staub aus Rosa zu sein, der über den See glitt; dann erreichten sie die Blumen des anderen Ufers, kamen zurück, und behutsam begannen sie von neuem die abenteuerliche Überquerung, bisweilen hielten sie inne, gleichsam von einer Versuchung ergriffen über diesem jetzt wie eine große welkende Blume köstlich getönten See. Das war zuviel, und unsere Augen füllten sich mit Tränen. Wenn sie den See überquerten, flogen diese kleinen Schmetterlinge wieder und wieder über unsere Seele hin – über unsere Seele, die sich angesichts solcher Schönheit vor Erregung spannte und bereit war zu vibrieren –, sie flogen wieder und wieder wie ein lustvoller Bogen dahin. Die leichte Bewegung ihres Flugs streifte das Wasser nicht, doch liebkoste sie unsere Augen, unsere Herzen, und bei jedem Erzittern ihrer kleinen rosa Flügel war uns, als müßten wir vergehen. Als wir sahen, wie sie vom anderen Ufer zurückkehrten, und sie uns so offenbarten, daß sie spielten und sich frei über den Wassern bewegten, ertönte für uns eine köstliche Harmonie; sie aber kehrten behutsam zurück, auf unzähligen kapriziösen Umwegen, die die ursprüngliche Harmonie abwandelten und eine Melodie von bezaubernder Phantasie entwarfen. Unsere zum Klingen gebrachte Seele lauschte dem lautlosen Flug, einer Musik aus Zauber und Freiheit, und all die sanften, doch intensiven Harmonien des Sees, der Wälder, des Himmels und unseres eigenen Lebens begleiteten sie mit einer magischen Sanftheit, die uns in Tränen auflöste.

In jenem Jahr hatten wir uns nicht gesprochen, und ich hatte dich sogar aus den Augen verloren. Aber wie sehr haben wir uns dann im Engadin geliebt! Nie konnte ich genug von dir bekommen, nie ließ ich dich allein zu Hause. Du begleitetest mich auf meinen Spaziergängen, aßest an meinem Tisch, schliefst in meinem Bett, träumtest in meiner Seele. Eines Tages – ist es möglich, daß ein sicherer Instinkt als geheimnisvoller Bote dich nicht benachrichtigt hat von diesen Kindereien, in die du so sehr mit einbezogen warst, die du miterlebt hast, ja, wirklich miterlebt, so sehr hattest du in mir eine leibhaftige Gegenwart, eine Realpräsenz – eines Tages (wir hatten beide Italien noch nie gesehen) waren wir von dem, was uns von Alp Grüm gesagt wurde, wie geblendet: »Von dort sieht man bis nach Italien.« Wir brachen nach Alp Grüm auf und stellten uns vor, im Schauspiel, das sich zu Füßen des Berges ausbreiten werde, müsse dort, wo Italien beginnt, die wirkliche und harte Landschaft mit einem Male aufhören, und es müsse in traumhafter Tiefe ein völlig blaues Tal sich öffnen. Unterwegs bedachten wir, daß eine Grenze den Boden nicht verändert und daß auch dann, wenn er sich veränderte, dies zu unmerklich geschähe, als daß wir es einfach so, mit einem Blick, feststellen könnten. Ein wenig enttäuscht lachten wir dennoch darüber, daß wir eben noch so kindisch gewesen waren.

Als wir aber auf dem Gipfel angelangt waren, standen wir wie geblendet. Unsere kindliche Vorstellung lag verwirklicht vor uns. Uns zur Seite schimmerten Gletscher. Zu unseren Füßen durchzogen reißende Bergbäche eine wilde Engadiner Landschaft von dunklem Grün. Dann ein geheimnisvoll anmutender Hügelzug; und dahinter malvenfarbene Hänge, die sich bald öffneten, bald wieder schlossen, vor einer wahrhaft blauen Gegend, einer schimmernden Straße auf Italien zu. Die Namen waren nicht mehr die gleichen; sie standen alsbald mit der neuen Lieblichkeit in Einklang. Man zeigte uns den Lago di Poschiavo, den Pizzo di Verona, die Val Viola. Danach kamen wir in eine außerordentlich wilde und verlassene Gegend, wo die Trostlosigkeit der Natur und die Gewißheit, dort für alle unerreichbar zu sein, und auch unsichtbar, unbesiegbar, die Lust, sich dort zu lieben, bis zur Ekstase gesteigert hätte. Da aber empfand ich wahrlich zutiefst die Traurigkeit darüber, daß du nicht in deiner materiellen Gestalt bei mir warst, anders als im Gewand meiner Sehnsucht, in der Wirklichkeit meines Verlangens. Ich stieg ein wenig hinab bis zu der immer noch hochgelegenen Stelle, zu der die Touristen kommen, um die Aussicht zu bewundern. In einer abgelegenen Hütte gibt es ein Buch, in das sie ihre Namen eintragen. Ich trug meinen ein und daneben eine Buchstabenkombination, die eine Anspielung auf deinen war; denn es war mir jetzt unmöglich, mir nicht einen materiellen Beweis zu geben von der Wirklichkeit deiner geistigen Nähe. Als ich etwas von dir in dieses Buch setzte, war es mir, als befreite ich mich um ebensoviel von dem erdrükkenden Gewicht, mit dem du meine Seele ersticktest. Und außerdem hatte ich die grenzenlose Hoffnung, dich eines Tages dorthin zu führen, um diese Zeile zu lesen; dann würdest du mit mir noch weiter hinaufsteigen und mich für all diese Traurigkeit entschädigen. Ohne daß ich dir ein Wort davon hätte sagen müssen, würdest du alles verstanden haben, oder vielmehr, du würdest dich an alles erinnert haben; und du würdest dich beim Aufstieg mir überlassen, würdest dich ein wenig auf mich stützen, um mich besser spüren zu lassen, daß du diesmal wirklich da bist; und ich würde zwischen deinen Lippen, die einen leichten Geruch deiner orientalischen Zigaretten bewahren, gänzliches Vergessen finden. Wir würden sehr laut unsinnige Worte sagen, weil es herrlich ist zu rufen, ohne daß weitherum jemand uns hören kann; nur kurzes Gras würde im leichten Bergwind erzittern. Der Aufstieg würde deinen Schritt verlangsamen, du würdest schwerer atmen, und mein Gesicht käme näher, um deinen Atem zu spüren: wir wären von Sinnen. Wir würden auch dorthin gehen, wo ein weißer See neben einem schwarzen See liegt, sanft wie eine weiße Perle neben einer schwarzen Perle. Wie hätten wir uns geliebt in einem verlorenen Dorf des Engadins! Wir hätten nur Bergführer sich uns nähern lassen, jene so großen Männer, deren Augen etwas anderes widerspiegeln als die Augen anderer Menschen und auch wie aus einem anderen »Wasser« sind. Aber ich kümmere mich nicht mehr um dich. Die Sattheit hat sich vor der Besitznahme eingefunden. Selbst die platonische Liebe kennt ihre Sättigungen. Ich möchte dich nicht mehr in diese Gegend führen, an die du mich, ohne sie zu verstehen und sogar ohne sie zu kennen, mit einer derart rührenden Genauigkeit erinnerst. Dein Anblick besitzt für mich nur noch einen Zauber, nämlich mir plötzlich die fremdartig sanften deutschen und italienischen Namen in Erinnerung zu rufen: Sils-Maria, Silva Plana, Crestalta, Samaden, Celerina, Julier, Val Viola.

Thomas Rosenboom
Freundschaft gesucht

Schwer zog die Tasche an Theos Arm; in ihr waren Cola, Fanta und Sirup, die Beute eines heißen Nachmittags in den Geschäften. Auf den Literflaschen lagen die Süßigkeiten, die er in jedem Laden, um den Schein zu wahren, gleich an der Kasse gekauft hatte. Außerdem hatte er noch Bierdosen und ein kariertes Hemd, alles für die Fete.

Es war Hochsommer, besonders spürbar in dieser Einkaufsstraße, die von zertretenem Eis und stinkenden Hundehaufen klebte. Noch gab es hier etwas Leben, doch bald würde Stille in der Straße und der kleinen Stadt herrschen. Die Uhr über dem Marktplatz schlug sechs – noch zwei Stunden. Er beschloß, sich von der Menge zu lösen und in den Park zu gehen, wo er sich frisch machen konnte. Er überquerte den Singel und sah von weitem schon das hochgewachsene Grün von Heybeek.

Den ganzen geschäftigen Nachmittag lang war er herumgelaufen, mal sehr schnell, dann wieder gemächlich, untergetaucht im Strom der Menschen, doch jetzt rutschten die Füße ständig über die feuchten Sohlen seiner Sandalen zurück, so daß er kaum vorankam. Gleichzeitig mit dem Standbein ließ er den vollen Beutel schwingen und setzte dann genau in dem Augenblick, in dem die Tasche zurückpendelte, das andere Bein einen Schritt vor – und stahl so dem Pendel, wie eine sich bewegende Mittelachse, jeweils die Hälfte des Ausschlags. Es war eine mühsame Gangart, die den Anschein erweckte, er stütze sich mit seinem ganzen Gewicht auf die Tasche, die er kaum tragen konnte, wie auf eine Krücke. Er bewegte sich wie ein Zirkel, den man in Halbdrehungen über den Tisch gehen läßt. Die Müdigkeit hatte warten müssen, bis die Gefahr vorüber war, doch jetzt, mit dem Nachlassen der Spannung, überfiel sie ihn schnell und schwer. Mechanisch ging er weiter, und bei jedem Schritt schlug die Tasche an seinen Knöchel. Als er schluckte, blieben zwei trockene Häutchen in seiner Kehle aneinander kleben. Vorsichtig hustete er sich frei, während er erneut, und jetzt immer häufiger den scharfen Bügel in die andere Hand nehmen mußte.

Gleich hinter der gewölbten Brücke, die in den Park führte, stand ein kleiner Springbrunnen. Er trank, ließ dann den geraden Strahl, in dem das Wasser aufstieg und wieder zurückfiel, in seinem Mund spielen, die gefühllosen Hände auf den Beckenrand gestützt. Auf zitternden Beinen gelangte er schließlich an das Ufer, und gleich fiel die Tasche dumpf klirrend auf den rissigen Boden. Er stieß die Sandalen weg und trat benommen auf der Stelle, wobei sich seine Hände von selbst öffneten wie Blumen. Das verdorrte Gras brach unter seinen bloßen Füßen, es war schon zwei Wochen so heiß, auch nachts, und völlig windstill. Selbst das staubige Wasser des Weihers schien nicht mehr feucht zu sein. Einen Augenblick war ihm, als würde er schweben.

Er zündete sich eine Zigarette an und spähte aufmerksam in die Runde. Außer alten Leuten war niemand mehr im Park. Ein vergessener Wasserball mitten auf dem Rasen erzählte noch von einer verflogenen Fröhlichkeit, die morgen bestimmt wiederkehren würde, doch vorerst wurde es hier immer stiller. Schon waren die Geräusche der Stadt so schwach, daß er den Lärm des Verkehrs in der Ferne und den der Vögel genau unterscheiden konnte. Die Geschäftigkeit der Spatzen und der lärmenden Meisen im niedrigen Grün hörte nie auf; sie mußten viel fressen, um fliegen zu können, durften aber nicht viel fressen, um nicht zu schwer zu werden – unersättlich fraßen sie in einem fort kleine Häppchen, Schwebfliegen, die überall mit schwirrendem Flügelschlag in der Luft standen. Seine Aufmerksamkeit, die anfangs auf den ganzen Park bezogen war, engte sich ein und wandte sich jetzt nach innen.

Auf dem Gras ausgestreckt rekapitulierte er in flüchtigen Gedankenfetzen den Nachmittag. Er sah Einkaufskörbe, grüne und rosa Kittel, ausgestreckte Hände, Geld und Wechselgeld, und den Bretterzaun, hinter dem er alles gehortet hatte. Jedesmal hatte er dort eine Zigarette geraucht, war dann von neuem losgezogen, wobei er immer weiter hatte gehen müssen, um ein noch nicht besuchtes Geschäft zu finden; außer zu seiner eigenen Sicherheit hatte er das vor allem getan, um kein Unrecht zu begehen. Er achtete stets darauf, daß die Last, die er nun einmal war, gleichmäßig verteilt wurde. Die tiefe Befriedigung, die er nun verspürte, galt jedoch nicht in erster Linie dieser Tatsache und auch nicht der Beute selbst, vielmehr dem Umstand, daß er dies alles nicht nur für sich selbst getan hatte, sondern für andere, von denen er die meisten nicht einmal kannte! Grinsend rollte er sich auf die Seite und schlief mit angezogenen Knien im länger werdenden Schatten der Sträucher, wie ein Katze, die in jeder Lage wachsam bleibt.

Schläfrig zählte er die Schläge der Uhr, die verkündete, daß wieder eine Stunde vergangen war: ... sechs, sieben. Noch eine Stunde, er mußte sich jetzt fertigmachen.

Träge vor plötzlicher Lustlosigkeit schlenderte er zum Ausgang des jetzt völlig verlassenen Parks; der Schlaf hatte seine hochgesteckten Pläne in Nichts aufgelöst. Am Springbrunnen wusch er sich die Füße und den Oberkörper und spülte den Geruch der Erde ab. Er rieb sich mit seinem Polohemd trocken, das er danach in den Bach unter der kleinen Brücke warf. Zögernd verharrte er in der späten Sonne und befühlte verlegen die Muskeln seiner Beine und seines Körpers, als betastete er eine fremde Person. Dann sah er sich aufschreckend scheu nach allen Seiten um: War da jemand, der ihn beobachtete? Er lächelte, und es durchfuhr ihn wie Feuer, als er an sein Vorhaben dachte. Die wichtigste Beute hielt der vor ihm liegende Abend noch verborgen: Freundschaft. Um sie zu erringen, hatte er sich den ganzen Tag abgemüht. Er schlenkerte mit den Armen, hüpfte auf und ab, als glühte der Boden, und schoß in den Park zurück. In Bögen und Schleifen rannte er über das Gras, schnappte sich im Lauf, ohne das Tempo zu verringern, den Wasserball und hielt ihn einen Augenblick hoch über den Kopf. Schließlich gelang es ihm, seine spitzen Finger in den Kunststoff zu bohren, und sogleich schrumpelten die bunten Bahnen, der Glanz ließ nach, und es sah aus, als wäre der Ball plötzlich sehr alt geworden. Mit weit ausholender Bewegung schleuderte er das Ding von sich in eine Rabatte.

Das Hemd lag noch zusammengefaltet vor ihm auf der Bank. Er kniete sich hin und begann die Stecknadeln herauszuziehen, bis das Kleidungsstück sich ganz vom Karton gelöst hatte. Nervös jetzt, aber mit äußerster Konzentration faltete er die Ärmel auseinander wie ein Raubvogel, der seine Beute ausweidet. Er nahm den Stoff zwischen die Finger und beschnupperte das Hemd. Aufgeregt und hastig zog er es an: Die obersten Knöpfe konnten offenbleiben, die Ärmel krempelte er um. Noch während er atemlos die Hemdzipfel in seine hochgeschlossene schwarze Hose steckte, betrachtete er sich bereits, das Kinn auf der Brust. Er zuckte kurz mit den Achseln, dann eilte er zum Weiher zurück.

Erst als er sich über das stille Wasser beugte, wurde er etwas ruhiger, denn sein Spiegelbild gefiel ihm ausnehmend gut. Ernst betrachtete er seine starren Züge, die noch schärfer wirkten durch die tiefstehende Sonne, die alle Rundungen in schwarze und weiße Flächen auflöste. Ein Lockenkranz ließ den Kopf groß wirken auf dem schmalen Hals. Endlich breitete sich ein Lächeln auf seinem Gesicht aus, er spuckte ins Wasser und noch einmal, bis sich sein Spiegelbild auf der gekräuselten Fläche brach. Erleichtert sprang er auf.

Nachdem er sich mit Cola und Süßigkeiten gestärkt hatte, begab er sich zum Ausgang von Heybeek, wobei er in einem Bogen um die Bank herumlief: Die Stecknadeln hatte er achtlos um sich gestreut. Die Tasche hing über der Schulter auf dem Rücken, und die Sandalen baumelten an der Hand. So gestärkt und der Freundschaft jetzt wieder sicher, auf die es ihm ankam, begann er durch die Zähne zu pfeifen, ein Lied mit spitzen Tönen, aber plötzlich stockte sein Atem. Weit weg, hoch über den Bäumen, die den Park umschlossen, flog ein großer Vogel. Er drehte sich um, so daß er den Flug des Tieres verfolgen konnte. Mit gleichmäßigem Flügelschlag zog der Vogel einen weiten Bogen. Sein Herz ging auf, denn trotz der großen Entfernung erkannte er an der breiten, ruhigen Flugbewegung mit völliger Gewißheit seine Krähe.

»Rokko!« schrie er kurz, mit sich überschlagender Stimme, doch der Vogel war schon, fast unmerklich, von seiner Bahn abgewichen. Er legte immer mehr auf ihn an und glitt mit großer Geschwindigkeit auf gespreizten Flügeln tiefer, bis dicht über die Büsche, dann begann er wieder zu rütteln. In Augenhöhe kam er über den Rasen gesegelt, leicht schaukelnd, in gerader Linie. Er war jetzt so nahe, daß Theo das Schlagen der gewaltigen, tief eingeschnittenen Schwingen hören konnte und unwillkürlich den Arm vors Gesicht riß. Sonst aber beherrschte er sich und blieb reglos stehen, die Augen starr auf den riesigen Vogel gerichtet, der dicht vor ihm plötzlich steil nach oben zog, wobei er an Geschwindigkeit verlor, um dann, leicht die Flügel schlagend, mit ausgestreckten Beinen vorsichtig auf seiner Schulter zu landen. Noch etwas unsicher trippelte die schwarze Krähe ein paarmal auf der Stelle und faltete dann gleichmütig die Flügel auf dem Rücken. Völlig reglos wartete Theo, bis der Vogel sein Gefieder geordnet hatte und den Griff der Krallen um seine magere Schulter ein wenig lockerte, denn Rokko war leicht erregbar und aufbrausend.

Er schien jedoch guter Laune zu sein, heiser und knapp bekundete er seine Anwesenheit, und Theos Herz floß über, als der kalte Schnabel sich wieder an seiner Wange rieb und an seinen Locken zupfte. Daß Rokko sich gerade jetzt zu ihm gesellte, hier in diesem Park und in diesem Augenblick, in dem er ihn am meisten brauchte!

Ganz langsam ging er los. Die kleine gewölbte Brücke war nahe, und in der Stille hörte er das Gemurmel des Baches, der unter ihr hindurchspazierte. Einen Augenblick dachte er daran, Rokko beim Gehen aus einer Tüte Erdnüsse picken zu lassen, aber da dies nicht seine Sache war, wedelte er herausfordernd mit einer Sandale vor seiner Schulter – er wollte es ihm möglichst angenehm machen, damit er wußte, daß seine Anwesenheit geschätzt wurde und er bei ihm bliebe. Zuerst hielt Rokko sich zurück und gab vor, nichts zu sehen, doch dann bezähmte er sich nicht länger und machte dem Gewedel mit einem heftigen Stoß ein Ende. Er hielt die Sohle ruhig im Schnabel, scheinbar unbewegt, doch kaum hatte Theo ein paarmal daran geruckt, um Leben vorzutäuschen, begann er wütend an ihr zu zerren, wobei er auch seine Flügel wieder ausbreitete. Die scharfen Krallen schnitten in Theos von der Hitze weich gewordene Haut. Sein Gesicht verzerrte sich vor Schmerz, aber ihm blieb nichts anderes übrig, als ihn zu ertragen, bis Rokkos Erregung sich wieder gelegt hatte. Der Vogel rührte sich nicht mehr, doch der nicht gelokkerte Griff um Theos Schulter verriet, daß er immer noch an das Leben der Sohle glaubte und annahm, daß sie sich nur deshalb so still verhielt, weil sie dem Tod entgehen wollte. Dieser Gedanke erregte ihn wieder so, daß er von neuem an der Sandale zerrte. Mit größter Gelassenheit erduldete Theo den Schmerz, und endlich schien Rokko sich soweit beruhigt zu haben, daß er ihm die Sohle aus dem Schnabel nehmen konnte. Die Krähe schnaufte schwer durch ihre borstenbesetzten Nasenlöcher, und Theo, der noch einen Moment stehenblieb, roch wieder ihren üblen Atem. Dennoch flößte ihm Rokkos plötzliche Gesellschaft ganz entschieden Zuversicht für den Abend ein, und er meinte, gleich jetzt schon einen Beginn mit der Freundschaft machen zu können, auf die es ihm ankam. Langsam setzte er sich in Bewegung, und Stück für Stück kehrte die Erinnerung daran zurück, wie er Rokko vor nun bereits mehr als einem Jahr kennengelernt hatte und wie es ihm gelungen war, die Freundschaft zwischen ihnen zuwege zu bringen.

James Joyce
Zwei Kavaliere

Der graue warme Augustabend hatte sich auf die Stadt gesenkt, und milde warme Luft, eine Erinnerung an den Sommer, zirkulierte in den Straßen. Die Straßen mit den für den Sonntag geschlossenen Fensterläden wimmelten von einer fröhlich bunten Menge. Wie erleuchtete Perlen schienen die Lampen von den Höhen ihrer langen Masten herab auf das lebendige Gewebe, das, Form und Farbe unablässig ändernd, ein unveränderliches unablässiges Gemurmel in die warme graue Abendluft emporsandte.

Zwei junge Männer kamen die Anhöhe des Rutland Square herab. Einer brachte soeben einen langen Monolog zum Abschluß. Der andere, der am Rand des Gehsteigs ging und der Rücksichtslosigkeit seines Gefährten wegen von Zeit zu Zeit genötigt war, auf die Fahrbahn zu treten, zeigte ein amüsiertes lauschendes Gesicht. Er war gedrungen und rosig. Seine Seglermütze hatte er weit aus der Stirn geschoben, und die Erzählung, der er zuhörte, ließ aus den Winkeln von Nase und Augen und Mund ständig ein wogendes Mienenspiel über sein Gesicht gehen. Kleine Ausbrüche keuchenden Gelächters kamen einer nach dem anderen aus seinem sich windenden Körper. Seine Augen, die vor listiger Freude zwinkerten, blickten immer und immer wieder zu dem Gesicht seines Gefährten hinüber. Ein paarmal zog er den leichten Regenmantel zurecht, den er nach Toreroart über seine Schultern geworfen hatte. Seine Breeches, seine weißen Leinenschuhe mit Gummisohlen und sein forsch über die Achsel geworfener Regenmantel drückten Jugendlichkeit aus. Aber seine Figur wurde zur Taille hin rundlich, sein Haar war schütter und grau, und sein Gesicht sah verwüstet aus, sobald das wogende Mienenspiel verebbt war.

Als er ganz sicher war, daß die Erzählung beendet war, lachte er eine volle halbe Minute lang lautlos. Dann sagte er:

– Also! ... Das ist der Gipfel!

Seine Stimme schien bar aller Kraft; und um seinen Worten Nachdruck zu verleihen, fügte er humorvoll hinzu:

– Das ist der allerhöchste, einsam dastehende und, wenn ich so sagen darf, exquisite Gipfel!

Er wurde ernst und still, als er das gesagt hatte. Seine Zunge war müde, denn er hatte den ganzen Nachmittag über in einer Wirtschaft in der Dorset Street geredet. Die meisten Leute hielten Lenehan für einen Schnorrer, doch diesem Ruf zum Trotz hatten seine Gewandtheit und Beredsamkeit seine Freunde immer abgehalten, ein für allemal Partei gegen ihn zu ergreifen. Er hatte eine unerschrockene Art, in einer Kneipe zu einer Gruppe von ihnen hinzuzutreten und sich wendig am Rande der Gesellschaft zu halten, bis man ihn bei einer Runde mitbedachte. Er war ein sportlicher Vagant, ausgestattet mit einem gewaltigen Vorrat an Geschichten, Limericks und Rätseln. Er war unempfindlich für jegliche Art von Unhöflichkeit. Niemand wußte, wie er das harte Geschäft des Lebens bewältigte, aber sein Name wurde vage mit Wettzeitungen in Verbindung gebracht.

– Und wo hast du sie aufgegabelt, Corley? fragte er.

Corley fuhr sich mit der Zunge schnell über die Oberlippe.

– Eines Nachts, Mensch, sagte er, bin ich die Dame Street lang, und da seh ich eine dufte Puppe unter der Uhr von Waterhouse, und ich sage guten Abend, ja? Also sind wir da am Kanal spazierengegangen, und sie sagte mir, daß sie Dienstmädchen ist in einem Haus in der Baggot Street. Ich den Arm um sie und an dem Abend noch ein bißchen geknutscht. Dann, nächsten Sonntag, Mensch, hatt' ich mich mit ihr verabredet. Wir sind nach Donnybrook raus gegangen, und da hab ich sie auf ein Feld geschleppt. Sie erzählte mir, daß sie früher mit einem Milchmann gegangen war ... Es war dufte, Mensch. Jeden Abend hat sie mir Zigaretten angeschleppt und die Tram hin und zurück bezahlt. Und eines Abends schleppte sie zwei verflucht gute Zigarren an – ganz große Klasse, weißt du, was der Alte so rauchte ... Ich hatte schon Angst, Mensch, es hat eingeschlagen. Aber die ist mit allen Wassern gewaschen.

– Vielleicht glaubt sie, daß du sie heiratest, sagte Lenehan.

– Ich hab ihr gesagt, daß ich stellungslos bin, sagte Corley. Ich hab ihr gesagt, daß ich früher bei Pim war. Sie weiß meinen Namen nicht. Das wär mir doch ein bißchen zu riskant, ihr den zu verraten. Aber die denkt, ich bin aus besseren Kreisen, weißt du.

Wieder lachte Lenehan lautlos.

– Von allen guten Geschichten, die mir je zu Ohren gekommen sind, sagte er, ist die mit Abstand der Gipfel.

Corleys Gang quittierte das Kompliment. Sein massiger Körper schwang so aus, daß sein Freund genötigt war, ein paar leichte Sprünge vom Gehsteig auf die Fahrbahn und zurück zu vollführen. Corley war der Sohn eines Polizeiinspektors, und er hatte die Statur und den Gang seines Vaters geerbt. Beim Gehen hatte er die Hände an den Seiten, hielt sich gerade und wiegte den Kopf hin und her. Es war ein großer, kugeliger und öliger Kopf; er schwitzte bei jedem Wetter; und sein großer runder Hut, schräg daraufgestülpt, sah aus wie eine Knolle, die aus einer anderen herausgewachsen war. Immer starrte er geradeaus, als wäre er bei einer Parade, und wenn er auf der Straße jemandem nachblicken wollte, mußte er seinen Körper aus den Hüften herumschwenken. Im Augenblick lebte er in den Tag. Immer, wenn eine Stelle frei war, fand sich ein Freund, der ihm die schlimme Nachricht brachte. Häufig sah man ihn in ernstem Gespräch mit Polizisten in Zivil herumgehen. Er kannte die Hintergründe von allem, was sich so tat, und gab gerne endgültige Urteile von sich. Er redete, ohne seinen Gefährten zuzuhören. Seine Unterhaltung drehte sich hauptsächlich um ihn selber: was er zu dem oder dem gesagt hatte, und was der zu ihm gesagt hatte, und was er gesagt hatte, um den Fall zu erledigen. Wenn er diese Dialoge mitteilte, aspirierte er den Anfangsbuchstaben seines Namens nach Art der Florentiner.

Lenehan bot seinem Freund eine Zigarette an. Während die beiden jungen Männer weiter durch die Menge schritten, wandte sich Corley gelegentlich um, um einigen vorübergehenden Mädchen zuzulächeln, aber Lenehans Blick war auf den großen schwachen Mond geheftet, den ein doppelter Hof einkreiste. Ernst beobachtete er, wie das graue Schleiergewebe über sein Antlitz zog. Endlich sagte er:

– Nun ... sag mal, Corley, du wirst also die Sache schon schaukeln, ja?

Zur Antwort kniff Corley vielsagend ein Auge zu.

– Ob sie da mitspielt? fragte Lenehan zweifelnd. Bei Frauen weiß man nie.

– Sie geht in Ordnung, sagte Corley. Ich weiß schon, wie ich die rumkriege, Mensch. Sie ist ein bißchen verknallt in mich.

– Du bist mir schon ein Don Juan, sagte Lenehan. Und was für einer!

Ein Anflug von Spott milderte die Servilität seines Gehabens. Um sein Gesicht zu wahren, hatte er die Gewohnheit, seine Schmeicheleien so vorzubringen, daß sie ihm auch als Sticheleien ausgelegt werden konnten. Aber Corley hatte keinen sehr subtilen Geist.

– Nichts geht über ein gutes Dienstmädchen, bestätigte er. Das kannst du mir glauben.

– Einem, der sie alle durchprobiert hat, sagte Lenehan.

– Erst bin ich immer mit Mädchen gegangen, sagte Corley nunmehr mitteilsamer; Mädchen so an der South Circular Road. Ich bin mit ihnen immer mit der Tram irgendwohin rausgefahren, Mensch, und hab die Tram bezahlt, oder ich hab sie mitgenommen zu einer Kapelle oder zu einem Stück im Theater oder hab ihnen Schokolade gekauft oder Bonbons oder irgend so Zeug. Ich hab mich das wirklich was kosten lassen, fügte er in überzeugendem Ton hinzu, als wäre ihm bewußt, daß man ihm nicht glauben würde.

Aber Lenehan glaubte es gern; er nickte ernst.

– Ich kenne diese Tour, sagte er, sie ist was für Trottel.

– Und einen Dreck hat sie mir eingebracht, sagte Corley.

– Desgleichen bei mir, sagte Lenehan.

– Nur bei der einen, sagte Corley.

Er befeuchtete die Oberlippe, indem er mit der Zunge darüberfuhr. Die Erinnerung brachte Glanz in seine Augen. Auch er blickte zu der bleichen Mondscheibe hinauf, die jetzt fast ganz verschleiert war, und schien nachzudenken.

– Sie war ... eigentlich ganz in Ordnung, sagte er voll Bedauern. Wieder schwieg er. Dann fügte er hinzu:

– Jetzt geht sie auf den Strich. Ich hab sie abends mal mit zwei Mackern auf einem Wagen die Earl Street runterfahren sehen.

– Das ist wohl dein Werk, sagte Lenehan.

– Vor mir hat sie schon andere rangelassen, sagte Corley abgeklärt.

Diesmal neigte Lenehan dazu, ihm nicht zu glauben. Er schüttelte den Kopf hin und her und lächelte.

– Du weißt doch, daß du mich nicht verflachsen kannst, Corley, sagte er.

– Ehrlich! sagte Corley. Hat sie's mir nicht selbst erzählt?

Lenehan machte eine tragische Geste.

– Gemeiner Verräter! sagte er.

Als sie am Gitterzaun von Trinity College vorüberkamen, hüpfte Lenehan auf den Fahrdamm und spähte zur Uhr hinauf.

– Zwanzig nach, sagte er.

– Zeit genug, sagte Corley. Sie wird schon da sein. Ich lasse sie immer ein bißchen warten.

Lenehan lachte leise.

– Gottogott! Corley, du weißt, wie man sie nehmen muß, sagte er.

– Ich kenn mich aus in allen ihren Schlichen, gestand Corley.

– Aber sag, bist du sicher, daß du das Ding deichseln kannst? fragte Lenehan wieder. Du weißt, das ist eine kitzlige Sache. In diesem Punkt sind sie verdammt zugeknöpft. Ha?... Was?

Seine glänzenden kleinen Augen suchten im Gesicht seines Gefährten Bestätigung. Corley schwang den Kopf hin und her, als wolle er ein hartnäckiges Insekt abschütteln, und zog die Brauen zusammen.

– Ich werd's schon schaukeln, sagte er. Überlaß das gefälligst mir.

Lenehan sagte nichts weiter. Er wollte seinen Freund nicht verärgern, nicht zum Teufel geschickt werden und nicht hören, daß sein Rat unerwünscht sei. Etwas Taktgefühl war vonnöten. Aber Corleys Stirn war bald wieder glatt. Seine Gedanken gingen in eine andere Richtung.

– Sie ist eine dufte nette Puppe, sagte er anerkennend; das steht fest.

Sie gingen die Nassau Street entlang und bogen dann in die Kildare Street. Nicht weit vom Portal des Clubs stand ein Harfner auf der Straße und spielte für einen kleinen Kreis von Zuhörern. Er zupfte ungerührt an den Saiten, blickte von Zeit zu Zeit flüchtig dem jeweiligen Neuankömmling ins Gesicht und von Zeit zu Zeit, ebenso überdrüssig, zum Himmel. Seine Harfe, ungerührt auch sie, daß ihr die Hüllen über die Knie geglitten waren, schien der Augen der Fremden gleichermaßen überdrüssig wie der Hände ihres Herrn.

Die eine spielte im Baß die Melodie *Silent, o Moyle*, während die andere nach jeder Gruppe von Tönen im Diskant umhergaloppierte. Die Töne der Weise pulsten tief und voll. Die beiden jungen Männer gingen stumm die Straße hinauf, und die trauervolle Musik folgte ihnen. Als sie Stephen's Green erreichten, überquerten sie die Straße. Hier befreiten sie der Lärm der Trams, die Lichter und die Menschenmenge aus ihrem Schweigen.

– Da ist sie! sagte Corley.

An der Ecke Hume Street stand eine junge Frau. Sie trug ein blaues Kleid und einen weißen Matrosenhut. Sie stand am Bordstein und schwang einen Sonnenschirm an einer Hand. Lenehan wurde munter.

– Besehen wir sie uns mal, Corley, sagte er.

Corley blickte seinen Freund von der Seite an, und ein unangenehmes Grinsen trat auf sein Gesicht.

– Versuchst du etwa, mir ins Gehege zu kommen? fragte er.

– Quatsch! sagte Lenehan kühn, ich will ihr ja nicht vorgestellt werden. Ich will sie nur mal angucken. Ich fresse sie schon nicht.

– Achso ... angucken? sagte Corley freundlicher. Tja ... ich will dir was sagen. Ich gehe rüber und rede mit ihr, und du kannst dann vorbeigehen.

– Gut! sagte Lenehan.

Corley hatte bereits ein Bein über die Ketten geworfen, als Lenehan rief:

– Und danach? Wo treffen wir uns?

– Halb elf, antwortete Corley und schwang sein anderes Bein hinüber.

– Wo?

– Ecke Merrion Street. Wir kommen zurück.

– Dann mach's gut, sagte Lenehan zum Abschied.

Corley gab keine Antwort. Er schlenderte über die Straße und wiegte den Kopf hin und her. Seine große Gestalt, sein leichter Gang und der solide Klang seiner Stiefel hatten etwas Erobererhaftes. Er trat an die junge Frau heran und begann ohne Gruß sich sofort mit ihr zu unterhalten. Sie ließ ihren Schirm schneller schwingen und vollführte halbe Umdrehungen auf den Absätzen. Ein- oder zweimal, als er aus nächster Nähe auf sie einredete, lachte sie und senkte den Kopf.

Lenehan beobachtete sie ein paar Minuten lang. Dann ging er in einiger Entfernung schnell an den Ketten entlang und überquerte schräg die Straße. Als er sich der Ecke Hume Street näherte, fand er die Luft stark parfümiert, und rasch und gespannt musterten seine Augen die Erscheinung der jungen Frau. Sie war im Sonntagsstaat. Ihr blauer Sergerock wurde an der Taille von einem schwarzen Ledergürtel gehalten. Die große Silberschnalle ihres Gürtels schien die Mitte ihres Körpers einzudrücken und hielt den leichten Stoff ihrer weißen Bluse wie ein Klipp. Sie trug eine kurze schwarze Jacke mit Perlmuttknöpfen und eine abgerissene schwarze Boa. Die Enden ihres kleinen Tüllspitzenkragens waren sorgsam zerzaust, und ein großer Bund roter Blumen war auf ihren Busen gesteckt, Stengel nach oben. Lenehans Augen registrierten beifällig ihren stämmigen kurzen muskulösen Körper. Offenkundige derbe Gesundheit leuchtete in ihrem Gesicht, auf ihren dikken roten Wangen und aus ihren unerschrockenen blauen Augen. Ihre Züge waren stumpf. Sie hatte breite Nasenlöcher, einen ungleichmäßigen Mund, der in zufriedener Lüsternheit offenstand, und zwei vorstehende Schneidezähne. Im Vorbeigehen nahm Lenehan die Mütze ab, und etwa zehn Sekunden später erwiderte Corley den Gruß in die Luft hinein. Er tat es, indem er vage die Hand hob und nachdenklich den Neigungswinkel seines Hutes veränderte.

Lenehan ging bis zum Shelbourne Hotel, wo er stehenblieb und wartete. Als er kurze Zeit gewartet hatte, sah er sie auf sich zukommen, und als sie sich nach rechts wandten, folgte er ihnen mit leichten Schritten in seinen weißen Schuhen die eine Seite des Merrion Square entlang. Während er langsam weiterging und sein Tempo dem ihren anpaßte, beobachtete er Corleys Kopf, der sich alle Augenblicke zu dem Gesicht der jungen Frau hindrehte, einer großen Kugel gleich, die auf einem Zapfen rotiert. Er behielt das Paar im Auge, bis er es die Tram nach Donnybrook hatte erklimmen sehen; dann machte er kehrt und ging den Weg zurück, den er gekommen war.

Jetzt, da er allein war, wirkte sein Gesicht älter. Seine Fröhlichkeit schien ihn im Stich zu lassen, und als er am Gitterzaun von Duke's Lawn vorbeikam, erlaubte er seiner Hand, an ihm entlangzustreifen. Die Melodie, die der Harfner gespielt hatte, begann seine Bewegungen zu regieren. Seine weichgepolsterten Füße spielten die Melodie, während seine Finger am Gitter nach jeder Gruppe von Tönen müßig eine Skala von Variationen griffen.

Er ging lustlos um Stephen's Green herum und dann die Grafton Street hinunter. Obwohl seine Augen in der Menge, durch die er ging, viele Einzelheiten wahrnahmen, taten sie das mißmutig. Er fand alles trivial, was bestimmt war, ihn zu entzücken, und erwiderte die Blicke nicht, die ihn einluden, sich ein Herz zu fassen. Er wußte, daß er sehr viel reden, daß er erfinden und amüsieren müßte, und sein Gehirn und seine Kehle waren zu trocken für eine solche Aufgabe. Das Problem, wie er sich die Stunden bis zu seinem Wiedersehen mit Corley vertreiben sollte, machte ihm Sorgen. Es fiel ihm keine Art ein, sie sich zu vertreiben, als weiterzugehen. Er bog nach links, als er zur Ecke des Rutland Square kam, und fühlte sich in der dunklen stillen Straße wohler, deren düsteres Aussehen seiner Stimmung entsprach. Schließlich blieb er vor dem Fenster eines ärmlich aussehenden Ladens stehen, über dem in weißen Buchstaben das Wort *Erfrischungen* stand. Auf dem Fensterglas befanden sich zwei flüchtige Inschriften: *Ginger Beer* und *Ginger Ale*. Ein angeschnittener Schinken war auf einer großen blauen Schüssel ausgestellt, während neben ihm auf einem Teller ein Segment sehr hellen Plumpuddings lag. Er beäugte eine Zeitlang diese Speisen ernst, und nachdem er vorsichtig die Straße auf- und abgeblickt hatte, trat er rasch in den Laden ein.

Er war hungrig, denn außer einigen Biskuits, die er zwei mürrische ›Kuraten‹ gebeten hatte, ihm zu bringen, hatte er seit dem Frühstück nichts gegessen. Er setzte sich an einen ungedeckten Holztisch gegenüber zwei jungen Arbeiterinnen und einem Mechaniker. Ein schlampiges Mädchen bediente ihn.

– Wieviel macht ein Teller Erbsen? fragte er.

– Drei Halfpence, der Herr, sagte das Mädchen.

– Dann bringen Sie mir einen Teller Erbsen, sagte er, und eine Flasche Ginger Beer.

Er sprach barsch, um den Anstrich der Vornehmheit, der ihn umgab, Lügen zu strafen, denn bei seinem Eintritt waren die Gespräche verstummt. Sein Gesicht war erhitzt. Um natürlich zu wirken, schob er die Mütze zurück und pflanzte die Ellbogen auf den Tisch. Der Mechaniker und die beiden Arbeiterinnen musterten ihn Punkt für Punkt, ehe sie ihre Unterhaltung mit gedämpfter Stimme wiederaufnahmen. Das Mädchen brachte ihm einen Teller heißer Erbsen, mit Pfeffer und Essig gewürzt, eine Gabel und sein Ginger Beer. Er aß gierig und fand das Essen so gut, daß er sich den Laden zu merken vornahm. Als er die Erbsen aufgegessen hatte, schlürfte er sein Ginger Beer, blieb noch eine Weile sitzen und dachte an Corleys Abenteuer. In seiner Vorstellung sah er das Liebespaar eine dunkle Straße entlanggehen; er hörte Corley tief und energisch Kavaliersfloskeln vorbringen und sah noch einmal die Lüsternheit um den Mund der jungen Frau. Dieses Phantasiebild ließ ihn seine eigene Armut an Geld und Geist deutlich spüren. Er war es satt, sich herumzutreiben, in Geldschwierigkeiten zu stecken, er war die Unstetigkeit und die Intrigen satt. Im November wäre er einunddreißig. Würde er denn nie eine gute Stellung kriegen? Würde er nie ein eigenes Zuhause haben? Er dachte, wie angenehm es wäre, neben einem warmen Feuer zu sitzen und zu einem guten Essen sich hinzusetzen. Lange genug war er mit Freunden und mit Mädchen auf der Straße gewesen. Er wußte, was diese Freunde taugten: er wußte auch, was von den Mädchen zu halten war. Die Erfahrung hatte sein Herz mit Bitterkeit gegen die Welt gefüllt. Aber alle Hoffnung hatte ihn nicht verlassen. Er fühlte sich nach dem Essen besser, als er sich vorher gefühlt hatte, weniger lebensmüde, weniger niedergeschlagen. Vielleicht wäre es ihm ja noch möglich, in einem behaglichen Winkel zur Ruhe zu kommen und glücklich zu leben, wenn er nur ein gutes anspruchsloses Mädchen mit einer kleinen Barschaft fände.

Er bezahlte dem schlampigen Mädchen Twopence und Halfpenny und verließ den Laden, um seine Wanderschaft wiederaufzunehmen. Er ging in die Capel Street und weiter in Richtung City Hall. Dann bog er in die Dame Street. An der Ecke George's Street traf er zwei Freunde und blieb stehen, um sich mit ihnen zu unterhalten. Er war froh, von dem vielen Herumwandern ausruhen zu können. Seine Freunde fragten ihn, ob er Corley gesehen habe und was es Neues gebe. Er erwiderte, daß er den Tag mit Corley verbracht habe. Seine Freunde redeten sehr wenig. Gedankenlos blickten sie hinter einigen Gestalten in der Menge her und machten ab und zu eine kritische Bemerkung. Einer sagte, daß er vor einer Stunde in der Westmoreland Street Mac gesehen habe. Darauf sagte Lenehan, daß er am Abend zuvor mit Mac bei Egan gewesen sei. Der junge Mann, der Mac in der Westmoreland Street gesehen hatte, fragte, ob es stimme, daß Mac beim Billard was gewonnen habe. Lenehan wußte es nicht: er sagte, daß Holohan ihnen bei Egan einen ausgegeben habe.

Um dreiviertel zehn verließ er seine Freunde und ging die George's Street hinauf. Bei den City Markets bog er nach links und ging weiter in die Grafton Street. Die Menge der Mädchen und jungen Männer war dünner geworden, und auf seinem Weg die Straße entlang hörte er viele Gruppen und Paare einander gute Nacht wünschen. Er ging bis zur Uhr des College of Surgeons: es war Schlag zehn. Er schritt an der Nordseite von Stephen's Green energisch aus und beeilte sich, aus Furcht, daß Corley zu früh zurückkäme. Als er die Ecke Merrion Street erreichte, stellte er sich in den Schatten einer Laterne und holte eine der Zigaretten hervor, die er sich aufgehoben hatte, und zündete sie an. Er lehnte sich an den Laternenpfahl und spähte unverwandt in die Richtung, aus der er Corley und die junge Frau zurückerwartete.

Sein Geist begann wieder zu arbeiten. Er war neugierig, ob Corley es geschafft hätte. Er war neugierig, ob er sie schon gefragt hätte oder ob er bis zuletzt damit warten würde. Er durchlitt all die Qualen und Aufregungen der Lage, in der sein Freund sich befand, wie auch der eigenen. Doch die Erinnerung an Corleys langsam rotierenden Kopf beruhigte ihn ein wenig: er war sicher, daß Corley es schon schaukeln würde. Plötzlich kam ihm der Gedanke, daß Corley sie auf einem andern Weg nach Hause gebracht und ihn versetzt haben könnte. Seine Augen suchten die Straße ab: keine Spur von ihnen. Doch war es bestimmt eine halbe Stunde her, seit er nach der Uhr des College of Surgeons gesehen hatte. Würde Corley so etwas tun? Er zündete sich seine letzte Zigarette an und begann sie nervös zu rauchen. Jedesmal, wenn am anderen Ende des Platzes eine Tram hielt, strengte er die Augen an. Sie mußten anderslang nach Hause gegangen sein. Das Papier seiner Zigarette riß ein, und fluchend warf er sie auf die Straße.

Plötzlich sah er sie auf sich zukommen. Vor Freude fuhr er zusammen, und während er dicht an seinem Laternenpfahl blieb, versuchte er, aus ihrem Gang das Ergebnis abzulesen. Sie gingen schnell, die junge Frau machte schnelle kurze Schritte, während Corley sich mit seinen langen Schritten an ihrer Seite hielt. Anscheinend sprachen sie nicht miteinander. Eine Ahnung des Ergebnisses stach ihn wie die Spitze eines scharfen Instruments. Er wußte, daß Corley es nicht schaffen würde; er wußte, daß da nichts zu machen war.

Sie bogen in die Baggot Street, und sogleich nahm er auf dem gegenüberliegenden Gehsteig die Verfolgung auf. Als sie stehenblieben, blieb auch er stehen. Eine kurze Weile lang sprachen sie miteinander, und dann stieg die junge Frau die Treppe zu einem Unterhof hinab. Corley stand und wartete am Rand des Fußwegs, nicht weit von der Vordertreppe. Einige Minuten vergingen. Dann öffnete sich die Haustür langsam und vorsichtig. Eine Frau kam die

Vordertreppe herabgelaufen und hustete. Corley wandte sich um und ging auf sie zu. Ein paar Sekunden lang verdeckte seine breite Gestalt die ihre, dann kam sie wieder zum Vorschein und lief die Treppe hinauf. Die Tür schloß sich hinter ihr, und Corley ging rasch in Richtung Stephen's Green.

Lenehan lief eilig in dieselbe Richtung. Einige leichte Regentropfen fielen. Er faßte sie als Warnung auf, blickte zu dem Haus zurück, in dem die junge Frau verschwunden war, um sich zu vergewissern, daß er nicht beobachtet würde, und rannte ungeduldig über die Straße. Die Unruhe und der rasche Lauf brachten ihn außer Atem. Er rief:

– He, Corley!

Corley wandte den Kopf, um zu sehen, wer ihn gerufen hatte, und ging dann weiter wie zuvor. Lenehan lief ihm nach und zog dabei den Regenmantel über seinen Schultern mit einer Hand zurecht.

– He, Corley! schrie er noch einmal.

Er holte seinen Freund ein und sah ihm gespannt ins Gesicht. Er konnte nichts darin erkennen.

– Na? fragte er. Hat's geklappt?

Sie hatten die Ecke Ely Place erreicht. Immer noch ohne ihm eine Antwort zu geben, schwenkte Corley nach links und ging die Seitenstraße hinauf. Seine Gesichtszüge zeigten eine gesammelte finstere Ruhe. Lenehan hielt Schritt mit seinem Freund und atmete unruhig. Er war enttäuscht, und ein drohender Ton klang schneidend in seiner Stimme auf.

– Kannst du's einem denn nicht verraten? fragte er. Hast du's bei ihr versucht?

Corley blieb bei der ersten Laterne stehen und starrte grimmig vor sich hin. Dann streckte er mit ernster Gebärde eine Hand dem Licht entgegen und öffnete sie langsam und lächelnd dem Blick seines Jüngers. Eine kleine Goldmünze glänzte auf der Handfläche.

Julio Cortázar
Lukas und seine Freunde

Die Schar ist groß und bunt, weiß der Teufel, warum er jetzt besonders an die Cedróns denken muß, und an die Cedróns zu denken impliziert eine solche Menge von Dingen, daß er nicht weiß, wo anfangen. Lukas' einziger Vorteil ist, daß er nicht alle Cedróns kennt, sondern nur drei, aber es fragt sich, ob das am Ende wirklich ein Vorteil ist. Man bedenke, daß die Brüder die bescheidene Summe von sechs oder neun ausmachen, jedenfalls kennt er drei, und da mach dich auf etwas gefaßt.

Diese drei Cedróns sind der Musiker Tata (der laut Geburtsurkunde Juan heißt), Jorge, der Filmemacher, und Alberto, der Maler. Schon mit jedem allein zu tun zu haben ist etwas Ernstes, aber wenn es ihnen einfällt zusammenzukommen und sie dich zum Pastetenschmaus einladen, dann sind sie nachgerade das Inferno in drei Bänden.

Was soll ich dir von meinem Eintreffen bei ihnen erzählen, schon auf der Straße hört man aus einem der oberen Stockwerke so etwas wie Schlachtenlärm, und wenn du einem ihrer Pariser Nachbarn begegnest, bemerkst du in seinem Gesicht die Leichenblässe desjenigen, der ein Phänomen erlebt hat, das alle Parameter dieser strengen und stumpfen Menschen übersteigt. Nicht nötig, ausfindig zu machen, in welchem Stock die Cedróns wohnen, denn du brauchst nur dem Lärm nachzugehen, die Treppe hinauf bis zu einer Tür, die weniger Tür zu sein scheint als die anderen und obendrein den Eindruck erweckt, von dem, was drinnen geschieht, rotglühend zu sein, weshalb es nicht ratsam ist, lange zu klopfen, da du dir die Knöchel verbrennen würdest. Allerdings ist die Tür für gewöhnlich halb offen, da die Cedróns unablässig kommen und gehen, und warum auch sollte man eine Tür schließen, wenn sie eine gute Lüftung durch das Treppenhaus erlaubt.

Was geschieht, wenn man eintritt, macht jede zusammenhängende Beschreibung unmöglich, denn kaum bist du über die Schwelle getreten, umklammert ein kleines Mädchen deine Knie und besabbert deinen Gabardine, gleichzeitig stürzt sich dir ein Knirps, der auf den Bücherschrank im Flur geklettert war, wie ein Kamikaze in den Nacken, so daß, wenn du die originelle Idee gehabt hattest, eine Flasche Rotwein mitzubringen, das augenblickliche Ergebnis eine ansehnliche Lache auf dem Teppich ist. Das stört natürlich niemanden, denn in dem Augenblick kommen aus verschiedenen Zimmern die Frauen der Cedróns, und während eine von ihnen dir die Gören vom Halse schafft, saugen die anderen den mißlichen Burgunder mit Lappen auf, die dem Anschein nach aus der Zeit der Kreuzzüge stammen. Unterdessen hat dir Jorge bereits in allen Einzelheiten zwei oder drei Romane erzählt, die er zu verfilmen gedenkt, Alberto hält zwei weitere Kinder im Zaum, die mit Pfeil und Bogen bewaffnet sind und, was schlimmer ist, über eine ausgezeichnete Treffsicherheit verfügen, und der Tata kommt aus der Küche in einer Schürze, die einmal das Weiß gekannt hat und ihn von den Achseln bis zu den Füßen würdevoll umhüllt, was ihm eine erstaunliche Ähnlichkeit mit Marcus Antonius oder mit einem der Typen verleiht, die im Louvre ihr Leben fristen oder als Statuen in den Parks arbeiten. Und da vernimmt man die freudige Nachricht, von zehn oder zwölf Stimmen gleichzeitig verkündet, daß es Pasteten gibt, an deren Zubereitung Tatas Frau und Tata himself beteiligt sind, doch deren Rezept wesentlich verbessert wurde von Alberto, der meint, er könne Tata und seine Frau in der Küche nicht allein lassen, da das zu einer furchtbaren Katastrophe fuhren würde. Was Jorge betrifft, der bei allem keineswegs zurückstehen will, hat er schon generöse Mengen Wein herbeigeschafft, und als die tumultösen Präliminarien beendet sind, setzen sich alle aufs Bett, auf den Boden oder dorthin, wo gerade kein Kind ist, das weint oder Pipi macht, was, von verschiedenen Warten aus gesehen, auf dasselbe hinausläuft.

Ein Abend bei den Cedróns und ihren selbstlosen Frauen (ich sage selbstlos, weil, wäre ich eine Frau, und zumal die Frau einer der Cedróns, das Brotmesser meinen Leiden schon längst ein freiwilliges Ende gemacht hätte; aber sie leiden nicht nur nicht, sie sind zu meiner Freude sogar noch schlimmer als die Cedróns, und es ist gut, daß ihnen das jemand von Zeit zu Zeit sagt, und sie, glaube ich, sagen es sich die ganze Zeit), ein Abend bei den Cedróns ist eine Art Resümee Südamerikas, das die sprachlose Bewunderung erklärt und rechtfertigt, mit der die Europäer seine Musik, seine Literatur, seine Malerei, seine Filme oder Theaterstücke aufnehmen. Und da fällt mir eine Episode ein, die mir die Quilapayúns erzählt haben, die genauso verrückte Cronopien sind wie die Cedróns, aber allesamt Musiker, und ich weiß nicht, ob das weniger schlimm ist oder schlimmer. Auf einer Tournee durch Deutschland (das östliche Deutschland, aber ich glaube, das ist in diesem Fall egal) beschlossen die Quilas, einen Spießbraten im Freien zu machen, ganz nach chilenischer Art, doch zu ihrem großen Erstaunen mußten sie hören, daß man in diesem Land ohne behördliche Genehmigung kein Picknick im Wald machen darf. Allerdings, das muß man zugeben, war es nicht schwer, die Genehmigung zu bekommen, und auf der Polizei nahm man die Sache so ernst, daß zu der Stunde, da sie das Feuer anzündeten und die Tierchen auf die entsprechenden Spieße steckten, ein Feuerwehrauto anrückte, dessen Mannschaft sich in der Waldung zerstreute und fünf Stunden lang darüber wachte, daß das Feuer nicht auf die ehrwürdigen wagnerianischen Tannen und andere Vegetabilien, von denen die teutonischen Wälder strotzen, übergriff. Wenn ich mich recht erinnere, lief es schließlich darauf hinaus, daß sich mehrere dieser Feuerwehrmänner dem Schmaus ergaben, wie es dem Nimbus dieser Zunft entspricht, und an diesem Tag kam es zu einer Verbrüderung, was zwischen Uniformierten und Zivilisten nicht häufig vorkommt. Freilich ist die Uniform der Feuerwehrmänner von allen Uniformen am wenigsten abscheulich, und an dem Tag, da wir mit Hilfe von Millionen von Quilapayúns und Cedróns alle südamerikanischen Uniformen in den Müll werfen, wird man nur diejenigen der Feuerwehrleute ausnehmen, wir werden ihnen sogar noch prächtigere Modelle entwerfen, damit die Jungs eine Genugtuung haben, wenn sie Brände löschen oder arme, geschändete Mädchen retten, die sich *faute de mieux* entschlossen haben, ins Wasser zu gehen.

Währenddessen nehmen die Pasteten mit einer Rapidität ab, die ganz zu denen paßt, die sich mit wildem Haß ansehen, weil der eine schon sieben und der andere erst fünf, und auf einmal ist Schluß mit dem Hin und Her der Schüsseln, und ein Unglücksmensch schlägt Kaffee vor, als wäre das ein Nahrungsmittel. Die immer weniger bei der Sache zu sein scheinen, sind die Kinder, deren Zahl für Lukas stets ein Rätsel bleiben wird, denn kaum ist eins hinter einem Bett oder im Flur verschwunden, stürzen zwei andere aus einem Schrank oder rutschen am Stamm eines Gummibaums herunter, bis sie mit dem Hintern mitten in einer Pastetenschüssel landen. Diese Infanten simulieren eine gewisse Verachtung für die edle argentinische Speise, geben vor, ihre Mütter hätten sie in weiser Voraussicht schon eine halbe Stunde vorher abgefüttert, aber in Anbetracht der Schnelligkeit, mit der die Pasteten verschwinden, gelangt man zu der Überzeugung, daß sie im Metabolismus der Kinder eine bedeutende Rolle spielen und daß, wäre Herodes an dem Abend dabeigewesen, uns ein weiterer Hahn gekräht hätte und Lukas anstatt der zwölf Pasteten sehr gut siebzehn hätte verdrücken können, mit Intervallen, versteht sich, um ein paar Liter Wein hinterherzuschicken, der bekanntlich die Digestion des Proteins fördert.

Über, unter und zwischen den Pasteten erhebt sich ein Geschrei von Deklarationen, Fragen, Protesten, gibt es lautes Gelächter und allgemeine Bekundungen der Freude und der Zuneigung, die eine Atmosphäre schaffen, der gegenüber einem ein Kriegsrat der Tehuelches oder der Mapuches wie das traurige Zeremoniell eines Professors der Rechtswissenschaft in der Avenida Quintana vorgekommen wäre. Immer wieder hört man Klopfzeichen an der Decke, am Boden und an den beiden Trennwänden, und fast immer ist es der Tata (Mieter der Wohnung), der erklärt, daß es nur die Nachbarn sind, weshalb man sich keine Sorgen zu machen braucht. Daß es schon ein Uhr nachts ist, ist keineswegs ein erschwerender Umstand, und auch nicht, daß wir um halb drei zu vieren die Treppe hinuntergehen und singen *Que te abrás en las paradas con cafishios milongueros.* Man hatte genügend Zeit gehabt, um die meisten Probleme dieses Planeten zu lösen, wir haben gemeinsam beschlossen, eine ganze Reihe Typen, die es verdienen, fertigzumachen, und wie; die Notizbücher haben sich gefüllt mit Telefonnummern und Adressen und Verabredungen in Cafes und in anderen Wohnungen, und morgen werden die Cedróns auseinandergehen, denn Alberto kehrt nach Rom zurück, der Tata geht mit seinem Gesangsquartett nach Poitiers, und Jorge geht wer weiß wohin, doch stets mit dem Belichtungsmesser in der Hand, und da halt ihn mal. Bleibt hinzuzufügen, daß Lukas mit dem Gefühl nach Hause geht, er trage zwischen den Schultern eine Art Kalebasse voller Brummfliegen, Boeings 707 und mehrerer übereinandergeschnittener Solos von Max Roach. Aber was kümmert ihn der Kater, wenn es weiter unten etwas schön Warmes gibt, das die Pasteten sein müssen, und zwischen unten und oben noch etwas viel Wärmeres, ein Herz, das immer wiederholt, unersetzlich, diese Typen, was für Kerle, was für Kerle, was für prächtige Kerle, verdammt noch mal.

Wolfgang Koeppen
Wiedersehen mit der Trave

Es war lächerlich. Um den Tisch bildeten sich Trauben. Alle starrten ihn an. Es waren genau die Leute, die er nicht ausstehen konnte. Industrielle, denen es wieder gut ging, Wehrwirtschaftsführer a. D., Fabrikanten und Händler mit gehorteten Waren. Die Otto Reuter-Geschäfte, Millionen Flüchtlinge und der Lastenausgleich in Bonn in guter Hut. Einige hatten wulstige Karnevalsgesichter. Ihre Frauen waren mit Gold behängt. Einige waren wohl vom Balkan hergereist. Gestrandete Hochstapler. Graue Schuppen fielen aus den geölten Haaren auf die gepolsterten Schultern der Maßanzüge. Ein paar arme Schlucker waren auch da. Eulen mit Nachtaugen, leberkrank, die recht und schlecht vom Spiel lebten. Alle blickten sie auf ihn. Es war auch zu blödsinnig. Er gewann. Gewann andauernd. Die Dreiundzwanzig! Dreiundzwanzig mit Siebzig en plein. Der Betrieb am Tisch stockte. Der Chef zählte Zweitausendachthundertundfünfzig in roten und gelben Chips auf das Tuch. Zweitausend auf Passe. Hundert auf die letzten sechs. Hundert auf die letzten drei. Siebzig auf Sechsunddreißig, Hundert für die Angestellten. Er haßte die Croupiers. Aus der Bahn geworfene Leutnante, Burschen, die sich nach blanken Schaftstiefeln sehnten. Er gab ihnen das Geld aus Schüchternheit. »Herzlichen Dank für die Angestellten.« Er war feige. Er war auch zu feige, um vom Tisch wegzugehen. Was sollte der Unsinn. Er wollte nicht gewinnen. Er war der einzige im Saal, der nicht gewinnen wollte. Er brauchte das Geld nicht. Er verachtete es. Die weiße Kugel hüpfte prompt in die Sechsunddreißig hinein. Seine Einsätze wurden bezahlt. Die roten und gelben Chips sprengten ihm die Taschen. Die anderen hatten viel bessere Anzüge an als er. Englischer Schnitt freilich. Den east end von der Stange gekauft. Jetzt warteten sie neugierig, was er tun würde. Notiz in der Lübecker Zeitung: »Ein Ausländer gewann 30 000 im Spielkasino in Travemünde. Er schenkte dem Klavierspieler in der Bar tausend Mark.« Das Piano spielte. Es war scheußlich. Er mochte das Lied nicht. Er trank einen Sherry an der Bar. Schöne echte Teppiche bedeckten den Boden. Vielleicht waren es die Teppiche seines Vaters. Er konnte sich nicht mehr erinnern, was der Geheimrat für Teppiche besessen hatte. Er verließ das Kasino. In der Garderobe half ihm der elegante Portier mit Widerwillen in den abgetragenen, verdreckten Trenchcoat. Der Portier wußte noch nicht, daß er gewonnen hatte.

Zwei Männer folgten Paul. Vielleicht wollten sie ihn berauben. Wenn man sich ein paar Schritte vom Kasino entfernte, verschlangen einen die Nacht und der Nebel. Manchmal griff der Scheinwerfer des Leuchtturms wie ein langer Finger durch die Dunkelheit. Sollte er umkehren? Er konnte sich ein Taxi nehmen und nach Lübeck fahren. Dann fand er es nicht der Rede wert, wenn er am Strand ermordet wurde. Die See gluckste eintönig gegen das Ufer. Jenseits des Nebels war Mecklenburg oder war Rußland, vielleicht war beides da. Die Männer, die ihm gefolgt waren, blieben zurück. Sie schienen sich zu streiten. Im Hafen lag die »Kiwa«. Ein Afrikadampfer, der jetzt als Hotelschiff diente. Er kletterte über den Steg an Bord und ließ sich eine Kabine anweisen. Der Steward sprach englisch mit ihm. Paul war ein Untertan Seiner Majestät des Königs von England. In der engen weißen Kammer konnte man sich einbilden, zum Kongo zu reisen. Paul hatte als Junge immer zur Mündung des Kongo fahren wollen. Von dort sollte es den Fluß hinauf zu den Quellen gehen. Vorbei an den Bäumen des Urwaldes, den aufgerissenen Mäulern der Krokodile, den glatten Körpern winkender schwarzer Mädchen, unter dem Bullauge der Kabine plätscherte die Trave. Paul war nicht nach Afrika gekommen. Er war nur nach England gekommen. Er war nach Dünkirchen gekommen. SOA. Mit dem Vater war er nach Fehmarn gefahren. Der Dampfer fuhr in den Ferien morgens um acht von der Fischerbrücke; um zwölf war man in Fehmarn, und aß im Kurhaus zu Mittag. Paul legte alles gewonnene Geld auf den Nachttisch. Es sah auf der Platte wie auf dem Zahltisch eines Bankkassiers aus. Paul erinnerte sich, wie sie auf der Reise nach Fehmarn das Torpedoboot trafen. »Stolz weht die Flagge schwarz-weiß-rot.« Der Vater hatte mit ausgestrecktem Arm auf das Kriegsschiff gedeutet. Dr. Israel Kohn, damals noch Dr. Günter Kohn, Marinestabsarzt a. D., Beisitzer in der Ortsgruppe der Deutschnationalen Volkspartei, war für wehrhafte Erziehung der Jugend.

Am Morgen schien die Sonne auf das Deck der »Kiwa«, aber der Wind war kalt. Paul fror in seinem Trenchcoat. Das Wasser der Trave war schmutzig. Drüben standen Nissenhütten dicht aneinandergedrängt. Ein ganzes Dorf von Nissenhütten. Das Dorf stand in einem seltsamen Gegensatz zu den patriarchalisch spießigen Bauten des alten freundlichen Travemünde auf dieser Seite des Flusses. In den Nissenhütten wohnten die Fischer der Kurischen Nehrung. Die Fischer aus Pellkallen, aus Cranz, aus Nidden. Auch sie hatten einmal in freundlichen alten Häusern gewohnt. Katzen vor den Türen. Was mochte aus den Katzen geworden sein? Hatte man sie gegessen? Paul wußte wieder nicht, was er hier sollte. In seinem Anzug, in seinem Trenchcoat steckte überall das Geld. Hinter einer Glaswand lag die Kajüte, die als Speisesaal diente. Eine Familie aß Weißbrot, Butter, Eier und Marmelade. Der Kaffee war in einer Silberkanne. Sie reisen gut auf deutschen Schiffen. Der Tisch war weiß gedeckt. Der Steward fragte Paul »Wollen Sie frühstücken, Herr?« Paul wollte nicht frühstücken.

Paul fuhr mit dem Motorboot nach Lübeck. Die Passagiere des Motorbootes hatten unzufriedene, verbitterte Gesichter. Sie standen alle dicht beieinander im Windschutz hinter dem Führerstand. Im Bug des Bootes stand allein ein englischer Soldat vom Fliegerkorps. Er schien nicht zu frieren. Aber er schien sehr einsam zu sein. Paul setzte sich hinten ans Heck. Sie fuhren am Hochofenwerk vorbei. Paul wunderte sich, daß es unzerstört war. Hier waren keine Bomben gefallen. Dann sah er die Hafenstraße wieder. Diese feine Silhouette gegen den klaren Himmel. Die spitzgiebeligen Häuser, die alten Speicher, die rostigen Krane. Er guckte nach der Clemensstraße aus. Sie stand. Er war wieder der Schüler, dem das Herz klopfte, wenn er an der Bordellgasse vorüberging. Kleine Mädchen spielten Himmel und Hölle auf dem rumpligen Pflaster. Hier schien sich nichts geändert zu haben. Erst wenn man die Mengstraße hinaufging, sah man, daß bis zur Marienkirche alles ein einziges Trümmerfeld war.

Er ging weiter. Dies war der Schulweg. Da hatte die Konditorei mit dem berühmten Marzipan gestanden. Sie war ausgebrannt. Verkohltes Holz lag hinter den leeren Fenstern. Der Weg zum Kathrineum führte weiter durch die breite Straße. Der 30. April. In Italien gab es Straßen, die hießen Via Venti Settembre.

Er stand vor dem Heiliggeisthospital. Es war erhalten geblieben. Es sah noch immer aus wie ein gotischer Schrein. Ein paar Alte saßen auf der Bank und wärmten sich in der spärlichen Sonne. Eine einzigartige Stiftung, sagte der Custode, für alte Kapitänsfrauen, für Frauen von auf See gebliebenen Kapitänen. Aber jetzt sind Arme aller Art hier. Männer und Frauen. Paul nickte. Er kannte das alles. Er kannte den Geruch. Er sah sich im Matrosenanzug mit seiner Mutter durch den Gang gehen, in dem hohen, alten Kirchenschiff, in dem rechts und links die niedrigen Kabinen der alten Leute standen. Es hatte ihn als Kind erschreckt, wie die Armut roch. Dieser saure Geruch nach Kartoffelsuppe und nasser Wäsche. Er hatte sich als Kind, wenn er mit seiner Mutter hierherging, um einer alten Frau Strümpfe zum Stopfen zu bringen, davor gefürchtet, arm zu werden. Es war nicht die Furcht eines Kindes, es war die Furcht eines alten Mannes gewesen, das Kind wußte es nur noch nicht. Er wußte es jetzt. Dies war der eine Geruch, der andere war der von Rotwein. Der Duft von Rotwein, der sich im Eßzimmer verbreitete, wenn am Abend der Vater den Bordeaux entkorkte, der den ganzen Tag über in einem Strohkorb in der Nähe des alten Kachelofens sich gewärmt hatte, oder der Rotweindunst, wenn man an den tiefen Kellern vorbeiging, in den Straßen zum Hafen, wenn man über die morschen Lugen schritt, die Keller verschlossen und der Geist der alten Fässer einen berührte.

»Geben Sie eine Spende, Herr?« fragte ihn der Custode. »Nein.« Paul wollte nicht als Wohltäter auftreten. Er haßte Wohltätigkeit. Er wollte irgend etwas anderes machen. Er sah die grauen ernsten Gesichter der alten Leute, er wollte ihnen eine Freude bereiten. Er sagte, er wolle das Hospital zu einem Essen einladen. Am Abend noch. Einem Essen mit Wein im Ratskeller. Der Custode verstand ihn nicht. Als er verstand, äußerte er Zweifel, ob es die Hausordnung erlauben würde. Er tuschelte mit dem Aufseher. Der Aufseher und der Custode schauten mißtrauisch zu Paul. Wenn es ein Scherz sein soll, sagte der Aufseher, ist es ein unpassender Scherz. »Warum ein Scherz?« fragte Paul. »Ich meine es, wie ich es sage. Alle sollen heute abend in den Ratskeller kommen und meine Gäste sein.« »Aber warum gerade in den Ratskeller?« ereiferte sich der Aufseher. »Sehen Sie, es sind alles einfache Leute hier. Geben Sie eine Spende für die Küche, Herr. Vielleicht noch ein Fäßchen Bier, aber doch nicht in den Ratskeller.« »In den Ratskeller«, sagte Paul. Er sah, daß dieser Aufseher die alten Leute darum bringen wollte, im Ratskeller zu speisen. Der Ratskeller war also noch immer den Honoratioren vorbehalten. Paul holte einen Hundertmarkschein aus seinem Trenchcoat und gab ihn den beiden. Mochten sie das Geld für irgendwas verwenden. Für das Hospital, für die Küche, für sich, es war ihm gleichgültig. Er verpflichtete sie, seine Einladung den Alten bekanntzumachen und dafür zu sorgen, daß sie um sechs Uhr in den Ratskeller kämen.

Auch im Ratskeller versuchte man, sich Pauls Wünschen zu widersetzen. Es war ungewöhnlich, daß den Armen des Spitals hier ein Essen gegeben werden sollte. Der Pächter wollte in einem Nebenraum eine Art Eintopfessen servieren. Er schlug Erbsen mit Speck vor. Paul bestand auf dem großen Festsaal. Es sollte nach der Karte gegessen werden. Nach der großen Karte. Die Hospitanten sollten an diesem Abend mit all der Zuvorkommenheit behandelt werden, die man hier sonst nur reichen Leuten zuteil werden ließ. Zum Trinken Wein nach der Weinkarte. Jedem seiner Gäste sei zumindest eine Flasche zugedacht. Jeder Gast solle wählen. Es sei gleichgültig, ob er eine Flasche zu zwanzig oder dreißig Mark bestelle. Bei Zweifeln sei zu den teuereren Weinen zu raten. Paul würde sich selbst davon überzeugen, daß auch wirklich die bestellten Weine serviert würden. Die Tafel sei mit Linnen und Silber wie zum Senatorenessen zu decken. Es gelte, die armen Alten der Stadt zu ehren.

Mario Vargas Llosa
Die Anführer

I

Javier war eine Sekunde zu früh.

»Es läutet!« rief er, schon stehend.

Die Spannung entlud sich, heftig, wie eine Explosion. Alle hatten wir uns erhoben: Dr. Abásalo stand der Mund offen. Er wurde rot, ballte die Fäuste. Als er sich wieder gefaßt hatte und eine Hand hob und sich anzuschicken schien, eine Rede vom Stapel zu lassen, läutete es tatsächlich. Wir rannten lärmend hinaus, wie von Sinnen, gehetzt vom Rabengekrächze Amayas, der im Voranstürmen Pulte umwarf.

Der Hof wurde von Schreien erschüttert. Die aus der Vierten und Dritten waren eher rausgegangen, sie bildeten einen großen Kreis, der unter dem Staub hin und her wogte. Fast gleichzeitig mit uns kamen die aus der Ersten und der Zweiten in den Hof; sie brachten neue aggressive Sätze mit, mehr Haß. Der Kreis wuchs. Die Empörung war einhellig in der Mittelstufe. (Die Unterstufe hatte einen kleinen Hof mit blauen Mosaiken, am entgegengesetzten Flügel der Schule.)

»Er will uns zur Sau machen, der Indio.«

»Ja, verdammter Mist.«

Keiner sprach von den Schlußexamen. Die funkelnden Pupillen, das Geschrei, der Aufruhr deuteten darauf hin, daß der Augenblick gekommen war, sich gegen den Direktor zu stellen. Plötzlich gab ich meine Bemühungen auf, Beherrschung zu zeigen, und begann fieberhaft zwischen den Gruppen hin-und herzulaufen: »Er macht uns zur Sau, und wir halten den Mund?« »Wir müssen was tun.« »Wir müssen was gegen ihn tun.«

Eine eiserne Hand zog mich aus der Mitte des Kreises.

»Du nicht«, sagte Javier. »Misch dich nicht ein. Sie weisen dich von der Schule. Das weißt du.«

»Das ist mir jetzt egal. Er wird mir für alles zahlen. Das ist meine Chance, verstehst du? Bringen wir sie dazu, daß sie sich aufstellen.«

Mit leiser Stimme wiederholten wir auf dem Hof, von Ohr zu Ohr: »In Reihen aufstellen«, »Aufstellen, rasch.«

»Aufstellen, in Reihen!« Die rauhe Stimme Raygadas vibrierte in der erstickenden Luft des Vormittags.

Viele riefen gleichzeitig im Chor:

»Aufstellen! Aufstellen!«

Die Aufpasser Gallardo und Romero sahen erstaunt, daß der Tumult plötzlich nachließ und sich vor dem Ende der Pause die Reihen formierten. Sie lehnten an der Wand, neben dem Lehrerzimmer, uns gegenüber, und betrachteten uns nervös. Dann tauschten sie Blicke miteinander. In der Tür waren einige Lehrer erschienen; auch sie blickten verwundert.

Der Aufpasser Gallardo näherte sich:

»Hört zu!« rief er, verwirrt. »Es ist noch nicht ...«

»Halt's Maul«, erwiderte jemand, von hinten. »Halt's Maul, Gallardo, feiger Hund!«

Gallardo wurde blaß. Mit großen Schritten und drohender Gebärde trat er zwischen die Reihen. Hinter seinem Rücken riefen einige: »Gallardo, feiger Hund!«

»Los«, sagte ich. »Laufen wir um den Hof. Zuerst die aus der Fünften.«

Wir setzten uns in Bewegung. Wir stampften kräftig auf, bis uns die Füße weh taten. Bei der zweiten Runde – wir bildeten ein perfektes Viereck, genau auf die Abmessungen des Hofs ausgerichtet – fingen Javier, Raygada, León und ich an:

»Prü-fungs-plan; Prü-fungs-plan; Prü-fungs-plan ...«

Der Chor breitete sich aus.

»Lauter!« brach die Stimme von jemand hervor, den ich haßte: Lu. »Schreit!«

Sofort verstärkte sich das Geschrei bis zur Betäubung.

»Prü-fungs-plan; Prü-fungs-plan; Prü-fungs-plan ...«

Die Lehrer waren vorsichtshalber verschwunden und hatten die Türen des Studiensaals hinter sich geschlossen. Als die aus der Fünften an der Ecke vorbeikamen, in der Teobaldo auf einem Holzbrett Obst verkaufte, sagte der etwas, was wir nicht hörten. Er bewegte die Hände, als wollte er uns ermutigen. ›Schwein‹, dachte ich.

Die Schreie wurden lauter. Aber weder der Takt unserer Schritte noch das anfeuernde Gekreische konnten verbergen, daß uns bange war. Dieses Warten war beängstigend. Warum dauerte es so lange, bis er rauskam? Wir gaben uns noch immer mutig, wiederholten den Ruf, aber jetzt warfen sie einander Blicke zu, und hier und da war lautes forciertes Gekichere zu hören. ›Ich darf an nichts denken‹, sagte ich mir. ›Jetzt nicht.‹ Das Schreien kostete mich schon Mühe, ich war heiser, mein Hals brannte. Plötzlich, fast unbewußt, blickte ich in den Himmel: ich verfolgte einen Geier, der sanft über der Schule schwebte, unter einem blauen, makellosen, hohen Gewölbe, erleuchtet von einer gelben Scheibe auf einer Seite, wie ein Leberfleck. Rasch senkte ich den Kopf.

Klein, dunkelviolett, war Ferrufino am Ende des Ganges aufgetaucht, der auf den Pausenhof hinausführte. Die kurzen, krummbeinigen, entenhaften Schritte, mit denen er näher kam, unterbrachen anmaßend die Stille, die plötzlich eingetreten war und mich überrascht hatte. (Die Tür des Lehrerzimmers geht auf: ein kleines, komisches Gesicht erscheint. Estrada will uns ausspionieren. Er sieht den Direktor ein paar Schritte entfernt; rasch verschwindet er; seine kindliche Hand schließt die Tür.) Ferrufino stand uns gegenüber. Er ließ seine weit aufgerissenen Augen über die Gruppen der verstummten Schüler wandern. Die Reihen hatten sich aufgelöst; einige liefen zu den Toiletten, andere drängelten sich verzweifelt um Teobaldos Verkaufsposten. Javier, Raygada, León und ich rührten uns nicht vom Fleck.

»Habt keine Angst«, sagte ich, aber niemand hörte mich, weil der Direktor gleichzeitig gesagt hatte:

»Läuten Sie die Glocke, Gallardo.«

Abermals formierten sich die Reihen, dieses Mal langsam. Die Hitze war noch nicht sehr stark, aber wir litten schon unter einer gewissen Benommenheit, unter einer Art Überdruß. »Sie kriegen es schon satt«, murmelte Javier. »Schlecht.« Und er mahnte wütend:

»Vorsicht beim Reden!«

Andere gaben die Warnung weiter.

»Nein«, sagte ich. »Wart ab. Sie werden fuchsteufelswild, kaum daß Ferrufino redet.«

Einige Sekunden lang herrschte eine verdächtig feierliche Stille, bevor wir langsam, einer nach dem anderen, den Blick zu jenem kleinen, grau gekleideten Mann hoben. Er stand ruhig, mit geschlossenen Füßen, die Hände über dem Bauch gefaltet.

»Ich will nicht wissen, wer diesen Aufruhr angezettelt hat«, deklamierte er. Ein Schauspieler: der Ton seiner Stimme, gemessen, sanft, die nahezu herzlichen Worte, seine statuenhafte Haltung waren sorgfältig einstudiert. Ob er das alles wohl allein, in seinem Büro, geprobt hatte? »Vorfälle wie diese sind eine Schande für euch, für die Schule und für mich. Ich habe viel Geduld gehabt, zuviel, hört gut zu, mit dem Anstifter dieser Unruhen, aber sie ist an ihre Grenze gelangt ...«

Ich oder Lu? Eine endlose, gierige Feuerzunge leckte über meinen Rücken, meinen Hals, meine Wangen, während die Augen der gesamten Mittelstufe umherwanderten, bis sie mich fanden. Schaute Lu mich an? War er neidisch? Schauten die Kojoten mich an? Jemand klopfte mir von hinten zweimal auf den Arm, um mich zu ermutigen. Der Direktor redete ausführlich über Gott, die Disziplin und die höchsten Werte des Geistes. Er sagte, die Türen der Direktion stünden immer offen, die wahrhaft Mutigen sollten ihr Gesicht zeigen.

»Ihr Gesicht zeigen«, wiederholte er; jetzt war er autoritär. »Das heißt, geradeheraus reden, mit mir reden.«

»Sei nicht blöd!« sagte ich rasch. »Sei nicht blöd!«

Aber Raygada hatte bereits seine Hand gehoben, während er gleichzeitig einen Schritt nach links tat und die Formation verließ. Ein selbstgefälliges Lächeln huschte über Ferrufinos Mund und verschwand sogleich wieder.

»Ich höre, Raygada ...«, sagte er.

Je länger dieser sprach, um so mehr flößten ihm die eigenen Worte Mut ein. In einem bestimmten Augenblick begann er sogar, dramatisch mit den Armen zu fuchteln. Er erklärte, wir seien nicht schlecht und wir liebten die Schule und unsere Lehrer; er erinnerte daran, daß die Jugend impulsiv sei. Im Namen aller bat er um Entschuldigung. Dann stotterte er, fuhr aber fort:

»Wir bitten Sie, Herr Direktor, daß Sie einen Plan für die Prüfungen festsetzen, wie in den vorigen Jahren ...« Er verstummte erschrocken.

»Notieren Sie, Gallardo«, sagte Ferrufino. »Der Schüler Raygada wird in der nächsten Woche jeden Tag bis neun Uhr abends zum Arbeiten herkommen.« Er machte eine Pause. »Der Grund wird ins Klassenbuch eingetragen: wegen Widerstands gegen eine pädagogische Anordnung.«

»Herr Direktor ...« Raygada war aschfahl.

»Das scheint mir gerecht«, flüsterte Javier. »Für seine Dämlichkeit.«

II

Ein Sonnenstrahl drang durch das Giebelfenster und legte sich mir wie eine Liebkosung über Stirn und Augen, erfüllte mich mit Frieden. Aber mein Herz klopfte leicht unruhig, und zuweilen fühlte ich Beklemmungen. Es war noch eine halbe Stunde bis zum Schulschluß; die Ungeduld der Jungen hatte ein wenig nachgelassen. Würden sie mitmachen, nach allem?

»Setzen Sie sich, Montes«, sagte der Lehrer Zambrano. »Sie sind ein Esel.«

»Das bezweifelt niemand«, bekräftigte Javier an meiner Seite. »Er ist ein Esel.«

Ob die Parole wohl alle Klassen erreicht hatte? Ich wollte mir das Hirn nicht abermals mit pessimistischen Vermutungen zermartern, aber dauernd sah ich Lu, wenige Meter von meinem Pult entfernt, und fühlte Unruhe und Zweifel, denn ich wußte, daß es im Grunde nicht um den Prüfungsplan, nicht einmal um eine Ehrensache ging, sondern um eine persönliche Rache. Wie diese günstige Gelegenheit versäumen, den Feind anzugreifen, der in seiner Wachsamkeit nachgelassen hatte?

»Da«, sagte jemand neben mir. »Von Lu.«

›*Ich bin bereit, das Kommando zu übernehmen, mit dir und Raygada.*‹ Lu hatte zweimal unterschrieben. Zwischen seinen Namen stand, wie eine kleine Skizze, mit noch glänzender Tinte ein Zeichen, das wir alle respektierten: der Buchstabe K, groß geschrieben, in einem schwarzen Kreis. Ich schaute ihn an: seine Stirn und seine Lippen waren schmal; er hatte Schlitzaugen, eingefallene Wangen und ein ausgeprägtes, festes Kinn. Er beobachtete mich ernst; vielleicht dachte er, die Situation fordere Freundlichkeit von ihm.

Ich antwortete ihm auf demselben Papier: ›*Mit Javier*‹. Er las, ohne eine Miene zu verziehen, und nickte zustimmend mit dem Kopf.

»Javier«, sagte ich.

»Schon gut«, antwortete er. »In Ordnung. Wir werden ihm die Hölle heiß machen.«

Dem Direktor oder Lu? Ich wollte ihn fragen, aber mich lenkte das Schrillen der Glocke ab, das den Schulschluß verkündete. Gleichzeitig erhob sich das Geschrei über unseren Köpfen, in das sich der Lärm der hin und her gerückten Pulte mischte. Jemand – Córdoba vielleicht? – pfiff kräftig, als wollte er sich hervortun.

»Wißt ihr schon?« sagte Raygada, in der Reihe. »Zum Malecón.«

»Wie schlau!« rief einer aus. »Das weiß ja sogar schon Ferrufino.«

Wir gingen durch die hintere Tür hinaus, eine Viertelstunde später als die Unterstufe. Andere waren uns zuvorgekommen, und die meisten Schüler hatten sich in kleinen Gruppen auf dem Fahrdamm versammelt. Sie stritten, alberten herum, schubsten sich.

»Daß mir niemand hierbleibt«, sagte ich.

»Die Kojoten mit mir!« rief Lu stolz.

Zwanzig Jungen umringten ihn.

»Zum Malecón«, befahl er, »alle zum Malecón.«

Untergehakt, in einer Reihe, die beide Bürgersteige verband, beschlossen wir aus der Fünften den Zug und trieben die weniger Begeisterten mit Ellbogenstößen zur Eile an.

Eine laue Brise, die weder die trockenen Johannisbrotbäume noch unser Haar zu bewegen vermochte, trug den Sand hin und her, der das ausgeglühte Pflaster des Malecóns hier und da bedeckte. Sie hatten mitgemacht. Vor uns – Lu, Javier, Raygada und mir –, die wir mit dem Rükken zum Geländer zu den endlosen Sanddünen standen, die auf der anderen Seite des Flußbetts begannen, erstreckte sich über die Länge des ganzen Häuserblocks eine dichte Menge, die Gelassenheit bewahrte, obwohl bisweilen isolierte schrille Schreie zu hören waren.

»Wer redet?« fragte Javier.

»Ich«, schlug Lu vor, bereit, auf das Geländer zu steigen.

»Nein«, sagte ich. »Red du, Javier.«

Lu beherrschte sich und schaute mich an, aber er war nicht verärgert.

»Gut«, sagte er; und fügte schulterzuckend hinzu: »Also!«

Javier kletterte hoch. Mit einer seiner Hände stützte er sich auf einen gekrümmten, ausgedörrten Baum, und mit der anderen hielt er sich an meinem Nacken fest. Zwischen seinen Beinen, die von einem leichten Zittern erschüttert wurden, das verschwand, je überzeugender und energischer der Ton seiner Stimme wurde, sah ich das trockene, glühende Flußbett und dachte an Lu und an die Kojoten. Gerade nur eine Sekunde hatte genügt, um ihm den ersten Platz zu verschaffen; jetzt besaß er das Kommando, und sie bewunderten ihn, ihn, die gelbliche kleine Ratte, die vor noch nicht sechs Monaten um meine Erlaubnis gefleht hatte, der Bande beitreten zu dürfen. Eine winzigkleine Unachtsamkeit und dann das Blut, das mir in Strömen über Gesicht und Hals rann, und meine in der Mondhelle gelähmten Arme und Beine, die nicht mehr fähig waren, seinen Fäusten zu antworten.

»Ich hab' dich besiegt«, sagte er keuchend. »Jetzt bin ich der Chef. So war es abgemacht.«

Keiner der länglichen Schatten, die sich im Kreis auf dem weichen Sand abzeichneten, hatte sich bewegt. Nur die Frösche und Grillen antworteten Lu, der mich jetzt beschimpfte. Noch immer auf dem warmen Boden ausgestreckt, gelang es mir zu schreien:

»Ich geh' raus aus der Bande. Ich gründe eine andere, eine viel bessere.«

Aber ich und Lu und die Kojoten, die noch immer in der Dunkelheit hockten, wußten, daß es nicht stimmte.

»Ich geh' auch raus«, sagte Javier.

Er half mir, aufzustehen. Wir kehrten zur Stadt zurück, und während wir durch die leeren Straßen liefen, wischte ich mir mit Javiers Taschentuch das Blut und die Tränen ab.

»Red du jetzt«, sagte Javier. Er war runtergesprungen, und einige klatschten ihm Beifall.

»Gut«, erwiderte ich und erklomm das Geländer.

Weder die Häuserwände im Hintergrund noch die Körper meiner Schulkameraden warfen Schatten. Meine Hände waren feucht, ich glaubte, es seien die Nerven, aber es lag an der Hitze. Die Sonne stand in der Mitte des Himmels; sie nahm uns den Atem. Die Augen meiner Kameraden schafften es nicht bis zu meinen; sie sahen auf den Boden oder auf meine Knie. Alle verharrten schweigend. Die Sonne schützte mich.

»Wir werden vom Direktor verlangen, daß er den Prüfungsplan genau wie in den anderen Jahren festsetzt. Raygada, Javier, Lu und ich bilden die Kommission. Die Mittelstufe ist einverstanden, oder?«

Die meisten stimmten mit einem Kopfnicken zu. Einige wenige riefen: »Ja!«

»Wir werden das jetzt gleich tun«, sagte ich. »Ihr wartet auf der Plaza Merino auf uns.«

Wir gingen los. Die Haupttür der Schule war geschlossen. Wir klopften heftig; im Rücken vernahmen wir ein anschwellendes Gemurmel. Der Aufpasser Gallardo öffnete.

»Seid ihr verrückt?« sagte er. »Tut das nicht.«

»Mischen Sie sich nicht ein«, unterbrach ihn Lu. »Glauben Sie, der Indio macht uns angst?«

»Kommt rein«, sagte Gallardo. »Ihr werdet schon sehen.«

III

Seine kleinen Augen musterten uns eingehend. Er wollte spöttisch und sorglos wirken, aber wir wußten wohl, daß sein Lächeln gezwungen war und daß in der Tiefe dieses rundlichen Körpers Furcht und Haß saßen. Er runzelte und glättete die Stirn, der Schweiß strömte aus seinen kleinen violetten Händen.

Er bebte:

»Wißt ihr, wie man das nennt? Das nennt man Rebellion, Aufstand. Glaubt ihr, ich werde mich den Launen von ein paar Faulenzern beugen? Frechheiten walze ich nieder ...«

Er senkte die Stimme und hob sie wieder. Ich sah, daß er Anstrengungen machte, um nicht zu schreien. ›Warum platzt du nicht endlich?‹ dachte ich. ›Feigling!‹

Er hatte innegehalten. Ein grauer Fleck schwebte um seine Hände, die sich auf die Glasplatte des Schreibtisches stützten. Plötzlich schwang sich seine Stimme in die Höhe, wurde rauh:

»Raus! Wer die Prüfungen noch einmal erwähnt, wird bestraft!«

Bevor Javier und ich ihm ein Zeichen geben konnten, trat jetzt der wahre Lu in Erscheinung, der Lu der nächtlichen Überfälle auf die Hüttensiedlungen von La Tablada, der Lu der Kämpfe gegen die Füchse in den Sanddünen.

»Herr Direktor …«

Ich drehte mich nicht zu ihm um. Seine schrägen Augen sprühten vermutlich Feuer und Gewalt, so wie damals, als wir im trockenen Flußbett kämpften. Sicher stand ihm jetzt auch der speichelgefüllte Mund weit offen, zeigte er seine gelben Zähne.

»Auch wir sind nicht einverstanden damit, daß man uns alle durchfallen läßt, nur weil Sie keinen Prüfungsplan wollen. Warum wollen Sie, daß wir alle niedrige Noten kriegen? Warum …?«

Ferrufino hatte sich ihm genähert. Er berührte ihn fast mit seinem Körper. Lu, bleich, voll Schrecken, redete weiter:

»… wir haben es satt …«

»Halt den Mund!«

Der Direktor hatte die Arme erhoben, und seine Fäuste zerdrückten etwas.

»Halt den Mund!« wiederholte er zornig. »Halt den Mund, Dummkopf! Wie kannst du es wagen!«

Lu war verstummt, aber er schaute Ferrufino in die Augen, als wollte er ihm im nächsten Augenblick an die Gurgel springen. ›Sie sind gleich‹, dachte ich. ›Zwei Hunde.‹

»Du hast also von dem da gelernt?«

Sein Finger zeigte auf meine Stirn. Ich biß mir auf die Lippe. Plötzlich fühlte ich, daß ein dünner warmer Faden über meine Zunge lief, und das beruhigte mich.

»Raus!« rief er von neuem. »Raus hier! Das werdet ihr noch bereuen.«

Wir gingen hinaus. Bis zum Rand der Treppenstufen, die von der San-Miguel-Schule zur Plaza Merino führten, erstreckte sich eine reglose, erwartungsvolle Menge. Unsere Kameraden hatten die kleinen Grünflächen und den Brunnen besetzt; sie waren stumm und verängstigt. Seltsamerweise taten sich in dem hellen, statischen Fleck leere Zwischenräume auf, kleine Rechtecke, die niemand betrat. Die Köpfe wirkten gleich, einförmig, wie bei der Aufstellung für die Parade. Wir überquerten den Platz. Niemand fragte uns etwas; sie traten zur Seite, um uns durchzulassen, und preßten die Lippen aufeinander. Sie rührten sich nicht von der Stelle, bis wir die Avenida erreicht hatten. Dann, einer Parole folgend, die niemand ausgegeben hatte, liefen sie hinter uns her, ohne Gleichschritt, so als gingen sie in die Schule.

Das Pflaster kochte, es glich einem Spiegel, der sich allmählich in der Sonne auflöste. ›Ob es wohl stimmt?‹ dachte ich. In einer heißen, menschenleeren Nacht hatte man es mir erzählt, auf eben dieser Avenida, und ich hatte es nicht geglaubt. Aber in den Zeitungen hieß es, an irgendwelchen entfernten Orten mache die Sonne die Menschen wahnsinnig und bringe sie bisweilen sogar um.

»Javier«, fragte ich, »hast du gesehen, wie das Ei sich von allein gebraten hat, auf der Fahrbahn?«

Er schüttelte überrascht den Kopf.

»Nein. Man hat es mir erzählt.«

»Ob das wohl stimmt?«

»Vielleicht. Jetzt könnten wir es ausprobieren. Der Boden glüht wie ein Kohlenbecken.«

In der Tür von *La Reina,* erschien Alberto. Sein blondes Haar glänzte wunderschön, als wäre es aus Gold. Er winkte freundlich mit der rechten Hand. Seine riesigen grünen Augen standen weit offen, und er lächelte. Sicher würde er gerne wissen, wohin diese schweigende uniformierte Menge in der dumpfen Hitze marschierte.

»Kommst du später?« rief er mir zu.

»Ich kann nicht. Wir sehen uns abends.«

»Er ist ein Schwachkopf«, sagte Javier. »Er ist ein Säufer.«

»Nein«, erklärte ich. »Er ist mein Freund. Er ist ein guter Junge.«

IV

»Laß mich reden, Lu«, bat ich, um Sanftheit bemüht.

Aber niemand konnte ihn mehr zurückhalten. Er stand aufrecht auf dem Geländer, unter den Zweigen des trockenen Johannisbrotbaums, und hielt in bewundernswerter Weise das Gleichgewicht; seine Haut und sein Gesicht erinnerten an eine Eidechse.

»Nein«, sagte er angriffslustig. »Ich werde reden.«

Ich machte Javier ein Zeichen. Wir näherten uns Lu und packten seine Beine. Aber es gelang ihm, sich rechtzeitig am Baum festzuhalten und sein rechtes Bein aus meinen Armen zu befreien; von einem kräftigen Fußtritt auf die Schulter drei Schritte zurückgeworfen, sah ich, wie Javier Lu rasch seine Arme um die Knie schlang, hochschaute und ihn mit seinen Augen herausforderte, in die mit aller Gewalt die Sonne stach.

»Schlag ihn nicht!« rief ich. Er beherrschte sich, zitternd, während Lu zu kreischen begann:

»Wißt ihr, was der Direktor uns gesagt hat? Er hat uns beschimpft, er hat uns wie Vollidioten behandelt. Er hat keine Lust, die Prüfungspläne festzusetzen, weil er uns zur Sau machen will. Er wird die ganze Schule durchfallen lassen, das ist ihm piepegal. Er ist ein ...«

Wir befanden uns am gleichen Ort wie vorher, und die krummen Reihen der Jungen begannen sich aufzulösen. Fast die ganze Mittelstufe war noch immer da. Durch die Hitze und jedes Wort von Lu wuchs die Empörung der Schüler. Sie gerieten in Fahrt.

»Wir wissen, daß er uns haßt. Wir verstehen uns nicht mit ihm. Seit er da ist, ist die Schule keine Schule. Er beschimpft uns, er schlägt uns. Und dann will er uns auch noch durch die Prüfungen fallen lassen.«

Eine gellende, anonyme Stimme unterbrach ihn:

»Wen hat er geschlagen?«

Lu zögerte einen Augenblick. Dann explodierte er von neuem:

»Wen?« sagte er herausfordernd. »Arevalo, zeig allen deinen Rücken!«

Von Gemurmel begleitet, tauchte Arevalo aus der Mitte der Menge auf. Er war blaß. Er war ein Kojote. Als er zu Lu gelangte, entblößte er Brust und Rücken. Auf seinen Rippen war ein dicker roter Streifen zu sehen.

»Das ist Ferrufino!« Lus Hand wies auf das Zeichen, während seine Augen sich prüfend auf die verblüfften Gesichter der Nächststehenden richteten. Die Menge zog sich tumultartig um uns zusammen; alle drängelten, um sich Arevalo zu nähern, und niemand hörte Lu oder Javier und Raygada, die um Ruhe baten, oder mich, der ich rief: »Es ist nicht wahr! Hört nicht auf ihn! Es ist nicht wahr!« Das Gewoge entfernte mich vom Geländer und von Lu. Ich war dem Ersticken nahe. Es gelang mir, einen Weg zu bahnen, bis ich aus dem Tumult herausfand. Ich lockerte meine Schulkrawatte und atmete mit offenem Mund und erhobenen Armen ein, langsam, bis ich spürte, daß mein Herz zu seinem Rhythmus zurückgefunden hatte.

Raygada stand neben mir. Empört fragte er mich:

»Wann war das mit Arevalo?«

»Nie.«

»Wie bitte?«

Sogar er, der stets Gelassene, war gewonnen. Seine Nasenflügel bebten heftig, und er hatte die Fäuste geballt.

»Nichts«, sagte ich, »ich weiß nicht, wann es war.«

Lu wartete, daß die Erregung ein wenig nachließ. Dann

erhob er seine Stimme über die verstreut laut werdenden Proteste:

»Wird Ferrufino uns kleinkriegen?« fragte er schreiend; seine zornige Faust drohte den Schülern. »Wird er uns kleinkriegen? Antwortet mir!«

»Nein!« brach es aus fünfhundert oder mehr heraus. »Nein! Nein!«

Zitternd von der Anstrengung, die sein Gekreische ihm abverlangte, balancierte Lu siegreich auf dem Geländer.

»Daß keiner die Schule betritt, bis die Prüfungspläne da sind. Das ist gerecht. Wir haben das Recht dazu. Und auch die Unterstufe werden wir nicht reinlassen.«

Seine aggressive Stimme ging im Geschrei unter. Mir gegenüber, in der Masse, über die sich Arme reckten, die jubelnd Hunderte von Mützen in der Luft schwenkten, erblickte ich nicht einen einzigen, der gleichgültig oder dagegen gewesen wäre.

»Was machen wir?«

Javier wollte Ruhe demonstrieren, aber seine Pupillen glänzten.

»Ist gut«, sagte ich. »Lu hat recht. Wir werden ihm helfen.«

Ich lief zum Geländer und kletterte hinauf.

»Macht denen aus der Unterstufe klar, daß am Nachmittag kein Unterricht ist«, sagte ich. »Ihr könnt jetzt gehen. Die aus der Fünften und aus der Vierten bleiben hier, um die Schule zu bewachen.«

»Die Kojoten auch«, schloß Lu glücklich.

V

»Ich habe Hunger«, sagte Javier.

Die Hitze hatte nachgelassen. Auf der einzigen benutzbaren Bank der Plaza Merino sitzend, empfingen wir die Sonnenstrahlen, leicht gefiltert durch ein paar Wolkenschleier, die am Himmel aufgetaucht waren, aber fast niemand schwitzte.

León rieb sich die Hände und lächelte; er war unruhig.

»Zitter nicht«, sagte Amaya. »Du bist zu groß, um Angst vor Ferrufino zu haben.«

»Paß auf!« Das Affengesicht Leóns war rot geworden, und sein Kinn reckte sich vor. »Paß auf, Amaya!« Er war aufgestanden.

»Streitet euch nicht«, sagte Raygada ruhig. »Niemand hat Angst. Er war' schön blöd.«

»Gehn wir mal hinten nachschauen«, schlug Javier vor.

Wir liefen um die Schule herum und hielten uns dabei auf der Straßenmitte. Die hohen Fenster waren angelehnt, und man sah niemanden dahinter, noch hörte man das geringste Geräusch.

»Sie essen zu Mittag«, sagte Javier.

»Ja. Natürlich.«

Auf dem gegenüberliegenden Bürgersteig ragte das Haupttor der Salesianer-Schule auf. Die Internen der Mittelstufe hatten sich auf dem Dach postiert und beobachteten uns. Kein Zweifel, sie waren informiert worden.

»Was für tapfere Jungs«, spottete jemand.

Javier beschimpfte sie. Eine Flut von Drohungen antwortete ihm. Einige spuckten, aber ohne zu treffen. Gelächter erklang. »Sie sterben vor Neid«, murmelte Javier.

An der Ecke sahen wir Lu. Er saß auf dem Bürgersteig, allein, und blickte wie abwesend auf die Fahrbahn. Er sah uns und kam uns entgegen. Er wirkte zufrieden.

»Zwei Kleine aus der Ersten sind gekommen«, sagte er. »Wir haben sie zum Spielen an den Fluß geschickt.«

»Ja?« sagte Javier. »Warte eine halbe Stunde, und du wirst sehen. Es wird gewaltigen Aufruhr geben.«

Lu und die Kojoten bewachten die Hintertür der Schule. Sie waren auf die Ecken der Calle Lima und der Calle Arequipa verteilt. Als wir zum Eingang der Sackgasse gelangten, unterhielten sie sich in Gruppen und lachten. Alle trugen Stöcke und Steine bei sich.

»So nicht«, sagte ich. »Wenn ihr sie schlagt, dann werden die Kleinen um so mehr hineinwollen.«

Lu lachte.

»Ihr werdet schon sehen. Durch diese Tür kommt niemand rein.«

Auch er trug einen Knüppel, den er bislang hinter seinem Körper verborgen hatte. Er zeigte ihn uns und fuchtelte mit ihm herum.

»Und bei euch?« fragte er.

»Noch nichts.«

Hinter uns rief jemand unsere Namen. Es war Raygada. Er kam angerannt und rief uns, während er wild mit der Hand fuchtelte. »Sie kommen, sie kommen«, sagte er erregt. »Kommt mit.« Zehn Meter vor uns blieb er plötzlich stehen. Er machte kehrt und rannte im Laufschritt zurück. Er war in heller Aufregung. Javier und ich liefen ebenfalls los. Lu rief uns irgendwas vom Fluß hinterher. ›Der Fluß?‹ dachte ich. ›Den gibt's doch gar nicht. Warum redet alle Welt vom Fluß, wenn das Wasser nur einen Monat im Jahr fließt?‹ Javier rannte neben mir, schnaufend.

»Werden wir sie zurückhalten können?«

»Was?« Er konnte kaum den Mund öffnen, es erschöpfte ihn noch mehr.

»Werden wir die Unterstufe zurückhalten können?«

»Ich glaube schon. Kommt alles drauf an.«

»Sieh mal.«

Auf der Mitte des Platzes, neben dem Brunnen, redeten León, Amaya und Raygada mit einer Gruppe von Kleinen, fünf oder sechs. Die Lage schien ruhig zu sein.

»Ich wiederhole«, sagte Raygada, dem die Zunge aus dem Hals hing. »Geht zum Fluß. Es gibt keinen Unterricht, es gibt keinen Unterricht. Ist das klar? Oder soll ich einen Film zeigen?«

»Genau«, sagte einer mit Stupsnase. »Und zwar in Farbe.«

»Seht mal«, sagte ich zu ihnen. »Heute betritt niemand die Schule. Wir gehen an den Fluß. Wir werden Fußball spielen: Unterstufe gegen Mittelstufe. Einverstanden?«

»Haha«, lachte der mit der Stupsnase süffisant. »Wir werden euch schlagen. Wir sind mehr.«

»Wir werden ja sehen. Geht jetzt.«

»Ich will nicht«, erwiderte eine kühne Stimme. »Ich geh' in die Schule.«

Es war ein Junge aus der Vierten, schmal und blaß. Sein langer Hals ragte wie ein Besenstiel aus dem Gabardinehemd, das ihm zu weit war. Er war Klassenbester des Jahres. Erschrocken über seine Verwegenheit, trat er ein paar Schritte zurück. León lief und packte ihn am Arm,

»Hast du nicht kapiert?« Er hatte sein Gesicht dem des Kleinen genähert und brüllte ihn an. Was zum Teufel machte León angst? »Hast du nicht kapiert, Kleiner? Niemand geht rein. Los, zieh ab.«

»Stoß ihn nicht«, sagte ich. »Er wird von allein gehen.«

»Ich geh' nicht!« schrie er. Er hatte sein Gesicht gegen León erhoben, er schaute ihn wütend an. »Ich geh' nicht! Ich will keinen Streik.«

»Halt den Mund, Schwachkopf! Wer will denn Streik?« León wirkte sehr nervös. Er drückte mit all seinen Kräften den Arm des Klassenbesten. Dessen Kameraden beobachteten die Szene amüsiert.

»Sie können uns von der Schule weisen!« Der Klassenbeste wandte sich an die anderen Kleinen, er wirkte erschrocken und zornig. »Die da wollen Streik, weil man ihnen keinen Prüfungsplan gibt, sie werden die Prüfungen ganz plötzlich abhalten, und die wissen nicht, wann. Glaubt ihr, das weiß ich nicht? Sie können uns von der Schule weisen. Gehn wir rein, Jungs.«

Eine Welle der Überraschung ging durch die Kleinen. Sie schauten sich jetzt an, ohne zu lachen, während der andere weiter kreischte, daß man uns von der Schule weisen würde. Er weinte.

»Hau ihn nicht«, rief ich, zu spät. León hatte ihn ins Gesicht geschlagen, nicht sehr kräftig, aber der Junge begann mit den Füßen aufzustampfen und zu schreien.

»Du benimmst dich wie ein Hosenscheißer«, bemerkte jemand.

Ich schaute Javier an. Er war schon bei ihm. Er hob ihn hoch und warf ihn sich wie ein Bündel über die Schulter. Dann entfernte er sich mit ihm. Einige folgten ihm, laut lachend.

»Zum Fluß«, rief Raygada. Javier gehorchte, denn wir sahen, wie er mit seiner Last in die Avenida Sánchez Cerro einbog, Richtung Malecón.

Die Gruppe, die uns umringte, wurde immer größer. Die einen saßen auf den Ziegelmäuerchen und den kaputten Bänken, während die übrigen gelangweilt über die kleinen asphaltierten Wege des Parks schlenderten, aber zum Glück machte niemand Anstalten, in die Schule hineinzugehen. Wir zehn, die wir paarweise mit der Bewachung des Haupttors beauftragt waren, versuchten, ihre Begeisterung zu wecken: »Sie müssen die Prüfungspläne festsetzen, wenn nicht, machen sie uns fertig. Und euch auch, wenn ihr an der Reihe seid.«

»Es kommen noch mehr«, sagte Raygada zu mir. »Wir sind zu wenige. Sie können uns über den Haufen rennen, wenn sie wollen.«

»Wenn wir sie zehn Minuten aufhalten, ist die Sache gelaufen«, sagte León. »Dann kommt die Mittelstufe, und dann treiben wir sie mit Fußtritten zum Fluß.«

Plötzlich rief ein Junge erregt:

»Sie haben recht! Die da haben recht!« Und an uns gewandt, mit dramatischer Miene: »Ich bin auf eurer Seite.«

»So ist's recht! Sehr gut!«, lobten wir ihn. »Du bist ein Mann.«

Wir klopften ihm auf die Schulter, wir legten den Arm um ihn.

Das Beispiel wirkte ansteckend. Jemand rief: »Ich auch.« »Ihr habt recht.« Sie gerieten in Streit. Wir feuerten die Aufgeregtesten mit Schmeicheleien an: »Prima, Kleiner. Du bist kein Angsthase.«

Raygada kletterte auf den Brunnen. Er hatte die Mütze in der rechten Hand und schwenkte sie leicht hin und her.

»Kommen wir zu einer Einigung«, rief er. »Alle vereint?«

Sie umringten ihn. Noch immer trafen Gruppen von Schülern ein, einige aus der Fünften der Mittelstufe; mit ihnen bildeten wir eine Mauer zwischen dem Brunnen und dem Schultor, während Raygada redete.

»Das nennt man Solidarität«, sagte er. »Solidarität.« Er verstummte, als sei er fertig, aber eine Sekunde darauf breitete er die Arme aus und rief: »Wir werden nicht zulassen, daß ein Unrecht begangen wird!«

Sie klatschten ihm Beifall.

»Gehn wir zum Fluß«, sagte ich. »Alle.«

»Gut. Ihr auch.«

»Wir gehen später.«

»Alle zusammen oder keiner«, entgegnete dieselbe Stimme. Keiner rührte sich.

Javier kehrte zurück. Er kam allein.

»Die sind friedlich«, sagte er. »Sie haben einer Frau den Esel weggenommen. Sie spielen bestens.«

»Die Zeit«, bat León. »Kann mir einer sagen, wie spät es ist?«

Es war zwei Uhr.

»Um halb drei gehen wir«, sagte ich. »Es reicht, wenn einer bleibt, um den Nachzüglern Bescheid zu sagen.«

Die Neuangekommenen tauchten in der Masse der Jungen unter. Sie ließen sich rasch überzeugen.

»Das ist gefährlich«, sagte Javier. Er sprach eigenartig. Hatte er vielleicht Angst? »Das ist gefährlich. Wir wissen doch, was passiert, wenn dem Direktor einfällt rauszukommen. Bevor er den Mund aufmacht, sind wir schon in den Klassenzimmern.«

»Ja«, sagte ich. »Sie sollen sich jetzt auf den Weg machen. Wir müssen sie antreiben.«

Aber niemand wollte sich rühren. Spannung herrschte, man erwartete, daß von einem Augenblick zum anderen etwas geschehen würde. León stand neben mir.

»Die aus der Mittelstufe haben sich dran gehalten«, sagte er. »Stell dir vor. Nur die Bewacher der Türen sind gekommen.«

Fast im gleichen Augenblick sahen wir, daß die aus der Mittelstufe eintrafen, in großen Gruppen, die sich mit den Wogen der Kleinen vermischten. Sie alberten herum. Javier wurde wütend.

»Und ihr?« sagte er. »Was tut ihr hier? Wozu seid ihr gekommen?«

Er wandte sich an die Nächststehenden; an ihrer Spitze befand sich Antenor, der Klassenbeste der Zweiten der Mittelstufe.

»Oh!« Antenor wirkte sehr erstaunt. »Wollen wir denn vielleicht rein? Wir sind gekommen, um euch zu helfen.«

Javier sprang auf ihn zu und packte ihn am Hals.

»Uns helfen! Und die Uniformen? Und die Bücher?«

»Halt den Mund«, sagte ich. »Laß ihn los. Keine Prügeleien. Zehn Minuten, und wir gehen zum Fluß. Fast die ganze Schule ist da.«

Der Platz war gedrängt voll. Die Schüler verhielten sich ruhig, ohne zu streiten. Einige rauchten. Auf der Avenida Sánchez Cerro fuhren viele Autos vorbei, sie verminderten die Geschwindigkeit, wenn sie die Plaza Merino passierten. Aus einem Lastwagen grüßte uns ein Mann und rief:

»So ist's recht, Jungs. Laßt euch nichts gefallen.«

»Siehst du?« sagte Javier. »Die ganze Stadt weiß Bescheid. Kannst du dir das Gesicht von Ferrufino vorstellen?«

»Halb drei!« rief León. »Gehen wir. Rasch, rasch.«

Ich schaute auf meine Uhr: es fehlten noch fünf Minuten.

»Gehen wir«, rief ich. »Gehen wir zum Fluß.«

Einige taten, als würden sie sich bewegen. Javier, León, Raygada und etliche mehr schrien ebenfalls und gingen dazu über, die anderen vorwärtszustoßen. Ein Wort wurde unentwegt wiederholt: »Fluß, Fluß, Fluß.«

Langsam begann die Menge der Jungen in Bewegung zu geraten. Wir hörten auf, sie anzutreiben, und als wir schwiegen, überraschte mich zum zweiten Mal an diesem Tag die völlige Stille. Ich wurde nervös. Ich unterbrach sie:

»Die aus der Mittelstufe nach hinten«, ordnete ich an. »Ans Ende, und in der Reihe.«

Neben mir warf jemand eine Eistüte auf den Boden, die meine Schuhe bespritzte. Die Arme untergehakt, bildeten wir eine Menschenkette. Wir kamen mühsam vorwärts. Niemand widersetzte sich, aber wir rückten äußerst langsam voran. Ein Kopf bohrte sich beinahe in meine Brust. Er wandte sich um. Wie hieß er? Seine kleinen Augen waren freundlich.

»Dein Vater wird dich umbringen«, sagte er.

›Ah‹, dachte ich. ›Mein Nachbar.‹

»Nein«, sagte ich. »Na ja, wir werden sehen. Vorwärts.«

Wir hatten den Platz verlassen. Die lange Kolonne nahm die ganze Breite der Avenida ein. Über den mützenlosen Köpfen sah man zwei Häuserblocks weiter das gelblichgrüne Geländer und die großen Johannisbrotbäume des Malecóns. Dazwischen, kleinen weißen Punkten gleich, die Sanddünen.

Javier, der an meiner Seite marschierte, war der erste, der die Ohren spitzte. In seinen schmalen dunklen Augen lag Erschrecken.

»Was ist los?« fragte ich. »Sag.«

Er schüttelte den Kopf.

»Was ist los?« rief ich laut. »Was hörst du?«

In diesem Augenblick konnte ich einen uniformierten Jungen sehen, der im Eilschritt die Plaza Merino überquerte und auf uns zukam. Die Rufe des Neuankömmlings vermischten sich in meinen Ohren mit dem wilden Geschrei, das aus den dichtgedrängten Kolonnen der Kleinen aufstieg und sich wie eine allgemeine Konfusion ausnahm. Wir in der letzten Reihe hörten nicht richtig. Eine Sekunde lang herrschte Verwirrung unter uns; wir lockerten die Arme, einige machten sich los. Wir fühlten, wie wir nach hinten geworfen, getrennt wurden. Hunderte von Schülern rannten mit hysterischen Schreien an uns vorbei. »Was ist los?« schrie ich León zu. Er zeigte auf etwas mit dem Finger, während er weiterrannte. »Es ist Lu«, sagte jemand an meinem Ohr. »Dort ist was passiert. Sie sagen, da gibt's Zoff.« Ich rannte los.

An der Straßenmündung, die sich wenige Meter von der Hintertür der Schule entfernt auf tat, blieb ich plötzlich stehen. In diesem Augenblick war es unmöglich, irgend etwas zu sehen: Wogen von Uniformen strömten von allen Seiten herbei, die Straße füllte sich mit Schreien und entblößten Köpfen. Plötzlich sah ich, etwa fünfzehn Schritt entfernt, Lu, der auf irgend etwas geklettert war. Sein schmaler Körper hob sich deutlich im Schatten der Wand ab, die ihn stützte. Er war in die Enge getrieben und hieb mit seinem Knüppel in alle Richtungen um sich. Dann hörte ich inmitten des Lärms seine Stimme, lauter als die Stimme derer, die ihn beschimpften und zurückwichen, um seinen Hieben zu entgehen:

»Wer kommt mir nahe?« schrie er. »Wer kommt mir nahe?«

Vier Meter weiter verteidigten sich zwei ebenfalls umzingelte Kojoten mit Stockhieben und unternahmen verzweifelte Anstrengungen, um den Belagerungsring zu durchbrechen und sich mit Lu zu vereinigen. Unter denen, die sie belagerten, sah ich Gesichter der Mittelstufe. Einige hatten sich Steine verschafft und warfen sie nach ihnen, wenn auch ohne sich zu nähern. In der Ferne sah ich ebenfalls zwei von der Bande, die entsetzt davonrannten; eine Gruppe von Jungen mit Stöcken verfolgte sie.

»Beruhigt euch! Beruhigt euch! Gehen wir zum Fluß.«

Eine Stimme erhob sich ängstlich neben mir.

Es war Raygada. Er schien kurz davor, in Tränen auszubrechen.

»Sei nicht blöd«, sagte Javier. Er lachte aus vollem Halse. »Halt den Mund, siehst du nicht?«

Die Tür war geöffnet, und die Schüler strömten dutzendweise hinein, mit rückhaltlosem Eifer. An der Straßenmündung trafen weitere Schulkameraden ein, einige gesellten sich zu der Gruppe, die Lu und die Seinen umringte. Es war ihnen gelungen, sich zu vereinigen. Lus Hemd stand offen, seine magere, haarlose Brust war sichtbar, schweißbedeckt und glänzend; ein dünner Blutfaden lief ihm über Nase und Lippen. Ab und zu spuckte er aus und schaute voll Haß auf die Nächststehenden. Nur er hatte den Stock erhoben, bereit, ihn niedersausen zu lassen. Die anderen hatten ihren erschöpft sinken lassen.

»Wer kommt mir nahe? Ich will das Gesicht dieses Helden sehen!«

Während sie in die Schule strömten, rückten sie sich so gut es ging die Mützen und die Schulkrawatten zurecht. Nach und nach löste sich unter Schimpfworten die Gruppe auf, die Lu umlagerte. Raygada versetzte mir einen Stoß mit dem Ellbogen:

»Er hat gesagt, mit seiner Bande könnte er die ganze Schule besiegen.« Er sprach traurig. »Warum haben wir diesen Idioten allein gelassen?«

Raygada entfernte sich. Von der Tür her machte er

uns ein Zeichen, als zweifelte er. Dann ging er hinein, Javier und ich gingen zu Lu. Er zitterte vor Zorn.

»Wieso seid ihr nicht gekommen?« brach es heftig aus ihm heraus. »Wieso seid ihr nicht gekommen, um uns zu helfen? Wir waren nur acht, weil die anderen ...«

Er hatte einen scharfen Blick und war geschmeidig wie eine Katze. Er warf sich rasch nach hinten, während meine Faust kaum sein Ohr streifte, und dann ließ er mit der Kraft seines ganzen Körpers seinen Knüppel durch die Luft sausen. Der Schlag traf mich an der Brust und machte mich schwanken. Javier trat dazwischen.

»Hier nicht«, sagte er. »Gehen wir zum Malecón.«

»Gehen wir«, sagte Lu. »Dir werd' ich's noch einmal zeigen.«

»Wir werden ja sehen«, sagte ich. »Gehen wir.«

Wir liefen einen halben Häuserblock weit, langsam, denn meine Beine zitterten. An der Ecke stoppte uns León.

»Prügelt euch nicht«, sagte er. »Es lohnt sich nicht. Gehen wir in die Schule. Wir müssen zusammenhalten.«

Lu schaute mich mit seinen halbgeschlossenen Augen an. Er sah aus, als sei ihm unbehaglich zumute.

»Warum hast du die Kleinen geschlagen?« fragte ich ihn. »Weißt du, was mit dir und mir jetzt passieren wird?«

Er antwortete nicht, machte nicht die geringste Bewegung. Er hatte sich völlig beruhigt und hielt den Kopf gesenkt.

»Antworte, Lu«, beharrte ich. »Weißt du das?«

»Ist gut«, sagte León. »Wir werden versuchen, euch zu helfen. Gebt euch die Hand.«

Lu hob das Gesicht und schaute mich betrübt an. Als ich seine Hand zwischen meinen spürte, bemerkte ich, daß sie weich und zart war, und mir kam der Gedanke, daß wir uns zum ersten Mal auf diese Weise begrüßten. Wir machten kehrt und liefen in einer Reihe bis zur Schule. Ich fühlte einen Arm auf der Schulter. Es war Javier.

Thomas Bernhard
Unseld

Wenn Shakespeare der größte Dichter und Minetti der größte Schauspieler, dann ist Unseld der größte Verleger. Denn wie Shakespeare bis heute von keinem eingeholt worden ist und Minetti bis jetzt alle weit übertroffen hat, verweist der jetzt sechzigjährige Unseld selbst die Berühmtesten seiner Geistesgeschichte weit auf die Plätze. Ich bin mit Unseld, dem Pünktlichen und Verläßlichen, in vielen Ländern und in vielen Städten spazieren und an vielen Ufern entlanggegangen sowie auf viele Hügel und Gipfel gestiegen. Ich habe ihm in Triest seinen Hegel und in Wien seinen Goethe und auf dem Corvatsch seinen Brecht abgehört und an einem persischen Salzsee seiner Begeisterung für Kant freien Lauf gelassen. Im Stuttgarter *Zeppelin* habe ich zugeschaut, wie er ein Denkmal für Ingeborg Bachmann gebaut hat, in Zürich hörte ich seinen Traktat über Joyce, in Sankt Moritz seinen auf Beckett. Auf den Ruinen von Persepolis baute er eine neue Taschenbuchreihe, in der ägyptischen Wüste erdachte er sich einen Hessevortrag. Ein kleiner stinkender Ölofen in einem Hotel in Schiras inspirierte ihn eines Abends mit Vehemenz zu einer durch und durch philosophischen Lebens- und Weltauffassung bis drei Uhr früh. In der Wüste von Saccara habe ich mit ihm bei dreizehn Grad *unter Null* und unter der Erde die berühmten Stiersarkophage bestaunt und dann, wieder im Tageslicht, bei zweiundvierzig Grad *über Null,* einen gemeinsam gelachten Lachkrampf bekommen. In Teheran schaute ich an seiner Seite wie er vom dreizehnten Stock des Sheratonhotels in das Schwimmbecken, in welchem kein Wasser, aber der Hotelmüll gelagert war. Nie, weder vorher noch nachher, habe ich einen so traurigen Unseld gesehen. Nach dem Besuch eines diplomatischen Essens in Kairo ist eineinhalb Meter vor dem Ziel das Seil jenes Lifts gerissen, in welchem Unseld und ich und andere auf dem Weg zur ebenen Erde waren. Ein nur eine halbe Sekunde früher gerissenes Seil, und es gäbe schon sieben Jahre keinen Unseld und keinen Bernhard. Wir hatten uns den Staub und den Mörtel aus den Haaren und aus den Kleidern geschüttelt und aufgelacht. Der Anfang meiner Beziehung zu Unseld war eine Forderung gewesen, um nicht sagen zu müssen, eine Erpressung meinerseits. Ich forderte von Unseld zwei Jahre nach dem Erscheinen von *Frost* und zwei Jahre vor dem Erscheinen von *Verstörung,* im Jänner 1965, 40000 (in Worten: vierzigtausend) Mark; *weil ich es eilig hatte, in zwanzig Minuten.* Angeblich hatte Unseld zu diesem Zeitpunkt, wie seine Frau mir neunzehn Jahre später versicherte, vierzig Grad Fieber gehabt. Ich forderte also damals, wie ich heute denke, für jeden Fiebergrad des Verlegers oder für jede halbe Minute des Verlegers, tausend Mark. Nach diesem *Geschäft,* das mich im Höchstmaß befriedigte und das zur Rettung meines Ohlsdorfer Narrenhauses notwendig war, fuhr ich nach Gießen, um einen Vortrag zu halten, und dachte die ganze Zeit, daß gute Geschäfte machen wenigstens so schön ist wie Schreiben und daß ich, zu allem Unglück meiner Person, auch noch gelernter Kaufmann bin. Unseld hat diese Tatsache oft zu spüren bekommen. Was meine schriftstellerische Arbeit betrifft, so habe ich viele Jahre geglaubt, der Verleger liest überhaupt nicht, was ich schreibe. Bis ich darauf gekommen bin, daß er es eindringlicher liest als ich selbst. Ein elementares Mißtrauen haben wir beide uns, wie in der Vergangenheit, auch für die Zukunft auf die Seite gelegt. Aber unser Verhältnis ist, darüber besteht kein Zweifel, *ideal* geworden. Unseld, denke ich, ein Name, der alles, nur kein Glück bringen kann! Mir hat er Glück gebracht!

Louis Begley
Du alter Bock!

Du weißt doch, Elaine und ich freuen uns sehr, wenn du mal zum Essen kommst. Wir wollen immer mit dir essen!

Das ist mir neu. Ihr arbeitet doch immer nur. Ich möchte nicht die Geburt eines neuen Meisterwerks stören.

Essen müssen wir schließlich – wie jeder Mensch!

Hier war Gil nicht aufrichtig, aber Schmidt hatte keine Lust, das zu sagen. Seiner Meinung nach konnten sie nur deshalb so tun, als seien sie immer noch enge Freunde, weil er sich dazu erzogen hatte, gewisse Konventionen genau einzuhalten. Eine davon – und zwar eine, die, so wie die Dinge jetzt standen, dringend aktualisiert werden mußte –, bestand darin, daß man zu glauben hatte, Elaine liebe tief im Herzen Mary und ihn mehr als die berühmten Leute, ihre wirklichen Freunde, mit denen sie und Gil tagein, tagaus zusammen waren, und sie sei ganz unglücklich – ach wie todunglücklich! – über die geheimnisvollen, unüberwindlichen Kräfte, die sich immer hindernd einmischten, die absolut verboten, daß Gil und sie mit den Schmidts »spielen«. Spielen nannte sie all das, was Paare eben gemeinsam tun, die eine besondere, heimliche Vorliebe füreinander hegen: spontan nach einer Off-Broadway-Show irgendwo zum Essen gehen, zusammen in die Anden reisen und dergleichen mehr – statt Mary und Schmidt nur bei großen Gesellschaften zu sehen, zum Beispiel auf Empfängen im Anschluß an Voraufführungen von Gils Filmen. Schmidts Mittagessen mit Gil folgten einer anderen Konvention. Kurz nachdem Gils *Rigoletto* in Cannes gezeigt und ausgezeichnet worden war, spürte Schmidt – er konnte es aus gelegentlichen Bemerkungen Gils über gewisse Freunde heraushören –, daß es im ganzen wohl besser war, Gil nicht anzurufen, sondern abzuwarten, bis die Initiative zu einem gemeinsamen Mittagessen von ihm ausging. Und doch lehrte die Erfahrung, daß Gil manchmal beängstigend lange überhaupt kein Lebenszeichen gab, ohne jeden Grund – weder konnte er beleidigt noch an der Westküste sein –, und daß Schmidt dann irgendwann selbst aktiv werden mußte, wenn er es nicht *de facto* zum endgültigen Bruch kommen lassen wollte. Dieses Verhalten war korrekt, daran hatte Schmidt gar keinen Zweifel: Mrs. Cooney, die viel mehr verstand, als sie zugab, hatte es stillschweigend gebilligt. Manchmal erwähnte sie ganz beiläufig, aber wahrscheinlich nach einem prüfenden Blick auf den einschlägigen Terminplan in ihrer Schreibtischschublade, sie habe mehrere freie Termine in Schmidts Kalender gefunden; fragte dann, ob sie vielleicht Mr. Blackmans Assistentin anrufen solle – sie hätten ja schon länger nichts mehr von ihm gehört –, um das Übliche zu verabreden. Das hieß: Mittagessen um zwölf Uhr dreißig, und zwar, je nachdem, wer mit der Einladung an der Reihe war, entweder in Schmidts Club oder in einem Restaurant im Seagram Building, das Gil und andere gepflegte Damen und Herren mit idiosynkratischen Ernährungsgewohnheiten, die der Chefkellner auswendig gelernt oder in seinen Computer eingespeist hatte, wie einen Club frequentierten.

Man mußte sich fragen, warum Gil die wohldosierte Zurückhaltung seines alten Freundes Schmidt ganz natürlich fand, warum er sich immer wieder abrupt und ohne Erklärung unsichtbar machte; Schmidt glaubte die Antwort auf diese Fragen zu kennen, und sie machte ihn traurig. Offenbar war Gil ganz allmählich, aber sehr gründlich von einer Mischung aus Geistesabwesenheit und Gleichgültigkeit befallen worden, die sich so festgesetzt hatte, daß er gar nicht mehr an Schmidt dachte, wenn seine Assistentin ihn nicht manchmal daran erinnerte, ebenfalls nach einem Blick auf die Terminplanung, daß es wieder einmal Zeit für Schmidt sei, oder wenn Gil selbst, was inzwischen immer seltener vorkam, plötzlich Lust auf einen gewissen Klatsch verspürte, so wie Schmidt manchmal ein plötzlicher Heißhunger auf Knackwurst mit Kartoffelsalat überfiel. Schmidt hatte den Verdacht, daß mit Gil dasselbe geschah wie mit ihm, der auch manchmal vergaß, einen Jahresbeitrag für das Harvard College, den Verein zur Förderung von Geburtenplanung, das armenische Jazzfestival, die Pfadfinderinnen und so weiter zu zahlen, wenn ihn nicht die Mrs. Cooneys, die für die einschlägigen Institutionen arbeiteten und hoch dafür bezahlt wurden, daß sie derartige Versäumnisse verhinderten, rechtzeitig daran erinnerten, mit dem nötigen Taktgefühl natürlich, um ihn nicht durch zu häufige Mahnungen zu verärgern. Schmidt hing so sehr an Gil, daß er die kränkende Vernachlässigung über sich ergehen ließ wie schlechtes Wetter. Sie hatte ihn nicht davon abgehalten, damals, als er noch weniger Ahnung vom Tod gehabt hatte, sich an dem Gedanken zu freuen, daß Mary, wenn Schmidts letzte Stunde schlüge, ganz selbstverständlich Gil an sein Bett rufen würde. Diese tröstliche Aussicht war nun dahin. Wenn Charlotte und Jon überhaupt jemanden an sein Bett rufen würden, nachdem sie ihn in ein Krankenhaus verfrachtet hatten, dann wohl diesen Clown Murphy oder einen anderen Anwalt vom gleichen Kaliber.

Hast du wieder einen Film in Arbeit?

Ja und nein. Ich habe eine Idee und ein Skript, die ich festhalten sollte, aber irgendwas gefällt mir daran nicht. Elaine hat auch ein Projekt – für eine Show, die sie vielleicht am Whitney organisieren möchte. Wir sitzen hier in unserer Höhle, basteln und bosseln und trinken. Ich schreibe Sachen auf und streiche alles wieder durch. Und du?

Bei mir hat sich's ausgebastelt. Ich merke allmählich, wie schwer mir die Entwöhnung vom Anwaltsdasein fällt. Ich zerbreche mir den Kopf über Mandanten, über die Kanzlei, über Mrs. Cooney – ob sie sich in Santa Fe wohl fühlt –, über dies und das. Ich könnte mit dem Zubringerbus in die Stadt fahren, in der Kanzlei zu Mittag essen und mich auf dem laufenden halten, aber ich hasse es, ins Büro zu gehen, und ich hasse es, meine ehemaligen Kollegen anzurufen. Dann würde ich mir wie ein unerwünschtes Gespenst vorkommen! Das erinnert mich an meinen Vater. Er hat nach seiner Pensionierung auch immer gesagt: Alles geht mir ständig weiter im Kopf herum.

Ich habe dir dringend geraten, dich beurlauben zu lassen, solange Mary dich brauchte, aber ja nicht an vorzeitigen Ruhestand zu denken. Es gibt einen Menschenschlag – alle Landes- und Staats- und Bankangestellten und die meisten Zahnärzte –, das sind die geborenen Rentner. Die streben dem Ruhestand entgegen, kaum daß sie auf die Welt gekommen sind. Jugend, Sex, Arbeit, alles nur unumgängliche Zwischenstationen, Umwandlungen von der Raupe über die Puppe und den Kokon, bis das Wunder der Metamorphose sich vollendet und der Welt den Schmetterling in Gestalt des Rentners schenkt. Ruhestand: Golfclubs, witzige Schuhe und Designersonnenbrillen für den Zahnarzt; Wohnwagen und Grillgerät mit Propangasflamme für die Angestellten am unteren Ende der Lohnskala! Du und ich, wir sind von anderem Schlag. Uns müssen Mißgeschick und moderne Medizin in die Mangel nehmen, sonst werden wir nicht mürbe. Ich danke Gott und freue mich, daß ich sagen kann: Du bist noch ganz und gar nicht reif für die Rolle des lebendig Toten! Was dir fehlt, ist ein Job! Ich werde mir was für dich einfallen lassen.

Schmidt bekam Herzklopfen. Gil wollte ihm Arbeit anbieten: Er sollte wohl den Finanzierungsplan für den nächsten Filmvertrag seiner Produktionsgesellschaft entwerfen. Oder vielleicht Berater werden – nur durfte es keine rein juristische Arbeit sein. Dann konnte er sie annehmen, ohne mit den Klauseln des Pensionsplanes von W & K in Konflikt zu geraten, die jede Tätigkeit in einer Anwaltspraxis ausschlossen!

Schön war's. Aber Gil hatte nichts zu bieten außer Ratschlägen, die eine Geduldsprobe für Schmidt waren. Der Mann, der bei Wood & King den Ton angibt, dieser DeForrest, das ist doch ein Freund von dir. Kannst du nicht mit dem was vereinbaren? Wenn sie die Anteile der Sozii nicht umverteilen wollen, könntest du doch als Sozius auf Gehaltsbasis wiedereinsteigen? Als Senior-Berater oder so?

Schmidt lachte.

Dafür ist es zu spät. Das Rad kann man nicht mehr zurückdrehen. Ich habe ziemlich günstige Bedingungen ausgehandelt – jedenfalls nach W & K-Maßstäben –, ich habe keine Mandanten mehr – auch die wurden umverteilt und sind offenbar sehr zufrieden. Und wo sollte ich denn in der Stadt wohnen? Reden wir lieber von erfreulicheren Dingen: von den Blackman-Kindern zum Beispiel!

Die Kinder haben Zeit, die können noch warten. Aber du hast ein Problem. Im Ernst, Schmidtie, fällt dir nichts ein, was du gern tun würdest? Wie wäre es mit einer Stiftung? Oder, besser noch, du gehst in ein paar Aufsichtsräte. Wie hieß dieser Rechtsanwalt mit der schlechten Haut noch, der Geld für Reagan gesammelt hat? Der hat genau das getan.

Das ist mein wunder Punkt! Ich habe eben immer nur für W & K gearbeitet. Ich bin ein Produkt, das niemand braucht. Deshalb kann ich nicht mehr zurück. An Stiftungen habe ich auch gedacht. Aber selbst wenn irgendein harmloser kleiner Verein bereit wäre, mich anzuheuern, weiß ich nicht, ob ich Lust dazu hätte! Erstens hat die Sache einen Haken, wenn man sie praktisch betrachtet: Ich müßte wieder in die Stadt ziehen, wenn ich einen solchen Job annähme, und das würde mich mehr Geld kosten, als ich verdienen könnte. Aber für mich fällt mehr ins Gewicht, daß ich Wohltätigkeitsorganisationen und die Leute, die sie leiten, noch nie ausstehen konnte. So stelle ich mir die Hölle vor. Man sammelt Geld für die Armen und legt erst mal einen fetten Brocken davon für Gehälter und Betriebskosten beiseite. Und als nächstes muß man sich Projekte ausdenken, für die man den Rest ausgeben kann. Und dann das Ganze wieder von vorn! Gähnend langweilig, ich würde mir den Kiefer ausrenken!

Als er sah, daß ein Schatten über Gils helles Gesicht zog, lenkte Schmidt schleunigst ein: Ich meine ja nicht alle gemeinnützigen Vereine, zum Beispiel nicht das Heim für Schauspieler mit Alzheimer, das du unterstützt, das ist sehr nützlich, und ich hasse auch nicht alle Stiftungspräsidenten, sondern nur die meisten. In Wahrheit ist es schlicht und einfach so, wie ich dir sage – mich braucht keiner. Weder meine Kanzlei noch Stiftungen, noch Aufsichtsräte. Ich habe nicht die richtigen außerberuflichen Aktivitäten aufzuweisen, also habe ich nicht das richtige Profil.

Schmidtie, du hast nur eines nicht: die richtige Einstellung!

Glaub mir. Ich bin wie der Kerl im Bus, der nur mal schnell pinkeln gegangen ist, und als er wiederkommt, sieht er, daß sein Platz besetzt und kein anderer frei ist. Was soll er machen? Aussteigen? Du weißt, was das bedeutet, wenn es nur diesen einen Bus gibt. Dann ist es schon besser, alt auszusehen und sich im Stehen am Griff festzuhalten. Dann sehe ich eben alt aus, das ist mir egal. Du hättest nur nicht in dem Moment pinkeln gehen dürfen, als dein Kumpel DeForrest sich zum Vorsitzenden der Sozietät hat wählen lassen. Das habe ich nie verstanden. Du hast mir doch erklärt, daß du den Job hättest haben können, wenn du nur ein Wort gesagt hättest. Dann würdest du jetzt die Kanzlei leiten, dann würdest du deine Sozii fragen, ob sie eigentlich noch von ihren Mandanten oder sonstwem gebraucht werden!

Schmidt streute sich Salz auf die Pommes frites. Er hatte mit den Fingerspitzen zierlich ein, zwei aufgepickt, so als wollte er sie eigentlich auf dem Teller lassen. Sie schmeckten nicht schlecht. Zum Teufel mit der Abstinenz. Er beschloß, sie alle aufzuessen, bis zum letzten Krümel. Was hatte er denn davon, sich das bißchen Fett zu versagen? Manchmal war Gils gutes Gedächtnis eher irritierend als liebenswert. Monatelang sah man ihn nicht, und eines Tages nahm er die Unterhaltung genau an dem Punkt wieder auf, an dem man sie abgebrochen hatte; ausgerechnet die schmückenden Details, die er gleich wieder hätte vergessen oder gar nicht erst hören sollen, behielt er im Gedächtnis.

Das ist der springende Punkt. DeForrest wollte den Job haben. Mehr als ich. Ich weiß eigentlich gar nicht, ob ich einen Grund hatte, ihn zu wollen. Vielleicht wollte ich nur die Gewißheit, daß ich ihn hätte haben können. Das reicht aber nicht.

Und DeForrest?

Den Ehrgeiz, Vorsitzender der Sozietät zu werden, hatte er schon seit Jahren; zeitweilig benahm er sich geradezu kindisch. Dazu kam, daß er die Anwaltsarbeit ziemlich leid geworden war. So geht es vielen Anwälten, aber mir war das erspart geblieben. Also war es ganz natürlich, daß er den Job bekam. Außerdem hatte er alle möglichen neuen Ideen und Änderungsvorschläge – ein wahres Manifest. Ich hatte kein Programm – ich hätte wohl nur versucht, alles beim alten zu lassen.

Und was hätte dagegen gesprochen? Du hast diese Kanzlei immer geschätzt, und genug Geld schienst du auch zu verdienen. Wünschst du dir jetzt, du wärst nicht so nachgiebig gewesen?

Eigentlich nicht. DeForrest hätte vielleicht Streit angefangen und gewonnen. Das wäre für mich sehr hart und schlecht für die Kanzlei gewesen. Und gegangen wäre ich sowieso, zum gleichen Zeitpunkt, und jetzt wäre ich in derselben Lage.

Schmidt ließ es bei dieser Antwort. Wozu hätte er eingestehen sollen, daß Jack DeForrest ihn zum Verzicht überredet hatte, indem er ihm wieder und wieder versicherte, sie würden beide bekommen, was ihnen am wichtigsten sei? Schmidtie, du willst die Praxis gestalten, und das solltest du auch tun, und das Kopfzerbrechen über Organisation und Verwaltung überlaß mir, das macht dir doch keinen Spaß. Ein inoffizielles glückliches Duumvirat. Leider hatte es nicht funktioniert; Jack teilte mit niemandem. Über Nacht war Schmidt zurückgestuft, und keiner konnte übersehen, daß etwas schiefgegangen war: Er blieb in seiner alten Position, bei seinen eigenen Mandanten und seiner eigenen schrumpfenden Praxis – Zielscheibe der Nörgeleien von Riker und Konsorten.

Er lächelte Gil zu und schenkte sich die Hälfte des Weinrestes aus der Flasche ein.

Wollen wir jetzt den heiteren Ton anschlagen? Was machen die hinreißenden Blackman-Töchter?

Arbeiten immer noch hart für ihre hoffnungslosen Magazine. Sitzen immer noch in derselben Sackgasse. Weigern sich, erwachsen zu werden. Lisa hat keinen Freund und dreht langsam durch. Nina hat wieder einen, er verdient nichts und wird nie etwas verdienen. Genau gesagt, läßt er sich seine Stimme umschulen, von Bariton auf Tenor, weil er meint, er sähe aus wie ein Tenor. Sein Stimmtrainer ist Albaner. Und sein Vater ist orthodoxer Priester in Scranton! Ich möchte wohl wissen, wie die väterliche Stimme klingt. Lisa und Nina spielen immer noch mit Puppen. Vielleicht hatten sie zuviel Puppengeschirr.

Und Elaines Mädchen?

Schmidt hatte den Namen vergessen – das wäre Gil nie passiert.

Lilly. Die liebe Lilly. Nichts Neues. Ein harmloses langweiliges Wesen. Ich wünschte, sie wäre häufiger bei ihrem Vater. Dann könnten Elaine und ich leichter zusammen verreisen. Seine Freundinnen sind praktisch genauso alt wie

Lilly. Ich versuche, Elaine klarzumachen, daß dem Kind auf diese Weise die Spielgefährtinnen gleich mitgeliefert werden – eine Erleichterung für ihn, wenn er sich um seine Tochter kümmern muß. Aber Elaine sieht das anders. Warum benehmen wir, du und ich, uns immer wie die Glucken, wenn es um unsere Kinder geht?

Weil wir sie lieben.

Nein, weil wir Schuldgefühle haben. Ich habe Grund dazu – ich habe meine Töchter und ihre Mama verlassen und lebe mit Silly Lilly und deren Mama, also kann ich nicht erwachsen werden und mich wie der Vater erwachsener Frauen verhalten. Aber du? Du und die arme Mary, ihr wart immer perfekt, und wenigstens einmal hast du bekommen, was du verdienst: die wunderschöne, intelligente und auf ganzer Linie erfolgreiche Charlotte! Was Neues?

Sie erklärte mir letztes Wochenende, daß sie heiratet. Keine Überraschung: Jon Riker ist der Glückliche.

Ah, Schmidtie, das ist eine gute Nachricht, wundervoll! Du hast wieder eine richtige Familie. Warum mußte ich das erst aus dir herausfragen?

Ich wollte es dir erzählen, aber dann sind wir in meinen Kümmernissen steckengeblieben.

Ich bin ja so erleichtert! Beide haben ehrliche erwachsene Berufe, und sie heiraten, statt mit Puppenstuben zu spielen! Ich habe mich geirrt, du brauchst keinen Job, du hast ja einen! Du wirst der unentbehrliche Babysitter sein! Mary wird das wohl gewußt haben. Sie war bestimmt ganz glücklich darüber. Elaine wird dich anrufen. Sie wird begeistert sein. Und ein bißchen neidisch!

Ich weiß nicht, ob Mary es wußte. Ich glaube eher, die beiden haben sich erst danach entschlossen. Und wenn du die Wahrheit hören willst: Ich habe die Nachricht gar nicht gern gehört. Wir hatten Krach danach, er war leise, aber mörderisch, und ich weiß nicht, wie ich wieder einlenken soll.

Erzähl mal – alles.

Stolz und eine gemeinsame Vorliebe für den nüchternen Diskurs: Schmidt hätte es zwar nicht fertiggebracht, Gil zu erklären, daß er litt, wenn er sah, was aus ihrer Freundschaft geworden war; daß er einen Augenblick gehofft hatte, irgendwie für Gil arbeiten zu können. Alles andere aber war leicht zu bewerkstelligen: Ein Komplize vertraut sich dem anderen an. Folglich waren sie oft indiskret. Schmidt hatte Gil zum Beispiel von Corinne erzählt. Und Gil, gerade erst berühmt und reich geworden, war zu Schmidt gekommen und hatte gesagt: Ich sollte doch glücklich sein, aber mir geht es miserabel, ich muß mich von Anne scheiden lassen, übernimm du das für mich. Und das, obwohl Schmidt sein Trauzeuge gewesen war und eigentlich keine Scheidungsprozesse führte. Schmidt übernahm den Fall und verhandelte härter und eifriger für Gil, als wenn es um sein eigenes Geld und sein eigenes Recht auf die Kinder gegangen wäre; er siegte auf der ganzen Linie und wunderte sich nicht, daß Anne kein Wort mehr mit ihm und Mary sprach.

Er wollte Gil antworten, aber nur einen Teil der Wahrheit sagen; daß er, Schmidt, nicht genug Geld habe, wollte er nicht erwähnen. Deshalb erzählte er Gil, daß das Haus ihm nicht wirklich gehöre, daß er unter diesen Bedingungen nicht mehr mit Charlotte und Jon, wenn sie verheiratet seien, dort leben könne; daß sie ihn zu einer Begeisterung zwingen wollten, die nicht in seiner Macht stünde; daß er eine Einladung der Riker-Eltern zu Thanksgiving angenommen habe, die zur Feuerprobe geworden sei.

Hast du Charlotte gesagt, daß du ihr das Haus geben und ausziehen willst?

Nein. Am Telefon konnte ich das nicht richtig erklären, und ich hatte Angst, sie würde es nur als feindseligen Überrumpelungsversuch auffassen, wenn ich mich nicht ganz klar ausdrückte. Sie wird Geld von mir brauchen. Darüber muß ich auch noch mit ihr sprechen. Ich will nicht, daß sie sich weigert, mein Geld anzunehmen.

Ich glaube, daß du das Haus verläßt und nicht mit ihnen zusammen dort bleiben willst, wird sie sowieso als feindseligen Akt empfinden, und wenn du noch so viel erklärst. Kannst du die Sache nicht auf sich beruhen lassen und dir ein paar Regeln ausdenken für die Zeiten, zu denen ihr gemeinsam dort seid? Es handelt sich schließlich nur um ein paar Wochenenden, wenn schönes Wetter ist. Ich kann mir nicht vorstellen, daß sie jedes Wochenende dort mit dir zusammensein werden.

Mary und ich haben alle Wochenenden in dem Haus zugebracht, auch als Martha noch lebte, und in den Sommerferien waren wir ebenfalls immer da.

Mary und du, das war etwas anderes! Ihr hattet sofort Charlotte, und das war einmal, in den Hamptons der sechziger Jahre! Was für ein rührender Film in Technicolor: Flachshaarige Kinder, sauber und niedlich angezogen, kommen gerade von ihren Ponyreitstunden am Strand. Der *pater familias* im Salonwagen, nach dem dritten Gin-Tonic mit offenem Mund eingeschlafen. Mom, sonnengebräunt, frisch rasierte Beine, harrt am Bahnhof im Chevy mit offenem Verdeck – oder hat sie den Ford-Kombi genommen? – und ist etwas besorgt: die Lasagne wartet im Ofen und sie auf ihre Regel. Das Au-pair-Mädchen hat gerade noch Zeit, in die Wanne im Badezimmer der Gasteltern zu steigen und sich die Zehennägel zu lackieren. Wo ist meine Kamera? Den Film kann ich gleich abdrehen! Das neue Drehbuch wird anders sein. Ich sehe Charlotte und Jon auf dem Colorado River oder bis zu den Hüften im Pulverschnee in Alta – Freuden, die dir und Mary gar nicht in den Sinn gekommen wären! Mittlerweile wirst du dich um die Bäume und die Risse im Schwimmbecken kümmern.

Sehr hübsch, Gil. Mach du den Film. Das Problem ist, daß es für mich nur schwerer wird, dort auszuziehen, wenn ich die paar Dinge in Ordnung gebracht habe, die noch repariert werden müssen. Vorläufig ist es noch ein Sommerhaus, auch für mich, und ein bißchen Spannkraft habe ich noch. Aber darum geht es eigentlich gar nicht. Du weißt, wie ich bin: Wenn ich eine Ecke finde, verkrieche ich mich in ihr, auch wenn mir niemand was tun will. Offenbar weiß ich einfach nicht, wie ich meine Gefühle ändern soll.

Aber du hast doch Charlotte noch gar nichts gesagt – oder Jon. Und die Eltern kennst du wirklich nicht?

Nie gesehen. Wir kümmern uns nicht um die Herkunft unserer jungen Anwälte oder Sozii, und ganz bestimmt führen wir keine Gespräche mit den Eltern, um herauszufinden, ob wir sie akzeptieren können. Ich glaube, sie sind beide Psychiater – aus der analytischen Schule.

Du bist doch mit Jon einverstanden. Warst du nicht neugierig auf seinen Vater und seine Mutter? Schließlich ist er der Mann, mit dem deine Tochter schon seit einer ganzen Weile lebt!

Mary war schon sehr müde, als es bei den beiden ernst wurde. Ich bin übrigens nicht neugierig, und ich bin nicht einverstanden! Ich bin nicht mit Jon einverstanden und mit Charlotte auch nicht. Das macht es noch schlimmer.

Wie kannst du nicht mit Charlotte einverstanden sein? Sie ist hundertprozentig in Ordnung. Sie hat immer gemacht, was ihr, du und Mary, wolltet, und sie hat es tadellos gemacht. Und der Knabe ist dein Sozius! Sozius in der angesehenen New Yorker Kanzlei Wood & King. So wird es doch wohl in der *Times* stehen? Das ist doch hochrespektabel, sollte man meinen.

Nur auf den ersten Blick, ich hätte nie gedacht, daß ich mit ansehen muß, wie Charlotte ein selbstzufriedener überarbeiteter Yuppie wird! Lieber wäre mir, sie hätte einen Zeitschriftenjob, der zu nichts führt, wenn ihr diese Art von Arbeit wirklich Spaß macht. Hätte sie doch so einen Job wie Mary, wie deine Töchter – vielleicht ist das der Grund, warum ich dich beneide!

Schmidtie, du weißt nicht, wovon du redest. Die Jobs, die Lisa und Nina haben, waren das einzige, was sie bekommen konnten. Schon richtig, sie mögen Zeitschriften und Leute, die für Zeitschriften schreiben. Aber sie selbst können nicht schreiben, nicht redigieren, und sie weigern sich, etwas über die Produktion zu lernen. Sie sind Touristinnen in der Zeitschriftenlandschaft, sie machen eine Safari im Landrover und bewundern die Elefanten aus sicherer Entfernung, nur mit dem Unterschied, daß sie von der niedrigsten Stufe der Abteilung Dokumentation aus zuschauen. Von ihrem Verdienst können sie nicht mal die Miete bezahlen – und ihr Vollkornmüsli schon gar nicht und auch nicht das stinkige Zeug, daß sie ihren Abessiniern verfüttern! Ich ernähre sie und den Sohn des orthodoxen Priesters. Die einzige Alternative wäre ein reicher Freund oder Ehemann. Aber so ein Fabelwesen ist nicht in Sicht.

Du kannst dir das leisten, ich auch, nur nicht so mühelos wie du. Laß nur, dies ist keine Adaptation eines Ibsen-Dramas, die du gleich wieder verfilmen könntest. Falls Jon dich interessiert: Er ist ganz in Ordnung, aber nicht so, wie ich mir meinen Schwiegersohn erträumt habe oder den Vater meiner Enkelkinder oder den Mann, mit dem ich zusammen in einem Haus wohnen wollte, das moralisch gesehen meiner Tochter gehört.

Laß uns noch einen Kaffee trinken, sagte Gil. Vielleicht könnten wir einen Kognak brauchen. Ich arbeite heute nachmittag nicht, und wir sind mit diesem Gespräch noch längst nicht am Ende. Was hast du gegen Jon? Ist er nicht genauso, wie du in seinem Alter warst – ein brillanter junger Anwalt auf dem Weg zu Ruhm und Reichtum?

Ich habe weder das eine noch das andere erreicht. Nein, ich war nicht wie Jon. Meine innere Einstellung war ganz anders – ausgerechnet du solltest mich nicht mit meinem Beruf identifizieren. Ich verrate dir ein tiefes Geheimnis: Im College war ich romantisch, romantischer als du, und die romantische Einstellung habe ich nie aufgegeben. Jon hat gar nicht erst damit angefangen. Das ist ein echter Unterschied. Er hat alles, was er braucht, um Sozius in der Kanzlei W & K zu sein, aber es gibt andere Dinge, die W & K gleichgültig sind, mir jedoch nicht. Zum Beispiel die Frage, wieviel einem materieller Erfolg wert sein sollte. Vielleicht liegt das an seiner Herkunft, dem Tabuthema im Büro!

Was heißt Herkunft? Er ist der Sohn zweier Doktoren, und du kennst sie nicht einmal! Allmählich glaube ich, ihr Thanksgiving, ihr Erntedankfest, ist etwas, wofür du Gott danken solltest. Geh dankbar zu dem Essen und versuche, dich zu benehmen, wenn du schon einmal da bist. Die Eltern werden deinem angegrauten Charme erliegen! Das und die gute Hausmannskost werden dich aus deiner Ecke herauslocken.

Da habe ich so meine Zweifel.

Und dann kümmerte sich Schmidt nicht mehr darum, ob er eine von seinen und Gils Spielregeln verletzte.

Gil, sagte er, ich bin einsam und verloren. Laß mich zufrieden. Ich komme mir sowieso schon wie ein Riesenidiot vor. Mary hätte das nicht zugelassen. Ohne sie sehe ich keinen Sinn mehr.

Ich glaube, jetzt bestellen wir den Kognak.

Gil leerte sein Glas, bestellte sich noch einen Kognak und sagte zu Schmidt: Du hast recht. Ohne Mary bist du verloren – ich meine: verlierst du dich in deinen Gefühlen. Mit dem Haus hast du wahrscheinlich auch recht. Wenn du in einer neuen Umgebung bist, die du dir selbst eingerichtet hast, dann kannst du leichter einen neuen Anfang wagen. Du wärst dann eben ein motorisierter Babysitter. Aber zwischen dir und Riker geht irgendwas vor, da spielt eine unterschwellige Geschichte mit, die ich nicht verstehe. Was hast du gegen ihn? Sind das vielleicht die Schlüsselworte: Die Eltern – Psychoanalytiker? Die Herkunft? Kein Romantiker? Schmidtie, willst du damit andeuten, der Junge ist Jude?

So ist es.

Und du bist bestürzt, weil der letzte Sproß der Grove-Street-Schmidts einen Juden heiratet?

Das ist noch das wenigste.

Gil trank den zweiten Kognak aus.

Schmidtie, du machst es wirklich spannend. An dieser Stelle müßte dir siedendheiß einfallen, daß du mit einem Juden redest. Du solltest erröten und sagen: Ach, Verzeihung, ich habe dich damit nicht gemeint, du bist ganz anders!

Bist du ja auch.

Du meinst: berühmt, ein Mensch, den du seit dreiundvierzig Jahren kennst und vor allem sozusagen ein Künstler!

Ist das etwa nicht besser?

Nicht wirklich. Zum Schwiegervater möchte ich dich jedenfalls auch nicht haben. Ruf mich an, wenn du Thanksgiving überstanden hast. Wenn diese Eltern Riker dich dann nicht auf ihre Couch gezerrt haben, versuch ich es vielleicht mal mit meiner.

Sie waren die letzten Essensgäste im Restaurant. Ihr Kellner war verschwunden. Gil zahlte an der Bar, wobei er eine leise Unterhaltung zwischen dem Eigentümer und einer traurigen fetten Frau unterbrach, deren Jerseykleid und Gummischuhe fast den gleichen Grünton hatten. Ihre Hände waren ganz aufgesprungen und rissig. In der einen hielt sie einen stark verdünnten Whiskey, in der anderen eine Filterzigarette. Der Black & White-Aschenbecher neben ihr war voller Kippen mit Lippenstiftspuren – sie stammten offenbar von ihr. Ein paar Hocker weiter starrten der Mann vom Videoladen und ein Begleiter, der Schmidt verdächtig nach Kinderpornograph aussah, trübsinnig in ihr Bier vom Faß. Keine Unterhaltung festzustellen. Schmidt kam auf die Idee, die Frau sei vielleicht die Schwester des Eigentümers, vielleicht zu Besuch aus Montauk, wo sie ein Motel betrieb, einzeln stehende Häuschen in den Dünen, Unterkünfte für Mafia-Handlanger; vielleicht war sie auch seine Buchhalterin. Die erste Hypothese würde erklären, warum beide die gleichen wimpernlosen himmelblauen Schweinsaugen hatten, zur zweiten paßte, daß er ihr so aufmerksam zugehört hatte.

Das Licht draußen war immer noch blendend hell. Schmidt ging gebeugter als sonst, weil Gil ihm den Arm um die Schulter gelegt hatte – eine bemerkenswerte Freundschaftsgeste, die nicht gestört werden durfte.

Hallo, Mr. Schmidt.

Das war Carrie, auf dem Bürgersteig, nicht in Kellneruniform, sondern in schwarzwollenen Leggins und einem roten Skiparka. Die Beine waren schön: lang und schlank wie der Hals. Dünn, aber wohlgeformt – harmonische Waden, Knie, die nicht auffielen, und kräftige energische Oberschenkel, die unter besagtem nicht jahreszeitgemäßen Kleidungsstück dem Ort des Mysteriums entgegenstrebten. Das arme Kind sehnte sich bestimmt nach einem wärmeren Klima; aber warum zog es dann nicht wenigstens lange Hosen an? Einem geschenkten Gaul schaut man nicht ins Maul, Schmidt! Schließlich ist dein Wunsch in Erfüllung gegangen: Endlich hast du ihre Beine gesehen.

Sie sah nicht so aus, als wollte sie die Straße überqueren. Hieß das, sie wartete darauf, mitgenommen zu werden?

Ich sah, wie Sie bezahlt haben, darum habe ich gewartet, wollte noch hallo sagen.

Das ist Gil Blackman, Carrie. Carrie nimmt sich freundlicherweise manchmal die Zeit, mit mir altem Mann ein bißchen zu schwatzen, wenn ich meine einsamen Hamburger verzehre und ein Glas zuviel trinke.

Kommen Sie bald wieder!

Diese Heiserkeit, das war nicht nur ihre Abendstimme.

Schmidt wünschte, sie würde weitersprechen, jedes Wort wäre ihm recht. Die Stimmlage des späten Abends, der Bar. Ein schlammverschmierter Honda Civic mit verbeulter Stoßstange und verschrammter Fahrertür parkte am Straßenrand. Sie schloß den Wagen auf und schwebte mit der schwanenhaften Anmut einer Spitzentänzerin hinein, die Arme zaghaft zu einer Abschiedsgeste erhoben, startete dann den Motor. Die Räder setzten sich in Bewegung. Im Wegfahren kurbelte sie das Fenster herunter und rief ihm zu: Schönen Abend noch! Zum zweiten Mal innerhalb von fünf Minuten war Schmidt ein Wunsch in Erfüllung gegangen.

Gar nicht übel!

Ein süßes Kind.

Arm in Arm erreichten sie den Parkplatz.

Also dann, ich stehe hier.

Hier: das war ein langer Jaguar. Gil seufzte, hob die Brauen und umarmte Schmidt. Ein Anfall atavistischer Sentimentalität? Wirkte sich schon aus, daß Schmidts Aufnahme – via Charlotte – in den Stamm bevorstand? Auch wenn er vermutlich allenfalls zum korrespondierenden Mitglied ernannt würde? Der Priester von Midian war mit sieben Töchtern gesegnet. Was wurde aus ihm, als Moses sich dem Stamm der Midianiter verband? Vervielfachten sich seine Herden? Diesen Fragen mußte man nachgehen.

Laß dich nicht unterkriegen, Schmidtie. Denk an Enkelkinder, Meer und Schwimmbecken, und ans Babysitting. Und das heißt nicht, daß du auf der Stelle nach einer zweiten Corinne Ausschau halten sollst, du alter Bock!

Hans-Ulrich Treichel
Nie wieder Italien

Mein fester Vorsatz »Nie wieder Italien und schon gar nicht Rom« wurde von dem griechischen Widerstandskämpfer, Altkommunisten und Dichter Nikos zunichte gemacht, den ich in einem Charlottenburger Souvlaki-Imbiß kennenlernte und der gerade dabei war, einen internationalen Dichterwettbewerb zu organisieren; in Rom sollte er seinen festlichen Abschluß finden. Nikos, der Gott und die Welt zu kennen schien, merkwürdigerweise aber keinen einzigen lebenden deutschen Dichter weder persönlich noch dem Namen nach kannte, versprach mir bei Zahlung einer Teilnahmegebühr und der Übersendung von drei Gedichten, die er persönlich ins Italienische übertragen wolle, eine fast hundertprozentige Gewinnchance in diesem Wettbewerb. Ich sandte Nikos die Gedichte, überwies mit einer internationalen Postanweisung sechzigtausend Lire an eine Kontonummer in Bologna und erhielt nach drei Monaten die schriftliche Nachricht, daß ich zu den Preisträgern des Wettbewerbs »Pelle di Luna«, was nichts anderes als »Haut des Mondes« heißt, gehöre und daß man mich bitte, am Sonntag, den soundsovielten um 16 Uhr im HOTEL MICHELANGELO in Rom zu erscheinen, um den Preis entgegenzunehmen. Kosten für Anreise, Verpflegung und Übernachtung müsse ich selber tragen. Da ich nun ein preiswürdiger Dichter war, obwohl ich bisher nicht viel mehr als diese drei Gedichte geschrieben hatte, schien es mir auch angemessen, wie ein Dichter zu reisen und wie ein Dichter zu wohnen. Was heißen soll: ich reiste Zweiter Klasse ohne Schlaf- und Liegewagen von Berlin nach Rom und wohnte im ALBERGO DEL SOLE in der Nähe des Campo de'Fiori, einer von drei dicken Brüdern bewachten Räuberhöhle und ein Geheimtip für alle

Romreisenden Zweiter Klasse, die ohne Schlaf- und Liegewagen reisten und davon träumten, irgendwann in ihrem Leben einmal ein Buch zu schreiben. Der Frühstücksraum des Hotels war bevölkert von jungen Deutschen, die an ihrem Cappuccino nippten, geheime Aufzeichnungen in rote Chinakladden schrieben und einander mißtrauisch beäugten, was mich ebenfalls bewog, meine rote Chinakladde aus der Plastiktüte zu ziehen und mit schwermütig-konzentrierter Miene die Bilanz meiner Einnahmen und Ausgaben zu machen, die darauf hinauslief, daß ich unzählige Ausgaben und keinerlei Einnahmen zu verzeichnen hatte und mich höchstens fünf Tage in Rom würde aufhalten können, es sei denn, der zu erwartende Lyrikpreis würde das Blatt auf bedeutsame Weise wenden.

Das Hotel Michelangelo lag in der Nähe des Vatikan auf der stadtabgewandten Seite des Tiber; ein moderner Bau aus den sechziger Jahren mit einer riesigen Glasfront und Messingbuchstaben über dem Portal. Nichts deutete in der sonntagnachmittäglich verlassenen Hotelhalle auf einen internationalen Dichterwettbewerb hin, auch der Hotelportier zuckte nur in der mir bereits wohlvertrauten mediterranen Art mit den Mundwinkeln und unterbrach auch nicht für den Bruchteil einer Sekunde seine Lektüre der GAZZETTA DELLO SPORT, so daß ich das Hotel stehenden Fußes wieder verlassen wollte, hätte mir der Portier nicht in einem Anflug von ebenso mediterraner Mitmenschlichkeit gerade noch nachgerufen »Stanno guardando tivú, giú« und den Weg in das Kellergeschoß des Hotels gewiesen. In dem gelbgrün leuchtenden aquariumhaften Fernsehraum saßen vier ältere Herren und glotzten wie die Fische auf die Fußballigaberichte, die Sonntag für Sonntag eine ganze Nation in apathisch-erregte Zustände versetzten. Unter ihnen entdeckte ich auch meinen alten Freund Nikos und wollte ihn auf eine Weise begrüßen, wie sie mir von Dichter zu Dichter und nach einer sechsunddreißigstündigen Zugreise gebührend erschien, aber Nikos blickte nur kurz auf, sagte »Ciao« und »In einer halben Stunde fangen wir an« und glotzte schon wieder selbstvergessen auf den Bildschirm. Anstatt entschlossen dem Hotel Michelangelo und dem internationalen Dichterwettbewerb den Rücken zu kehren, verfluchte ich mich und mein Schicksal und setzte mich zu den Herren.

Die Preisverleihung fand in dem sogenannten Raffael-Saal des Hotels statt, der sich inzwischen auf wunderbare Weise mit ungefähr vierzig bis fünfzig Personen gefüllt hatte; einige Kinder waren darunter, und alle waren sie sonntäglich-festlich gekleidet, so als handle es sich hier um eine Kommunions- oder Hochzeitsgesellschaft. Ein aufgeklappter Flügel stand am Kopfende des Saales bereit, daneben ein Rednerpult und ein mit Pokalen, Krügen, Bildern, Plaketten, Medaillen, Urkundenrollen übersäter Tisch, der Altar der Dichtergesellschaft, der mir allerdings wenig Gutes verhieß, denn je mehr Pokale, Plaketten, Medaillen und Urkundenrollen ich entdeckte, um so mehr schien sich mir gleichzeitig die Aussicht auf einen Geldpreis zu verringern. Man setzte sich, und ohne ein einleitendes Wort von irgendeinem der Herren begann eine Pianistin im dunkelblauen Abendkleid einige Etüden zu spielen, irgend etwas zwischen Chopin und Paolo Conte, und noch ehe die schläfrig machenden Klänge ganz verklungen waren, erhob sich Nikos, trat ans Rednerpult und begann mit einer italienisch-griechischen Begrüßungsrede, von der ich so gut wie nichts verstand, außer daß immer wieder von einem Präsidenten, der Haut des Mondes, einer Akademie, der römischen Industrie- und Handelskammer und der römischen Hotel- und Gaststättenvereinigung die Rede war sowie der großen Freude, der großen Ehre, der großen Genugtuung, die ihn und uns alle erfüllten, nicht zuletzt auch den Präsidenten, den er nun bitte, die Preisträger zu verkünden. Der Präsident war einer der Herren, mit denen ich bereits das stumme Vergnügen hatte, und er entpuppte sich als ein äußerst steifer Redner, der sich Tommaso Giampà nannte und Ehrenmitglied und »Verdienter Akademiker« einer Accademia Valentiana zu Terni war. Die Verkündigung der Preisträger erwies sich als eine äußerst komplizierte Prozedur, da die ausgezeichneten Poeten verschiedenen Sektionen zugeordnet worden waren, in denen sie wiederum nach einem absolut unübersichtlichen Punkteverfahren als mehr oder weniger preiswürdig eingestuft wurden. Diese Punkte wurden wiederum bis auf ein Hundertstel errechnet, was sowohl die Jury als auch die Zuhörer zu überfordern schien, und am Ende stellte sich dann auch heraus, daß jeder der vierzig bis fünfzig Anwesenden in irgendeiner der Sektionen eine genügend hohe Punktzahl erreicht hatte, um einen der Preise zu bekommen. Ich selbst, der ich dem Auditorium als bedeutender Vertreter der deutschen Gegenwartslyrik vorgestellt wurde, hatte beispielsweise 53,75 Punkte für eines meiner Gedichte bekommen und war damit Gewinner in der Sektion C mit der Preiskategorie »terzo premio ex aequo«, als einer von mehreren dritten Preisträgern, was mich nicht eben mit Stolz erfüllte. Gleichwohl begleitete meine Namensnennung durch Tommaso Giampà und die Verkündung der geheimnisvollen Punktzahl ein rauschender Beifall von seiten des Auditoriums, der sich noch verstärkte, als ich mein durch Nikos übersetztes und preisgekröntes Gedicht rezitieren durfte. Das Gedicht hieß »Bar americano« und hatte ungefähr folgenden Wortlaut: »Sam, suona ancora la canzoncina, Sam, la canzoncina, sai, Sam, sai com'era tutto, Sam, lei era seduta accanto a me, Sam, sai, com'era tutto, Sam, voglio piangere ancora una volta, qui, Sam, davanti al piano, Sam, allora possiamo anche andare via, Sam, allora possiamo anche andare via.« Ich trat ab, immer noch beifallsumrauscht, und erhielt von Tommaso Giampà eine Plakette, eine Urkunde, eine Medaille sowie die Versicherung, daß man mir meinen Geldpreis, der vierzigtausend Lire betrage, auf mein Konto nach Deutschland überweisen werde.

Vierzigtausend Lire, das reichte nicht mal für ein Abendessen zu zweit auf der Piazza Navona – und mit wem hätte ich dort auch essen sollen; die Plakette, in einer roten Schachtel und auf Samt gebettet, war aus gehämmertem Blech und trug die Inschrift RISTORAZIONE & OSPITALITA' A PREMIO ITALIA CENTRO CULTURALE PELLE DI LUNA, deren Sinn mir bis heute verschlossen geblieben ist, die Urkunde schließlich, ein überdimensionales blütenumranktes Wunderwerk aus Pergamentpapier, hätte dem Nobelpreis Ehre gemacht und bestätigte mir, daß ich ein Diplom erhalten hatte als terzo qualificato ex aequo in der Sektion C für das Gedicht »Bar americano«, unterschrieben vom Präsidenten der Jury, unleserlich, sowie vom Präsidenten des Centro Culturale Pelle di Luna, Tommaso Giampà. Die Medaille habe ich, zurück auf meinem Platz, einem der Kinder geschenkt, das neidvoll auf meine soeben erworbenen Schätze starrte, ohne zu wissen, daß alle anwesenden Kinder am Schluß der Veranstaltung mit eben der gleichen Medaille beschenkt werden sollten. Nachdem so in einer stundenlangen Zeremonie alle Teilnehmer des Wettbewerbs zu Ehren gekommen waren, darunter auch ein ehemaliger Vertreter der Eritreischen Befreiungsfront und ein libanesischer Kaufmann, der mit einer Angestellten der römischen Industrie- und Handelskammer verheiratet war, stand nur noch der Höhepunkt der Veranstaltung aus, die Ehrung des Dichters und Partisanen Nikos selbst, der, und das wunderte mich nun nicht mehr, gleich mit einer ganzen Reihe von Preisen bedacht wurde. Nikos erhielt den Hauptpreis für sein Gesamtwerk, das mehr als dreißig Bände betrage, so Tommaso Giampà, wovon ein Dutzend auch in Italienisch erschienen seien, außerdem erhielt er einen Preis für ein einzelnes Gedicht mit dem Titel »Ora felice« sowie einen weiteren Preis für ein lyrisches Epos über den griechischen Befreiungskampf von der Antike bis heute, wie immer dieser sich auch im einzelnen zugetragen haben mag, mit dem nicht gerade bescheidenen Titel »Rapsodia Greca Eroica«. Der Beifall für Nikos wollte kein Ende nehmen, und der Dichter, gerührt und den Tränen nahe, häufte Pokal um Pokal, Plakette um Plakette, Urkunde um Urkunde in seinen Armen auf, um alles anschließend in einer ziemlich schäbigen ADIDAS-Sporttasche zu verstauen, mit der er nach dem Ende der Veranstaltung, gebeugt wie ein tragischer Verlierer, der er ja in Wahrheit wohl auch war, das Hotel verließ, in den nächsten Autobus stieg und verschwand. Ich habe seitdem nie wieder etwas von ihm gehört, und auch die anderen Teilnehmer des Dichterwettbewerbs, mit denen ich am Abend nach Ostia fuhr, um in einer zugigen Holzbaracke und auf eigene Kosten das sogenannte festliche Abendessen einzunehmen, schienen sich für ihn nicht mehr zu interessieren und gedachten seiner mit keinem einzigen Wort.

Ralf Rothmann
Strange Little Girl

Beim Umzug entdeckte ich die gesprungene Hülle hinter den Boxen. »The Stranglers, live«, ein Geschenk von Elli, irgendwann in den Achtzigern. Doch sie war leer, und ich schmiß sie weg. Dann fand ich die CD in einer anderen Hülle, legte sie auf und staunte, wie gut sie war. Jedes Stück ging mir unter die Haut, fast jedes. Und wer kennt heute noch die Stranglers.

Ich lebte damals in Heidelberg; ich weiß nicht mehr, warum. Wahrscheinlich, weil ich die Stadt davor satt hatte.

Heidelberg war okay und der Job an der Uniklinik nicht besser oder schlechter als anderswo. Ich wohnte an den Neckarwiesen und hatte außer Richard kaum Freunde. Die weiblichen Arbeitskollegen meines Alters waren mit ihren Familien beschäftigt, und zu den männlichen hielt ich Abstand. Es läuft ja doch immer aufs selbe hinaus. Ich habe da eine Philosophie des ersten Blicks: Achte darauf, wohin ein Mann zuerst schaut, und du weißt, wie der Hase läuft. Ich jedenfalls habe noch keinen getroffen, und schon gar keinen Arzt, der mir zuerst in die Augen gesehen hat. Naja, Richard vielleicht. Aber der ist Mathematiker.

An einem Nachmittag im Sommer, es war im August, rief mich unsere Stationsschwester ans Telefon. Ich kriegte einen Schreck, dachte an meine Mutter, Diabetes mellitus – aber dann war es eine Stimme, die mein Herz hüpfen ließ. »Hey!« rief ich. »Das kann doch nicht wahr sein! Wo bist du?«

Elli war in Berlin und hörte sich an, als hätte sie die ganze Nacht durchgezaubert. Dabei war es fast vier. »Bist du erkältet?« fragte ich.

»Was? Wieso soll ich denn erkältet sein? Ich hab doch Urlaub!« Typisch Elli. Und dann kam die Überraschung: Sie wollte mich besuchen, schon am nächsten Tag. Ob mir das recht wäre.

»Frag nicht so blöd!« sagte ich. »Kommt Olaf mit?«

»Um Gottes willen! Von dem will ich mich erholen.«

Elli und ich stammen aus derselben Stadt in der Pfalz; wir haben beide in München gelernt und auch eine Zeitlang zusammen gewohnt, im Schwesternheim in der Landshuter Straße. Das ist ein konfessionelles Haus, und Männerbesuch war natürlich verboten. Aber Elli schaffte es immer wieder, einen Kerl mit hochzuschmuggeln. Damals war man ja noch bedenkenloser. Wir hatten dauernd Blasenentzündung.

Wenn man mit Elli ausging, blieb man nie lange allein.

Nicht, daß sie besonders attraktiv gewesen wäre. Sie war klein und schlank, fast dünn, und hatte so viele Sommersprossen, daß es verboten aussah. Bei Sonne schienen sie zusammenzuklumpen in ihrem Gesicht. Die winzigen Brüste standen weit auseinander, ihr Po war ein bißchen eingefallen; nicht unbedingt eine Hosenfigur. Doch sie joggte gern, schon damals, hatte sehr schöne, muskulöse Beine, elegante Hände und eine Lockenmähne ... Wenn sie ein Lokal betrat und die Haare zurückwarf, verstummten die Gespräche.

»Welche Farbe hast du eigentlich genau?« fragte ich sie einmal, denn da war immer eine Tönung drin. Und sie lächelte mit ihrem herrlichen Mund und sagte: »Straßenköter.«

Sie wollte mit dem Zug kommen, und an dem Tag ging es gerade rund bei uns. »Linksherzkathetermeßplatz« konnte ich rückwärts buchstabieren. So kam ich zu spät in die Bahnhofshalle. Elli saß auf einer Bank, und als sie mich sah, reichte sie dem Soldaten, der vor ihr auf einem Seesack hockte, ihre Zigarette. Sie kreischte leise, umarmte mich und gab mir einen Kuß aufs Ohr.

Ich fuhr aus der Stadt heraus, zu einem Lokal, in dem es schon Zwiebelkuchen und Federweißen gab, und Elli plapperte ununterbrochen, auch beim Essen. Sie erzählte von ihrem neuen Job in dem Behindertencafé, von Olaf und seiner Gynäkologen-Karriere, von Berlin, wo es richtig toll sei, und daß der Soldat sie nach Montana eingeladen habe. Wenn sie redete und lachte, kümmerte es sie kaum, daß immer was zwischen ihren großen, ziemlich schiefen Zähnen klebte. Man konnte darauf warten, daß ihr der Salat über den Tellerrand rutschte oder etwas von der Gabel, mit der sie gestikulierte, in das Weinglas plumpste. Und auch von dem Nachtisch, Zitronencreme, hing ihr dauernd ein Tropfen an der Lippe. *Ihr* hing er an der Lippe, und ich wischte mir den Mund. Wie früher.

Wir tranken diesen Federweißen ohne Bremse und waren beim Espresso fast bedüdelt, als sie fragte: »Und du? Wie geht es *dir*? Hast du einen Freund?«

Ich rührte mir Zucker in den Kaffee. »Doch. So kann man es nennen.«

Gleich wurden ihre Augen groß und die Stimme verschwörerisch leise. »Und? Wie ist er? Stark und hübsch? So hübsch wie du?«

Ich lachte. »Wie mans nimmt. Er ist fast doppelt so alt wie ich.«

Sie hielt sich beide Hände vor den Mund. »O Gott. Und mal wieder verheiratet.«

Ich nickte.

»Kinder?«

Ich nickte.

»Hm ... Hat er Geld?«

»Wieso?«

»Ach, nur so. Entschuldige. Ich dachte da wohl eher an mich.« Sie kicherte. »An meinen Hang zu italienischen Schuhen ...« Dann legte sie mir eine Hand auf den Unterarm und sagte noch einmal: »Sei nicht böse, ja?«

Ich schüttelte den Kopf, umfaßte ihre Finger: »Hab ich dir nicht schon zigmal gesagt, daß man die Nagelhaut über den Monden zurückschiebt?«

Wir lachten, und sie fragte: »Liebst du ihn? Ist er einfühlsam?«

»Oh, ich denke schon. Ich mag seine Stimme, er liest mir oft vor, Hamsun, Rilke. Er ist Mathematiker an der Uni, aber er liebt Rilke. Seltsam, oder?« Sie nickte nur, es sah abwartend aus, vorsichtig. Vermutlich hatte sie noch nie etwas von Rilke gehört. »Und bei euch?« fragte ich. »Immer noch die große Leidenschaft?«

Erleichtert winkte sie ab. »I wo! Es ist ein einziges Hauen und Stechen. Ich weiß auch gar nicht mehr, was ich von ihm halten soll. So ein Klotz. Baut sich vor mir auf, zeigt mir seine Pranken und sagt: 75 B! Verstehst du? Als ob ich was dafür könnte, daß ich so kleine Brüste hab. Aber naja ... Er liebt mich, und das ist erstmal ganz angenehm.« Sie grinste. »Das kommt mir sehr entgegen.«

»Du meinst, deinem Hang zu italienischen Schuhen«, sagte ich, und wieder lachten wir los. Mit Elli hatte man immer gute Laune.

Nach Hause fuhr ich über Waldstraßen, und als ich den Wagen vor der Tür parkte, erschien das Gesicht von Frau Lambertz, meiner Vermieterin, im Gardinenspalt. Sie runzelte die Stirn, machte mir ein Zeichen mit zwei Fingern. »Was möchte sie?« fragte Elli, und ich sagte: »Du mußt nicht flüstern. Ich soll ein Stück vorfahren, wegen der Müllkutscher morgen.«

Es war unglaublich warm in der Mansarde. Die Holzverschalung knackte vor Hitze. Wir beschlossen, eine Stunde zu schlafen, und ich duschte und zog mir einen Jogging-Anzug an. Auch Elli duschte und kam dann in mein Bett. Sie trug nur einen Slip, und es war wie in der Landshuter Straße. Sie kuschelte sich an mich, ließ so ein silbernes Seufzen hören und war auch schon weg.

Ich legte eine Hand auf ihren Rücken. Die Sommersprossen auf den Schultern sahen wie kleine Galaxien aus. Ich dachte an Richard und daran, daß wir kaum miteinander schliefen, eigentlich nie. Es fehlte mir auch nicht. Es war einfach nur gut, sich in Reichweite seiner Stimme zu bewegen; man kommt leichter mit seinem Leben überein, wenn ein Mann im Raum ist. Und ich stellte mir vor, daß ich zum Jahresende kündigen und in eine andere Stadt ziehen könnte, vielleicht sogar nach Berlin. Dann schmiegte ich mich an Elli und schlief ebenfalls ein.

Als wir aufwachten, blähte lauer Wind die Vorhänge, und wir aßen einen Krabbensalat direkt aus der Plastikdose, tranken Apfelschorle und probierten Sachen an. Wir wollten bummeln und später vielleicht in eine Diskothek;

ich brachte noch rasch den Müll nach hinten. Frau Lambertz öffnete das Fenster.

»Schwester Constanze?« Die Anrede war ihr nicht abzugewöhnen, nicht einmal wenn ich im Bikini auf dem Rasen lag. »Haben Sie Besuch?«

Ich nickte. »Eine Freundin. Aus Berlin.«

Sie sah alarmiert aus, zog die Brauen zusammen.

»Ärztin«, log ich. »Bleibt ein paar Tage.«

»Oh! Und welches Fachgebiet?«

»Frauenleiden«, sagte ich, und sie zupfte an der Gardine, machte ihren kümmerlichen Mund.

»Ach Gott. Die hab ich ja nun nicht mehr ...«

In der Stadt kauften wir uns ein Eis und spazierten eingehakt von Schaufenster zu Schaufenster. Vor der Auslage eines Antiquariats blieb ich länger stehen, und Elli verschwand in einem Trödelladen auf der anderen Straßenseite, kam aber gleich wieder heraus. »Blöder Knacker«, murmelte sie, und dann zog sie mich in ein Geschäft für Schreibwaren und Künstlerbedarf, wo sie einen Satz vergoldeter Federn, einen Halter aus Rosenholz, handgeschöpftes Büttenpapier und ein Kristallglas voll chinesischer Tusche kaufte. Sie ließ sich alles einpacken. Der Preis war unglaublich. »Donnerwetter!« sagte ich. »Dafür, daß du auch in Zukunft nicht auf meine Briefe antworten wirst, bist du luxuriös ausgerüstet.«

Doch sie lächelte nur. »Erklär ich dir später.«

Wir gingen eine Pizza essen, und Elli erzählte ein bißchen von ihrer Arbeit und der Situation in der Wohngemeinschaft in Berlin. »Naja, Wohngemeinschaft, das hört sich so studentisch verlottert an. Aber wenn ich dir sage, was wir Miete zahlen ... Riesengroße Zimmer mit Emporen, zwei Bäder, Dachterrasse, Fußbodenheizung. Wirklich schön.«

»Und Olaf?« sagte ich.

Sie verzog das Gesicht. »Olaf hat Husten. Frag mich

doch nicht immer nach dem! Es geht schon. Er hat was, das ich brauche, und ich hab was, das er braucht, fertig. Obwohl ... Naja, er ist schon ein Vieh. Manchmal komm ich mir wie sein Spucknapf vor. Und weißt du, was er neulich gesagt hat? – Wenn ich mit dir ausgehe, lerne ich die besten Frauen kennen. – Das denk dir mal!«

Ich wischte ihr etwas Käse vom Kinn. »Was heißt das?«

»Na, was schon! Den Mops mit Glatze, meinst du, den würde jemand beachten ohne Garnierung?«

»Und die Garnierung bist du?«

»Genau. Ich bin die Petersilie.«

»Das scharfe Radieschen!« verbesserte ich, und sie lächelte traurig. Ich langte über den Tisch, streichelte ihren Unterarm. Die Haut war etwas zum Verrücktwerden; jedenfalls für Männer. Elli hatte die ganze Serviette in ihrer kleinen Faust zusammengepreßt. Die Augen wurden feucht.

»Es tut mir so gut, bei dir zu sein«, flüsterte sie. »Ich weiß oft gar nicht mehr, wo mir der Kopf steht. Sollte mir wirklich einen Satz Freundinnen zulegen in diesem Berlin.« Sie putzte sich die Nase – so laut, daß ich ein Grinsen unterdrücken mußte. Dann kramte sie nach ihren Zigaretten. »Aber jetzt haben wir genug von mir gequasselt, oder? Erzähl mal von dir. Ich will alles wissen. Ganz genau. Wann hattest du deinen letzten Eisprung, was verstehst du unter Liebe ... Na los!«

»O Gott!« murmelte ich, und sie prustete in ihr Glas hinein. Dann stahl sie ein Stück Salami von meiner Pizza und rutschte vergnügt auf der Bank herum.

»Also gut, du hattest deine Chance. Dann erzähl ich dir jetzt, was Liebe ist. Ich meine, wie weißt du eigentlich, daß ein Mann für alle Zeit der richtige ist? Feuchte Hände? Schmetterlinge im Bauch? Feuer im Bett?« Sie schüttelte ihre Locken. »Alles Mist. Das kann auch am Frühling liegen. Oder am Sekt. – Aber wenn du ihn anschaust, wenn du in sein schönes Gesicht siehst und denkst, nein, fühlst:

Das ist er. Von dem will ich alles. So sollen meine Kinder einmal aussehen ...«

»Na, der muß mir erst noch begegnen«, sagte ich, und sie riß die Augen weit auf.

»Echt wahr? Das stimmt nicht. Das nehme ich dir nicht ab. Hast du noch nie ein Kind von einem Mann gewollt?«

»Nicht, daß ich wüßte.«

»Auch nicht von deiner ersten großen Liebe? Von diesem Reitlehrer, oder was der war?«

»Nein! Der doch nicht. Der hat mich nur defloriert. Meine erste *Liebe,* das war ein anderer, ein süßer Junge. Aber davon habe ich dir erzählt, oder?«

Sie schien zu grübeln, und ich sagte: »Doch. Wir waren beide fünfzehn, und er kam aus diesem Dorf bei Landau, hab den Namen vergessen. Er hatte so was Spanisches, Stolzes mit seinen schwarzen Haaren. Ein tolles Profil. Und gleichzeitig war er ganz sanft.«

»Und ihr habt nicht gebumst?«

»Ach wo, wir haben uns nur geküßt und so. Ich wollte noch nicht. Ich hatte mir vorgenommen, mit zwanzig zum ersten Mal ... Weiß auch nicht, warum.«

»Wie? Das hat der mitgemacht? Jahrelang Händchenhalten?«

»Das hätte er mitgemacht, sicher. Er liebte mich doch. Wir waren auf Schritt und Tritt zusammen. Obwohl seine Eltern es ihm verboten hatten. Ich kam denen irgendwie nicht recht. Er war nämlich Trompeter im Heimatverein, ein richtiges Talent, sollte später ins Musikcorps der Bundeswehr. Und meinetwegen ließ er manche Probe sausen ... Stell dir vor, einmal sperrten sie ihn ein mit seinen Noten, kurz vor einer geplanten Fahrradtour. Ich kam um die Ecke geklingelt; vor seinem Elternhaus wurde die Straße geteert. Er sah mich, riß das Fenster auf und sprang raus. War nicht hoch. Die Trompete hatte er sich unter den Arm geklemmt. Er stieg auf sein Rad, schmetterte ein

Signal, so einen funkelnden Triumph: Da kommt der Alte aus dem Garten und flucht und hält ihn am Gepäckträger fest. Dann beschimpft er mich, Hure und alles – und plötzlich nimmt der Sohn das Instrument und schleudert es weit weg, direkt vor die Walze.«

Elli wollte mir noch Wein einschenken, doch ich hielt die Hand übers Glas. »Eine plattgewalzte Trompete im Teer, das war meine erste Liebe.«

»O Gott!« sagte sie. »Das hast du mir noch nie erzählt.«

»Aber sicher. Drei- oder viermal.«

»Nein! Dann wüßte ich doch, wie es ausging, oder? Wie gings aus?«

»Er ist tödlich verunglückt«, sagte ich. »Beim Militär. In der Grundausbildung. Aber auch das hab ich dir erzählt.«

Sie schüttelte den Kopf, hielt sich eine Hand vor den Mund. Wieder wurden ihre Augen feucht, und dafür liebte ich sie plötzlich. Der Kaffee kam, und der Kellner gab Elli Feuer. Er machte es mit großer Geste, ein perfekter Operetten-Italiener, und schon lächelte sie wieder. »Und du hast wirklich bis zwanzig gewartet?«

Ich nickte. »An meinem Geburtstag, genau eine Stunde nach Mitternacht ... Und ich tats in Gedanken mit meinem Trompeter. War doch nett von mir, oder?« Aber plötzlich fielen die Groschen. »He! Wieso fragst du mich eigentlich danach? Was soll dieses Gezwitscher von Liebe und so? Gehe ich etwa recht in der Annahme, daß klein Elli ...«

Sie lachte breit und zeigte allen die Pizzareste zwischen ihren Zähnen. Gleichzeitig wurde sie rot. »Nein, nein!« Rasch zog sie an ihrer Zigarette, blies den Rauch zur Lampe hoch. »Komm, laß uns gehen. Erklär ich dir später.«

Ich zahlte an der Kasse. Elli, meine Jacke über dem Arm, wartete vor der Tür. Es war eine leichte Leinenjacke mit ovalen Perlmuttknöpfen, und als ich sie entgegennahm, war sie plötzlich schwer. Ich langte in die Tasche: Eine Glaskugel, mehr als faustgroß, ein Paperweight, in das eine

Art Orchidee eingegossen war, violett und weiß, mit zarten orangefarbenen Rändern. Die Schönheit verschlug mir den Atem, und Elli sagte: »Damit kannst du dann die Briefe beschweren, die ich dir nicht geschrieben hab.«

Um tanzen zu gehen, war es noch zu früh, und wir spazierten Arm in Arm über die alte Brücke und setzten uns in die kleine Bar neben dem »Goldenen Hirschen«. Ich bestellte Wodka mit Limonensaft und einem Schuß Anis.

»Also ...«, sagte Elli und leckte den Zuckerrand vom Glas. Sie schlug ein Bein übers andere, wobei ihr der bunte Fiorrucci-Schuh von der Hacke schlappte. Ihr dünner Rock war sehr kurz, und an dem muskulösen Oberschenkel gab es eine lange glänzende Mulde. Ich dachte plötzlich an ihre Abtreibungen, vier mittlerweile, und dann erzählte sie von Jens, und daß sie das Gefühl habe, kurz vor dem Durchdrehen zu stehen ... Sie hatte ihn vor drei Wochen zum ersten Mal getroffen, auf einer Vernissage, und war gleich »hinüber« gewesen. »Dieser Gang, weißt du. Absolut frei. Ich kriegte eine Gänsehaut und starrte ihn immerzu an. Und dann steckt mir der Olaf Eis in die Bluse.«

Ein paar Tage später sah sie ihn im »Dschungel« wieder. Diesmal war sie allein; sie tranken etwas an der Bar, tanzten ein bißchen und gingen bald zu ihm. Sie mußte im Korridor warten, bis er die Vorhänge in dem großen Raum zugezogen hatte, und sie redeten und tranken Wein, stundenlang. »Ich dachte schon, er würde mich *nie* anfassen«, sagte sie. »Er legte immer wieder die Stranglers auf. Strange Little Girl. Aber dann ... O Gott, es war furchtbar. Ich meine, es war unglaublich. Wir haben gefickt wie Romeo und Julia. Ich mußte dauernd heulen. Hast du sowas schon mal erlebt?«

Ich antwortete nicht, und sie bestellte noch zwei Cocktails und sagte: »Und natürlich ist wieder alles total verfahren. Mir kniet dieser Dicke auf dem Rock, und er ist auch nicht frei. Seine Freundin wohnt im Seitenflügel, das stell dir vor! Sie ist Lehrerin. Also können wir uns höchstens vormittags treffen. Aber da muß er schlafen, weil er doch nachts arbeitet! Herrje, das macht mich noch mal krank. Hab jetzt schon 'ne Arhythmie.«

Sie schloß die Augen, und ich griff nach ihrer Hand, fühlte ihren Puls. »Hast du nicht.« Sie stieß leise auf. »Was ist er denn von Beruf?«

»Weiß nicht. Künstler. Hat mich sogar schon porträtiert. Aber nur in Kreide. Ich hab das Bild unterm Bett versteckt. Wenn der Olaf das sähe ...«

Wir saßen auf einer dieser gepolsterten Bänke und hatten das Lokal gut im Blick. Ein paar Kerle glotzten von der Bar herüber, und einer hob sogar sein Bier, prostete uns zu. Elli legte den Kopf an meine Schulter. »Er ist so hübsch, du glaubst es nicht. Schlank und scheu, und eine Haut wie ein Mädchen. Alles an ihm schmeckt gut. Zum ersten Mal im Leben habe ich das Gefühl, daß ein Mann ganz für mich da ist.« Sie seufzte, biß sich auf die Unterlippe. »Und weißt du ...« Sie flüsterte plötzlich, malte mit dem Finger Ornamente auf den Tisch, immer schneller. Dann zerrte sie an ihrem Rock. »Er hat einen so ... leuchtenden Schwanz!«

Ich lachte auf, stieß sie weg.

»Doch!« beharrte sie, ebenfalls lächelnd. Und mit gespielter Strenge: »Aber das geht dich eigentlich nichts an, oder? Nachher machst du ihn mir abspenstig.«

Ich nahm eine von ihren Zigaretten. »Bin bestens versorgt, danke. Und wie gehts jetzt weiter mit euch?«

»Ach ...« Sie winkte ab. »Ich würd ja sofort durchbrennen mit ihm. Aber er? Ich glaub, er hängt an dieser Lehrerin. Sie kriegen wohl ein Kind. Doch jetzt ist er erstmal in Italien.«

»Allein?«

Sie nickte. »Studienreise. Er zeichnet diese alten Schinken ab, die Skulpturen. Rom, Florenz, Neapel. Und ich verschimmle hier vor Sehnsucht.«

Mit den Fingerrücken streichelte ich ihre Wange, und wieder riß sie die Augen weit auf und sagte: »Aber stell dir vor, meinetwegen läßt er Venedig sausen. Das ist doch schon mal was, oder?«

»Wie, deinetwegen?«

»Naja, seiner Tussi sagt er, daß er da hinfährt und alles abkupfert. Doch er steigt in Verona aus und trampt dann hier hoch.«

»Er trampt?«

»Klar. In Italien nicht, da sind die Züge billig. Aber dann ... Er ist ja nicht so reich wie Olaf, weißt du. Ist mir aber egal. Der Dicke jettet übers Wochenende nach New York und bringt mir nichtmal 'n Donut mit.«

»Moment jetzt«, sagte ich. »Wie meinst du das? Dein Jan kommt hierher?«

»Jens!« Sie war blaß geworden, malte wieder Ornamente auf den Tisch. »Es ist dir nicht recht, oder? Bitte, sei ehrlich, ja? Wenn es dir nicht recht ist, blase ich alles wieder ab. Wir können auch in eine Pension gehen. Oder auf den Campingplatz. Wir haben doch nur die zwei Tage! Endlich einmal ungestört.«

Sie gab mir Feuer. »Bist du jetzt enttäuscht? Sag! Ach Mensch, Conni, du siehst mich so komisch an. Sei nicht enttäuscht, ja? Natürlich hätte ich dir schreiben können. Aber du kennst mich doch. Bin nur knapp an der Legasthenie vorbeigeschrammt. Schreiben ist echt nicht mein Ding. Ich hab alle deine Briefe aufgehoben. Ehrenwort. Hab sie immer wieder gelesen. Besonders den von der Nordsee, erinnerst du dich? Wo du den toten Vogel gefunden hast, dieses riesige Ding. *Von der Flut tief in den Sand gespült.*«

Der Keeper brachte zwei Drinks, die wir nicht bestellt hatten. Er wies mit einer Kopfbewegung auf die Männer an der Bar. Wir ließen sie erst mal stehen, und Elli sagte: »Ich mußte fast weinen bei der Formulierung. Wirklich. Habs mir immer wieder vorgesprochen. Du bist so vornehm. Du hast einfach Stil. Und ich altes Trampeltier ... Ich hab mir ausgemalt, wie du so einsam über den Strand gehst in deinem langen Kaschmirmantel, der Himmel grau, und du findest nichts als diesen Vogel: Von der Flut tief in den Sand gespült ...«

Sie weinte nun wirklich, und ich zog sie wieder an mich, schmunzelte in ihr Haar hinein. Sie schlang beide Arme um meine Taille, und ihre Tränen, von der Schminke gefärbt, tropften auf meine Bluse.

Am nächsten Tag gab es zum Glück nicht viel zu tun. Ich hatte kaum geschlafen; Elli schnarchte immer, wenn sie zuviel trank, und weiß Gott, wir hatten viel getrunken. Ich arbeitete den ganzen Tag wie unter Wasser. Drei Schrittmacher, mit viel Zeit dazwischen, und ich drückte die Beine gegen den Heizkörper und träumte zum Fenster hinaus.

Ein Hauch von Herbst lag über den Bäumen, und ich dachte an Richard und seine immer etwas stoppelige Brust. Seine Frau wollte, daß er sich die Haare dort rasierte. Im Waschraum war eine Besprechung, und als ich mich umdrehte, sah mich einer der Chirurgen an. Er stand in der hintersten Reihe und schien sich nicht im geringsten für die Ausführungen des Chefs zu interessieren. Er hatte mein Alter, doch das Blau seiner Augen kam mir verlogen vor. Ich streckte ihm die Zunge raus und machte Feierabend.

Die Mülltonne stand noch auf dem Bürgersteig. Ich ließ sie stehen. Es roch nach Knoblauch und Tomatensoße, schon im Treppenhaus. Der Tisch war gedeckt, Kerzen brannten in der Sonne, und in dem großen Topf brodelte Wasser. Die beiden hockten vor der Anrichte und schnippelten Gurken und Möhren für den Salat. Sie trugen noch ihre Straßenschuhe.

Elli kam in den Flur, umarmte mich und sah mir prüfend ins Gesicht. Sie hatte eine Seidenbluse an, cremefarben. »Müde?« Ich nickte und zuckte mit den Schultern zugleich, und sie gab mir einen Kuß auf die Wange und führte mich in die Küche, zu ihrem Jens. Wir gaben uns die Hand. Seinen ersten Blick hatte ich natürlich schon in der Tür registriert und dachte: Kannst du vergessen.

Aber hübsch war er doch. Er trug zerschabte Cowboystiefel, schwarze Jeans und ein sauberes weißes Hemd, ungebügelt. Die Haare waren dunkel und leicht gewellt, die Augen braun, und er bedankte sich artig für meine Gastfreundschaft, und so weiter. Dabei siezte er mich. »Gern geschehen«, sagte ich. »Jungen Verliebten muß man helfen, wo man kann.«

Elli grinste, fragte, wie mein Tag gewesen sei, und ich sagte: »Okay.« Sie stellte eine große Weinschorle auf den Tisch, ein Halbliterglas. Es gab Nudeln und Salat, und Jens erzählte, wo überall er gewesen war in Italien. Seine Stimme gefiel mir; sanft, defensiv und doch voll Kraft; ich mußte an diese Pastellkreiden denken. Er aß eine Menge, streute sich immer wieder Käse über die Spaghetti, trank aber keinen Schluck. Elli und ich hatten das große Glas schon fast geleert, und ich stand auf und machte ihm eine Weinschorle in einem kleineren.

Sie stutzte. »Wieso das?« Sie hatte etwas Soße an der Unterlippe, starrte ihn an. »Magst du nicht mit uns aus einem Glas trinken? Sind wir dir nicht fein genug?«

Er lächelte verlegen, hob die Schultern, und ich sagte: »Nun laß ihn mal. Er ist halt nicht aus der Pfalz; er kennt das nicht.«

»Na und?« Sie sah verblüfft von ihm zu mir. »Deswegen kann er doch mit uns aus einem Glas trinken, oder?«

Ich schob Jens die frische Schorle hin, gab Elli einen Klaps und sagte: »Ruhe jetzt. Brav sein und essen.«

Dann machte ich Kaffee, und weil plötzlich niemand etwas sagte, erzählte ich ein bißchen von der Station und daß ich das Gefühl hätte, immer mehr abzustumpfen in dem Job. Jens bot uns italienische Zigaretten an. Er nannte

Elli Elisabeth, und sie tippte sich an die Stirn und sagte: »Wir sind alle milieugeschädigt. Wenn du dich mit einer Krankenschwester einläßt, mußt du damit rechnen, daß sie beim Vögeln ›Tatort‹ guckt. Und nebenbei deine Prostata betastet.«

Wir lachten, was die Luft ein bißchen erfrischte, und ich kippte meinen Espresso. »Wir haben einen Patienten, Herrn Pölz, etwas über siebzig, der hat jetzt die dritte Klappe in zwei Jahren gekriegt. Und nach der OP standen wieder alle um sein Bett herum, Studenten, Ärzte, Oberärzte und der Chef, stolz wie Oskar: Na, mein Lieber, haben wir das nicht phantastisch gemacht? Und er: Ach was. Solange ihr mir keine anständige Frau besorgt, kann ich euch doch gar nicht ernst nehmen!«

Elli kreischte, hielt sich eine Hand vor den Mund und drehte sich weg. Mit dem Daumennagel fuhr sie sich durch die Zahnzwischenräume. Auch ihr Freund lächelte, aber eher höflich. Er schaute mich einfach an, und ich stellte die Sahne in den Eisschrank zurück und stieß die Tür mit der Hüfte zu. Natürlich hatte Herr Pölz das nicht gesagt. Aber er hätte es sagen können. Es war sein Ton.

Ich warf die Autoschlüssel auf den Tisch. »Mich müßt ihr abschreiben heute. Ihr nehmt am besten mein Schlafzimmer, die Matratze ist breiter. Und ab zwanzig Uhr bitte keine Cowboystiefel oder Stöckelschuhe mehr, sonst habt ihr den Hausdrachen am Hals.« Dann legte ich mich auf die Couch, zog mir die Wolldecke unters Kinn und schlief auch schon ein.

Als ich wach wurde, waren die Täubchen ausgeflogen; das Auto stand nicht vor der Tür. Mein Bett war gemacht, die Tagesdecke straff gespannt. In der Ecke lehnte ein Seesack, und über dem Stuhl hing eine Jeansjacke, ausgebleicht und zerfranst und mit Stickern am Kragen: ein schwarzer Stern, ein roter Stern, ein Saxophon, winzig. Ich strich mit den Fingern darüber, den Nagelrücken. Dann aß ich etwas Käse, trank ein Glas Bier, legte mich im Morgenmantel aufs Sofa und stellte den Fernseher an. Schlief aber bald wieder ein.

Irgendwann nachts hörte ich sie in der Küche flüstern. Dann ging etwas zu Bruch, wahrscheinlich im Bad, und jemand nahm das Kehrblech aus dem Schrank. Sie duschten ausgiebig, die Füße knarzten endlos in der Wanne. Elli kicherte. Mein Bett stand nicht sehr fest, das hatte ich vergessen. Eine Viertelstunde wummerte das Kopfende gegen die Wand, bis jemand darauf kam, ein Kissen hinter die Messingstangen zu schieben, vermutlich er. Die Kleine miaute leise, und manchmal entfuhr ihr ein Schrei, den sie aber gleich erstickte. Das Vibrieren der dünnen Zwischenwand war mit den Fingerspitzen zu fühlen.

Als ich am nächsten Tag von der Arbeit kam, schliefen sie noch oder schon wieder, und ich badete und zog mir frische Sachen an. Dann brachte ich den Müll weg und ging zu meinem Auto. Frau Lambertz öffnete das Fenster. »Sagen Sie mal, Schwester Constanze, wieviel Leute sind denn bei Ihnen?«

»Meine Freundin und ihr Freund«, antwortete ich. »Nach Adam Riese zwei.«

»Ach so. Und was soll das nun werden da oben? Ein Bordell?«

Ich ließ sie stehen und fuhr in die Stadt. Nachdem ich ein paar Einkäufe gemacht hatte, ging ich ins Kino, »Out of Africa«, zum zweiten Mal, und anschließend wählte ich Richards Nummer. Ich hatte Glück, er selbst war am Apparat, und wir verabredeten uns auf eine Tasse Schokolade in der Bar des »Vierjahreszeiten«. Das war unser Versteck.

Er kam mit dem Hund seiner Frau, einem Irish Setter, und wir setzten uns in die Nische hinter den herabhängenden Pflanzen, Kunststoff, und tranken Cognac zur Schokolade. Im Innenhof plätscherte der kleine Brunnen. Richard hatte wohl Sorgen, erzählte mir von der bevorstehenden

Scheidung seines Ältesten, doch ich hörte nicht richtig zu. Ich überlegte, was mich befremdete an ihm. Irgend etwas Angenehmes. Er roch gut, wie immer, aber statt Hemd und Krawatte trug er ein schwarzes T-Shirt unter dem Sakko, und ich biß in sein Ohrläppchen und sagte: »Eigentlich könnten wir mal rasch auf die Toilette, oder?«

Er hob den Kopf. Trotz des Alters war sein Hals noch schön. Muskulös. Er schwamm. »Ist das dein Ernst?« Dann wußte er nicht, wo er hinsehen sollte, und wickelte sich die Leine um die Hand. Daß sie nie wirklich erwachsen werden, ist vielleicht das Rührendste an Männern. »Und wer achtet so lange auf Flex?«

Ich lachte. »Bravo! Zu Hause schiebst du den Hund vor, um dich mit deiner Geliebten zu treffen – bei der du dann den Hund vorschiebst, um sie nicht lieben zu müssen …? Wie nennt man das in der Mathematik?«

Er schämte sich, und das tat mir leid. Wir bestellten noch zwei Cognac, und er fragte mich nach seinem Exemplar von Hamsuns »Hunger«. Ob ich es schon ausgelesen hätte. Ich erzählte ihm, daß ich wohl kündigen würde, und er nickte und streichelte meine Hände. Seine Schwiegertochter sei so alt wie ich, sagte er. So jung. Dann küßte er mich auf die Stirn und ging nach Hause.

Sechs Wochen später kam ein Brief von Elli, ein kleines, aus dem Ringbuch gerissenes Blatt. Sie sei schwanger gewesen, habe jedoch schon abgetrieben. Die Sache mit Jens sei vorbei. Olaf habe ihr einen Antrag gemacht, im Frühjahr brauche sie mich als Brautjungfer, und überhaupt: »Komm nach Berlin. Komm schnell. Ich hab hier keine richtige Freundin. Nicht eine. Und die Kerle können mir langsam gestohlen bleiben. – Deine Dich liebende Elli (von der Flut tief in den Sand gespült).«

Jagoda Marinić
Was von dir geblieben ist

Seit Wochen schon versuche ich die Nachricht auf meinem Anrufbeantworter zu löschen. Es gibt da so einen Knopf, es geht so einfach, ein simples *delete.* Viele andere Nachrichten hab ich schon längst gelöscht, zur Übung, aber diese eine, die ist noch da, obwohl ich jetzt auch praktisch wußte, wie *delete* funktioniert. Ich muß diese eine aber noch behalten, nur von einer übergeordneten Instanz könnte sie gerade gelöscht werden, von einem Kurzschluß vielleicht, denn gerade ist sie das einzige, was ich aus dieser Zeit von dir hab, und ich weiß, so wie damals werden wir uns nie wieder erreichen. Manchmal, da treffen wir uns sogar noch, doch diese Treffen gehören nicht zu unserer Zeit, und deshalb könnte ich über dich, so wie ich dich jetzt sehe, auch nicht weinen. Aber ich muß weinen, ich muß noch viel weinen, um nicht zu ertrinken in den Erinnerungen, wie schön es mal mit dir war. Deshalb ist diese fünfte Nachricht auf dem Anrufbeantworter jetzt mein Lebensretter, und wenn ich einmal beim Abhören nicht mehr weinen werde, dann drohe ich auch nicht mehr zu ertrinken, dann werde ich sie löschen. Bestimmt. Hoffentlich gibt's vorher keinen Kurzschluß.

Thomas Meinecke
Voici le temps des assassins!

Es war einer der letzten heißen Sommertage, als ich im Strand-Cafe an einem Nebentisch den gesuchten Terroristen Soundso entdeckte. Höflich bat ich ihn, an seinem Tisch Platz nehmen zu dürfen. Und schon bald gerieten wir in ein interessantes Gespräch, zuerst über die Theorie des Cafés, dann über die Frauen, und schließlich kamen wir auf den Kampf zwischen Staat und Guerilla zu sprechen. Wenn wir uns auch in all diesen Punkten heftig mißverstanden, so stellten wir doch eine große Übereinstimmung in unserem Krawattengeschmack fest. Denn wir trugen beide Krawatten, und vielleicht sogar aus ähnlichem Grund. Allerdings konnte ich auch nach dem siebenten Bier seine Neigung zur Gewaltsamkeit ebensowenig teilen wie er die meine zum Café. Als der gesuchte Terrorist schließlich mitten in der erhitzten Diskussion verärgert aufstand, den Tisch verließ und unter dem Einfluß des Alkohols schwerfällig zur Kasse wankte, rief ich ihm hinterher: Deine Unerbittlichkeit ist ja härter als die des Lebens! – Ach, geh doch nach Kanada! rief er zurück. Und nachdem er gezahlt hatte, verschwand er bald in der traurigen Menge von Sonntags-Spaziergängern.

Guillermo Cabrera Infante
Der mildeste aller Terroristen

Er war der mildeste aller Terroristen, bis er vom übelsten Polizisten, den die Diktatur hatte, verhaftet wurde. Man folterte ihn und brachte ihn fast um, und er schwor Rache, sollte er diese Feuerprobe jemals lebend überstehen. Da die Diktatur unstetig verlief, ließ man ihn einige Zeit später wieder frei. Irgendwie bekam er den Namen des Polizisten heraus, der ihn so exklusiv gefoltert hatte (die politische Polizei war immer furchtbar persönlich), und erfuhr, daß er ein für seine Grausamkeit und seine gewissenhafte Detailfreude beim Foltern berüchtigter Oberst war. Er wartete seine Zeit ab, und als das Regime gestürzt wurde, suchte er unter den Gefangenen verbissen nach dem Obersten, nach *seinem* Polizisten. Er war nicht dabei. Als sogenanntes hohes Tier war er mit dem Diktator, dem Stabschef der Armee, dem Polizeichef und den anderen geflohen. Es war eher ein Exodus als ein Rückzug, und nur die Tollkühnen und die ganz Mutigen blieben zurück. Diese wurden verhaftet, verurteilt und erschossen. Doch nie im Morgengrauen: das ist nur im Film so. Der milde Terrorist war enttäuscht, doch er war ja noch jung. Er konnte warten. Er wußte, daß er seinen Fänger früher oder später wiedertreffen würde. Er fühlte sich wie eine Figur von Poe und war beruhigt. Montresor hatte Fortunato seine Rache ja schließlich auch noch abgezwungen. Sein Gedächtnis sollte sein Faß Amontillado sein.

Der milde Terrorist, der auch Katholik war, wurde zum herben Terroristen, als er sich gegen das neue Regime stellte – das für ihn genau dasselbe war wie das alte Regime, nur noch schlimmer. Um sein Leben zu retten, mußte er aus dem Land fliehen. Obwohl er es nicht so verließ, wie es sein Folterer getan hatte, war auch dies ein Exodus.

Viele Jahre vergingen, und er hörte auf, ein Katholik zu sein, und lebte auf einer benachbarten Insel, die seiner Heimat sehr ähnelte. Er war immer noch ein milder Mann, vergaß aber nie den Namen des Spießgesellen, der ihn gefoltert hatte: die Folter hinterläßt immer große Narben. Oft fragte er sich, wo der andere jetzt wohl leben mochte.

Eines Tages, fast zwanzig Jahre später, als er in einer Stadt lebte, die wie das einstige Havanna aussah, wollte er eine Hauptverkehrsstraße überqueren, die als für Fußgänger mörderisch bekannt war, und sah einen alten Mann mit einem weißen Stock, der sich ebenfalls anschickte, die Straße zu überqueren. Er rief dem Mann zu, er solle stehenbleiben. Dann rannte er zu ihm und sagte: »Lassen Sie mich Ihnen helfen. Das ist eine Todesstrecke, das wissen Sie doch.« Aber der alte Mann wußte es nicht.

Er half dem Blinden hinüber, und als sie die gefährliche

Überquerung hinter sich hatten, dankte ihm der alte Mann und sagte: »Sie sind also auch Kubaner?« Der jüngere Mann sagte ja. »Kenne ich Sie?« Der jüngere Mann sagte, er glaube nicht. »Aber Sie kennen bestimmt mich«, sagte der Blinde. »Mein Name ist Carratala.« Das war der Name des Folterers, nach dem er mehr als ein Vierteljahrhundert lang gesucht hatte. Carratala: Irgendwie hatte er nach einem jüngeren Mann Ausschau gehalten. Was sollte er tun? Dieser Mann hatte gesagt, wer er jetzt war, aber war er derselbe, der ihn vor langer Zeit und in einem anderen Land gefoltert hatte? Hatte er gelesen, was Poe zum Thema Rache sagte, als er schrieb: »Nicht immer ... ereilt den Schurken in der Wirklichkeit seine Strafe«? Jetzt war die Rache endlich sein. Er brauchte den alten Mann lediglich dahin zurückzubringen, wo er ihn getroffen hatte, oder mitten auf der Straße stehenzulassen. Aber der jüngere Mann sagte einfach nur: »Ich hab Ihren Namen schon mal gehört« – und ging wieder seinen eigenen Geschäften nach, und die hatten nichts zu tun mit Politik oder Revolten oder dem Mord als eine Form der Gerechtigkeit betrachtet.

Hermann Hesse
Ein Erfinder

Mein Freund Konstantin Silbernagel stand mit allen Mädchen der Nachbarschaft gut, aber er hatte keinen Schatz. Wo er eine stehen und gehen sah, war er mit einem Gruß, mit einem Witz oder mit einer Freundlichkeit und vertraulichen Neckerei zur Hand, und die Mädchen standen dann, sahen ihm nach und hatten ihr Wohlgefallen an ihm; er hätte jede von ihnen haben können. Aber er wollte nicht. Und so oft in der Werkstatt von Mädeln und Liebesgeschichten die Rede war, zuckte er die Achseln, und wenn ihn einer von uns Mitgesellen fragte, was er davon halte, lachte er und meinte:

»Nur drauf los, nur drauf los, ihr Schlecker! Ich erleb's noch, daß ihr alle heiratet.«

»Ja, warum denn nicht«, rief da mancher, »ist denn Heiraten so ein Unglück?«

»Kannst's ja probieren. Aber ich nicht. Ich nicht!«

Wir lachten ihn oft darum aus, namentlich weil er ja kein Weiberfeind war. Einen Schatz hatte er freilich nie, aber wo im Vorübergehen ein kurzes Geschäker, ein leichtes Zugreifen und ein schnell gestohlener Kuß zu haben war, ließ der Silbernagel sich nichts entgehen. Auch glaubten wir nicht fehlzuraten, wenn wir annahmen, er habe irgendwo in der Ferne ein Mädel sitzen und werde wohl der erste von uns sein, dem es zum Heiraten reichte. Denn er verdiente gut und konnte Meister werden, sobald er wollte, auch hieß es, er habe ein fettes Sparkassenbuch.

Im übrigen war Konstantin ein Mensch, den alle gern hatten. Er ließ uns nie merken, daß er geschickter war und mehr verstand als wir Kollegen; nur wenn einer ihn um Rat fragte, half er gern und griff mit zu. Sonst war er wie ein Kind, leicht zum Lachen zu bringen und leicht zu rühren, launisch, aber harmlos, und ich habe nie gesehen, daß er etwa einen Lehrbuben geschlagen oder ungerechterweise angeschnauzt hätte.

Damals glaubte ich noch, es in der Maschinenschlosserei zu etwas Rechtem bringen zu können, und so schloß ich mich immer mehr an den Silbernagel an, der an Begabung und Erfahrung allen Kameraden weit überlegen war und es wohl auch leicht mit dem Meister aufgenommen hätte. Wenn man ihn arbeiten sah, dann ging einem recht die Lust am Handwerk auf, so leicht und fröhlich und unfehlbar ging ihm alles von der Hand. Er hatte stets nur feine Arbeit zu machen, bei der man nicht schlafen und dösen kann und immer alle Aufmerksamkeit beisammen haben muß, und er hat nie ein Stück verdorben. Die meiste Freude hatte er am Montieren neuer Maschinen; auch solche Konstruktionen, die er noch nie selber gearbeitet hatte, brachte er zusammen und in Gang wie ein Kinderspiel, und dabei sah er so edel und besonders aus, daß ich damals zum erstenmal recht begriff, was das heißt, daß der Geist den Stoff beherrscht und daß der Wille stärker ist als alle tote Masse.

Allmählich entdeckte ich denn auch, daß mein Kamerad Konstantin sich nicht mit der aufgetragenen Handarbeit begnügte. Es fiel mir auf, daß er zuzeiten nach Feierabend verschwunden war und sich nirgends zeigte, und bald kam ich dahinter, daß er dann in seinem gemieteten Stüblein in der Senfgasse saß und zeichnete. Anfangs meinte ich, er wolle sich üben und die Künste von der Abendschule nicht einrosten lassen, aber dann ging ich einmal hin, und da sah ich zufällig, daß er am Lösen einer Konstruktionsaufgabe war, und als ich weiter redete und fragte, erfuhr ich bald von ihm, daß er an einer Erfindung arbeite. Seitdem ich das wußte, kam ich in ein vertraulicheres Verhältnis zu ihm, und nach einiger Zeit kannte ich alle seine Geheimnisse. Er hatte zwei Maschinen erfunden, von denen eine erst auf dem Papier, die andere auch schon im Modell fertig war. Es war ein Vergnügen, seine Zeichnungen anzuschauen, so tadellos sauber und scharf waren sie ausgeführt.

Mein abendlicher Verkehr mit Konstantin erlitt eine Unterbrechung, als ich im Herbst die Fränze Brodbeck kennen lernte und ein Verhältnis mit ihr anfing. Damals fing ich wieder stark zu dichten an, was ich seit meiner Lateinschulzeit unterlassen hatte, und das hübsche, leichtsinnige Mädchen hat mich mehr gekostet, als sie vielleicht wert war, obwohl ich noch mit einem blauen Auge davon kam.

Eines Abends, nachdem ich lange weggeblieben war, kam ich wieder einmal zum Silbernagel auf seine Mansardenstube und sagte Grüßgott. Da schaute er mich bedenklich an und wusch mir wegen der Weibergeschichte gründlich den Kopf, so daß ich fast wieder fortgelaufen wäre. Aber ich blieb doch da, denn in seiner zornigen Rede war etwas vorgekommen, das meiner jungen Eitelkeit gewaltig schmeichelte.

»Du bist zu gut für so ein Weib«, hatte er gesagt, »und überhaupt zu gut für die Frauenzimmer. Ein großer Mechaniker wirst du nicht, wenn du das auch nicht gerne hörst. Aber etwas steckt in dir, das wird schon noch herauskommen, wenn du ihm nicht vorher mit Liebesgeschichten und dergleichen selber das Kreuz abdrehst.«

Und nun fragte ich ihn, warum er eigentlich so grimmig auf Liebe und Heiraten zu sprechen sei. Er sah mich eine Weile streng an, dann legte er los:

»Das kann ich dir gleich sagen. Zum Erzählen ist's zwar eigentlich nicht, es ist nur so eine Erfahrung oder eine Episode oder wie man das heißt. Aber du wirst es schon begreifen, wenn du nicht bloß mit den Ohrlappen zuhörst. Nämlich, ich bin einmal ganz nahe am Heiraten vorbeigestreift, und von dem hab' ich auf lang hinaus *multum* viel genug. Heiraten soll wer will, aber ich nicht. Ich nicht! Verstanden?

In Cannstatt bin ich zwei Jahre in Arbeit gestanden. War auch Gießerei dabei, ein schöner Betrieb, und viel zu lernen. Kurz vorher hatte ich ein Maschinelchen erfunden für Holzbearbeitung, Zapfen, Spunden und dergleichen, ganz nett, aber es war nicht praktisch, brauchte zu viel Kraft, und da hab' ich den ganzen Kram wieder kaputt gemacht. Jetzt wollte ich noch etwas Ordentliches lernen, und das tat ich auch, und nach ein paar Monaten fing ich schon wieder was an, die kleine Waschmaschine dort; die wird gut. Da wohnte ich bei einer Heizerswitwe, eine kleine Mansarde, und da bin ich fast jeden Abend gesessen und hab gezeichnet und gerechnet. Das war eine schöne Zeit. Du lieber Gott, was hat man sonst vom Leben, als daß man was schafft und aus seinem Kopf heraus was in die Welt setzen kann?

Aber im gleichen Haus hat eine gewohnt, eine Näherin, und die hieß Lene Kolderfinger und war eine schöne Figur, nicht groß, aber wohlgeschaffen und nett. Die kannte ich natürlich bald, und weil es in der Natur so ist, daß junge Burschen gern mit den Mädchen einen Spaß haben, lachte ich ihr zu und sagte ihr manchmal etwas Lustiges, und sie lachte wieder, und es ging nicht lang, da waren wir gute Bekannte und hatten ein Verhältnis miteinander. Und weil sie ein anständiges Mädchen war und mir nichts Unrechtes erlaubte, hingen wir um so fester aneinander. Am Feierabend sind wir in den Anlagen spazieren gegangen und am Sonntag auf ein Dorf ins Wirtshaus oder zum Tanzen. Einmal beim Regenwetter kam sie auch zu mir in mein Stüblein, und da zeigte ich ihr meine Zeichnungen zu der Waschmaschine und erklärte ihr alles, weil sie natürlich in solchen Sachen kuhdumm war. Und wie ich mitten im Reden und Erklären und ganz im Eifer war, da sah ich auf einmal, wie sie hinter der Hand gähnte und gar nicht aufs Papier hinschaute, sondern unter den Tisch auf ihre Stiefel. Da hörte ich plötzlich auf und tat die Zeichnungen in die Schublade, aber sie merkte gar nichts und fing gleich zu spielen und zu küssen an. Das war das erstemal, daß ich im Sinn drinnen mit ihr uneinig war und mich ärgerte.

Nachher dachte ich mir dann aber, warum soll das Mädchen sich um deine Zeichnerei bekümmern, wo sie doch nichts davon versteht. Nicht wahr? Und da nahm ich mich zusammen, und es war auch wirklich zuviel verlangt. Nun, das war also gut. Sie hatte mich gern, und lang dauerte es nicht, so fingen wir an, vom Heiraten zu reden. Meine Aussichten waren ja nicht schlecht, ich hätte es bald zum Aufseher bringen können, und die Lene hatte eine ordentliche Aussteuer beinander und auch noch ein paar hundert Mark

Gespartes. Und seit wir einander das gesagt hatten und immer strenger ans Hochzeitmachen dachten, ist sie immer zärtlicher geworden, und auch ich hatte nichts anderes mehr im Kopf als meine Verliebtheit.

Über all dem Zeug bin ich natürlich nimmer ans Zeichnen gekommen, weil ich die ganze Zeit bei der Lene war und den Kopf ganz voll hatte von der Heiraterei. Es war auch ganz schön, und ich war recht glücklich, wie es einem Bräutigam ansteht, ließ mir Ausweispapiere aus meiner Heimat kommen und wartete eigentlich nur noch auf meine Aufbesserung im Geschäft; die konnte nimmer lang ausbleiben, vielleicht nur noch vier oder sechs Wochen.

Soweit war alles in Ordnung. Bis die Ausstellung eröffnet wurde. O Sternsakrament, Junge! Es war eine Gewerbeausstellung, nur ziemlich klein, und wurde an einem Sonntag eröffnet. Von der Fabrik hatte ich eine Eintrittskarte gekriegt und für die Lene hatte ich noch eine dazugekauft. Wir hatten Ermäßigung. Da war großer Klimbim, kannst du dir denken. Musik und Spektakel und eine Masse Leute, ich habe dem Mädchen einen Sonnenschirm gekauft, aus einem Stoff wie Seide, in allen Farben, und da gingen wir herum und waren vergnügt. Im Freien spielte eine Militärkapelle aus Ludwigsburg, es war auch das schönste Wetter und alles voll. Später hab' ich sagen hören, sie hätten Defizit gemacht, aber das kann ich nicht glauben.

Wir liefen überall herum und sahen uns die Sachen an, und die Lene ist jeden Augenblick irgendwo stehengeblieben und ich mit. Da kamen wir auch an die Maschinen, und wie ich die sehe, fällt mir auf einmal ein, daß ich so viele Wochen lang nimmer an meiner Waschmaschine geschafft habe. Und auf einmal plagte es mich so stark, daß ich am liebsten gleich im Augenblick heimgelaufen wäre. Das kann man gar nicht erzählen, wie es mir da zu Mute war.

›Komm, laß die langweiligen Maschinen, sagte die Lene und wollte mich fortziehen.

Und wie sie da an meinem Arme zieht, kommt mir's auf einmal so vor, als müsse ich mich schämen und als wolle sie mich von allem fortzerren, was mir früher wichtig und lieb gewesen war. Ich spürte ganz deutlich, wie in einem Traum: entweder heiratest du und gehst inwendig kaputt oder du gehst wieder an deine Waschmaschine. Da sagte ich der Lene, ich wolle noch ein Weilchen hier in der Maschinenhalle bleiben, da zankte sie und ging dann allein weg.

Jawohl, Junge, so ist's und so war's. Am Abend saß ich wie ein Wilder am Zeichenbrett, am Montag morgens hab' ich in meiner Fabrik gekündigt, und vierzehn Tage drauf war ich schon weit fort. Und jetzt werden Maschinen gemacht, eine hab' ich schon im Kopf, und für die da krieg ich's Patent, so gewiß ich Silbernagel heiße.«

Peter Bichsel
Der Tierfreund

Jetzt wäre wieder Gelegenheit, die Geschichte über den Tierfreund zu schreiben, die Geschichte über den Mann mit den beiden Hunden, die Geschichte über den Mann, der mit den Hunden spazierengeht.

Doch lassen wir die Gelegenheit vorübergehn, die Geschichte hat Zeit und später wird es wohl auch viel mehr Tierfreunde geben, die Geschichte wird später, wenn es nur noch Tierfreunde gibt, viel unverständlicher sein und zu keinen Mißverständnissen führen.

Man kann nicht mit gutem Gewissen für den Tierfreund, für unseren Tierfreund mit den zwei Hunden, schreiben und wenn man gegen den Tierfreund schreibt, macht man sich verdächtig.

Unser Tierfreund sollte ein Mann sein, dessen Alter man

nicht kennt, ein Mann mittleren Alters. Und unser Tierfreund sollte überzeugt sein, daß es gut tut, mit Hunden umzugehen. Und er sollte gerecht sein und die Hunde keineswegs verwöhnen. Ein stiller Spaziergänger sollte er sein und ein Spaziergänger mit einem Ziel. Er sollte den Hunden nichts Heißes zu fressen geben und auf Kalorien und Vitamine achten. Das wäre die Voraussetzung für diese Geschichte.

Ganz nebenbei wäre der Tierfreund verheiratet und es wäre kein Mann, der mit Hunden spricht und mit Menschen selten. Er wäre ein Freund Englands und ein Feind des Rindviehs, der Stechmücken, der Zecken und der andern Hunde.

Wenn mir keine Geschichte einfällt, suche ich die über den Tierfreund. Es scheint mir, daß es meine Geschichte wird, daß sie sich nicht vermeiden läßt, denn mich lieben die Hunde. Oft tun sie mir einen Gefallen. Doch ich fürchte mich vor ihnen. Vielleicht quäle ich deshalb Katzen, vor Katzen fürchte ich mich nicht.

Der Tierfreund wäre zwar böse und ich schreibe die Geschichte über ihn recht ungern. Es ist mir unangenehm, daß ich eine Geschichte und ausgerechnet diese schreiben muß, daß ich mich gezwungen fühle. Deshalb lasse ich noch einmal die Gelegenheit vorübergehn, und ich denke oft daran, einen Hund zu kaufen; damit sollte ich eigentlich meine Pflicht getan haben.

Norbert Gstrein
Der Kommerzialrat

Es war wenige Tage danach, Mitte Februar, und über Nacht hatte es trotz der vorher schon herrschenden Kälte noch einmal einen Temperatursturz gegeben, als Schulkinder den Kommerzialrat entdeckten. Mit offenen Augen an die Friedhofsmauer gelehnt, lag er im Schnee, und die Freiwilligen, die ihn fortschafften, bevor die ersten Gäste unterwegs waren, wußten zu berichten, daß sie ihm die Glieder brechen mußten, um ihn auf der Bahre auszustrecken, und erzählten stets von neuem, er hätte ausgesehen, als wäre er schon länger dagelegen, so verwittert, wie er zu sein schien. Der Hund war nicht bei ihm, auch wenn es im nachhinein oft und oft behauptet wurde, und er blieb verschwunden, bis man ihn im Frühjahr, als es taute, mit zerschmettertem Schädel am Waldrand auffand. »Es ist gut, daß das Schwein nicht mehr lebt«, wurden spätestens da Stimmen laut. »Der Herr soll seiner Seele gnädig sein.«

Mitten am Vormittag war es, als sich die Nachricht verbreitete, und das Glockenläuten, das plötzlich mit einem Grollen wie tief aus dem Erdinneren einsetzte, schien nicht mehr aufhören zu wollen und ging schließlich in das Heulen und Wehklagen der Sirene über, einen Ton, der stets von neuem anschwoll, umkippte und sich im Unendlichen verlor. Auf der Straße liefen von überall Leute zusammen und verschwanden sofort wieder in ihren Häusern, ausgenommen ein paar Grüppchen, die unter einem Himmel, der bis zur Bodenlosigkeit klar wirkte, im Freien stehenblieben, ehe später am Tag auch sie nicht mehr zu sehen waren. Dann lag das Dorf da, als wäre es aus der Welt gefallen, und als mit Einbruch der Dunkelheit Wolken aufzogen und auf einmal der Geruch von Schnee in der Luft war, kehrte eine Stille wie für immer ein.

Der Kommerzialrat hatte sich am Tag davor an mehreren Orten noch einmal sehen lassen, schon am frühen Morgen, als er mit dem Hund durch die Neubausiedlung am Bachrand gestreift war, wenig später vor der Talherberge des Alpenvereins, vor der Kirche und vor der Bäckerei, und am Nachmittag zuerst zwischen den Zollhäusern und dann bis nach dem Dunkelwerden abwechselnd in der Milchbar und im Cafe Tirol, und wenn es stimmte, was die Leute sagten, die ihm begegnet waren, wirkte er so, wie man ihn aus besseren Zeiten kannte, obwohl er es in den Lokalen ausschlug, sich irgendwo dazuzusetzen, und abseits blieb. Ohne Zweifel war er nicht nüchtern, wenn er sich so lange aufrecht zu halten vermochte, ein Prellbock in seinem schwarzen Anzug, den er seit Jahren nicht mehr getragen hatte, ein Kleidungsstück, das, an allen Ecken und Enden gestärkt, etwas von einer Rüstung ausstrahlte, und seine Zurückhaltung mußte gespielt sein, ob er andere damit narren wollte oder sich selbst. Wahrscheinlich hatte er seinen eigenen Vorrat und nahm Schluck um Schluck aus der Flasche, wenn ihm niemand zuschauen konnte, in einen Hauseingang gedrückt oder auf einer Toilette, und es war nicht abwegig, sich auszumalen, wie er dabei lächelte, wie er immer gelächelt hatte, wenn er glaubte, irgendwelchen oft nur vermeintlichen Widersachern ein Schnippchen geschlagen zu haben, auf seine unnachahmliche Art, die ihm auch im Alter noch etwas Spitzbübisches verlieh, etwas von einem Mann, der die Möglichkeit hatte, sich nicht ernst zu nehmen.

Trotzdem blieb vieles im dunkeln, und man konnte nachträglich nicht sagen, was er noch mitgemacht hatte, nachdem er um Mitternacht zum letzten Mal gesehen worden war. Tatsächlich kam nur Gerede zustande, um so mehr, als die Kommerzialrätin weder mitteilen wollte, ob er einen Abschiedsbrief hinterlassen hatte, noch sonst etwas, als ihr die Unglücksmeldung überbracht wurde und am Nachmittag darauf Thérèse und Sophie, wie auf Abruf bereit, aus ihrer Versenkung auftauchten und sich schon in Trauerkleidern zur Schau stellten, während der Steirer nicht mehr aufzufinden war. Dann ordnete der Distriktsarzt, der gerufen wurde, um den Tod festzustellen, auch noch eine Obduktion an, als er von den Zwischenfällen in den vergangenen Wochen hörte, und obwohl niemand glaubte, daß dadurch etwas zutage kommen würde, was nicht längst bekannt war, ließ sich mit den Möglichkeiten spielen, und eine Weile herrschte eine Erwartung, als könnte jeden Augenblick ein Trickkünstler auftreten und allem eine andere Wendung geben.

Wir hatten das Nachsehen, weil wir den Tag zusammen in Innsbruck verbrachten, auf einem Symposium mit dem Titel ›Tourismus 2000‹, und als wir am Abend zurückkamen, war nicht mehr viel zu tun. Wir konnten nur schauen, daß möglichst wenig an die Öffentlichkeit drang, daß das Begräbnis, soweit wir es überhaupt noch zu beeinflussen vermochten, nicht eine Sensation wurde, und uns bemühen, alles auf sich beruhen zu lassen. Denn daß die Zukunft bereits begonnen hatte, merkten wir am Morgen darauf, als wir die Honoratioren zu einer Versammlung einluden und zuschauen mußten, wie sie sich nach einer Schweigeminute erhoben und auf das Wohl unseres Freundes anstießen, während sie schon durcheinanderredeten, als hätten sie gerade das Geschäft ihres Lebens abgeschlossen und versuchten verschämt, ihre Befriedigung darüber zu verbergen. »Ein solches Ende hat der Kommerzialrat nicht verdient«, sagten wir, als wir wieder allein waren. »Alles was gut und recht ist, aber ein Mensch bleibt ein Mensch.«

Wir wunderten uns, wie schnell unser Freund in den folgenden Monaten in Vergessenheit geriet. Denn wir hätten darauf geschworen, daß er über Nacht zur Legende würde, und wenn wir manchmal noch über ein Denkmal für ihn sprachen, war es meistens nicht mehr voll Spott, sondern am ehesten so, als hätten wir es von vornherein schon abgeschrieben, und wir wehrten uns auch nicht, als die Verantwortlichen im Gemeinderat unsere Vorschläge ablehnten und als Kompromiß in der Nähe der Unglücksstelle ein Wegkreuz anbringen ließen. Ob wir es wahrhaben wollten oder nicht, wir waren es leid, uns mit ihm zu beschäftigen, und als wir eines Tages von seiner Frau eine Mappe mit Aufzeichnungen in seiner schwer leserlichen Handschrift anvertraut bekamen, ohne daß wir wußten, warum wir auf einmal wieder ihre Gnade fanden, hatten wir lange nicht das Bedürfnis, sie zu entziffern. »Das Zeug kann warten«, sagten wir uns, als wir einen ersten Blick hineingeworfen hatten. »Alles hat seine Zeit.«

István Örkény
Nichts Neues

Eines Nachmittags fiel in der Parzelle Nr. 27, Grabstelle 14 des Budapester Zentralfriedhofs mit großem Getöse ein fast drei Zentner schwerer Granitobelisk um. Gleich darauf teilte sich das Grab und die in ihm liegende Tote, namentlich Frau Stefánia Hajduska geborene Nobel (1827-1848), erstand von den Toten auf. In den Obelisken war mit verwitterten Buchstaben auch der Name ihres Mannes eingemeißelt; doch dieser war, man weiß nicht warum, nicht mit auferstanden.

Wegen des grauen Wetters hielten sich nur wenige Menschen auf dem Friedhof auf, aber wer das Geräusch vernommen hatte, versammelte sich um das Grab. Bis dahin hatte sich die junge Frau von den Erdklumpen befreit, borgte sich einen Kamm und kämmte sich.

Ein altes Tantchen mit Trauerflor fragte sie, wie sie sich fühle.

Gut, danke der Nachfrage, sagte Frau Hajduska.

Ob sie denn nicht durstig sei, erkundigte sich ein Taxifahrer.

Sie wünsche im Augenblick nichts zu trinken, antwortete die ehemalige Tote.

Wenn er bedenke, wie schlecht dieses Budapester Wasser sei, würde er auch nicht trinken wollen, bemerkte der Fahrer.

Was denn am Budapester Wasser schlecht sei, fragte Frau Hajduska.

Es wird gechlort.

Und wie es gechlort wird, fiel Apostol Barannikov zustimmend ein. Der bulgarische Gärtner verkaufte Blumen am Friedhofstor. Er sei gezwungen, seine Blumen mit Regenwasser zu gießen.

Heutzutage werde das Wasser überall auf der Welt gechlort, warf jemand ein.

Hier stockte die Unterhaltung.

Was es denn sonst noch Neues gäbe, erkundigte sich die junge Frau.

Nichts Besonderes, sagte man ihr.

Wieder kehrte Stille ein. Es begann zu regnen.

»Sie werden noch naß«, warnte Dezső Deutsch, selbständiger Angelbauer, die Auferstandene.

Das mache ihr gar nichts, sagte Frau Hajduska. Sie möge Regen ausgesprochen gerne.

Das hinge davon ab, wie der Regen sei, bemerkte das Tantchen.

Sie meine diesen lauwarmen Sommerregen, sagte Frau Hajduska.

Er könne hingegen überhaupt keinen Regen gebrauchen, sagte Apostol Barannikov, da er die Besucher vom Friedhof fernhalte.

Das könne er sehr gut verstehen, stimmte ihm der selbständige Angelbauer zu.

Hier stellte sich wieder eine längere Pause in der Unterhaltung ein.

»Also, erzählen Sie doch irgend etwas!« wandte sich die Auferstandene an die anderen.

»Was sollen wir denn erzählen?« fragte das alte Tantchen. »Wir haben nicht so viel zu erzählen.«

»Ist seit dem Freiheitskampf nichts mehr geschehen?«

»Es geschieht immer etwas«, winkte der Selbständige ab. »Aber wie der Deutsche sagt: *Selten kommt etwas Besseres nach.*«

»So geht's. So steht's«, fügte der Taxifahrer hinzu.

Und da er nur darauf ausgewesen war, eine Fuhre zu machen, spazierte er nun enttäuscht zu seinem Wagen zurück.

Sie schwiegen. Die Auferstandene blickte in die Grube hinunter, über der sich die Erde nicht wieder geschlossen hatte. Sie wartete noch ein wenig, aber da sie sah, daß keiner mehr etwas zu sagen hatte, verabschiedete sie sich von den Umstehenden.

»Auf Wiedersehen«, sagte sie und stieg in die Grube hinab. Damit sie nicht auf dem feuchten Lehm ausrutschte, reichte ihr der selbständige Angelbauer zuvorkommend die Hand.

»Alles Gute!« rief er der jungen Frau zu.

»Was ist los?« fragte der Taxifahrer am Eingang. »Sie ist doch nicht wieder zurück ins Grab?«

»Doch, sie ist wieder zurück«, sagte das Tantchen und schüttelte den Kopf. »Dabei haben wir uns so nett unterhalten.«

Karen Duve
Der Indianer

Stundenlang waren wir schweigend durch die Wüste gefahren, durch all das Geröll und den Sand und die Kakteen und vertrockneten Büsche. Auf den letzten paar Meilen hatte die Straße ihre pfeilgerade Richtung verlassen und sich allmählich aufwärts geschlängelt in eine Hügelkette hinein. Und hinter einer Kurve stand plötzlich dieser Felsen. Er war zwanzig Meter hoch und blutrot. Er sah aus wie frisch geschlachtet – als hätte ihm gerade jemand den Pelz abgezogen. Die Straße führte mitten hindurch, sie schnitt ihn in zwei Teile, durch die der Datsun wie ein Messer glitt. Und der Himmel war so blau, wie etwas nur blau sein kann. Das war er vorher natürlich auch schon gewesen, aber jetzt, mit dem roten Felsen davor, sah er noch zehnmal blauer aus.

»Seht euch das an! Seht euch das bloß an! Habt ihr in eurem Leben schon einmal so etwas gesehen?«

Ich schaute zu Sandra, die neben mir auf dem Beifahrersitz saß. Sie starrte regungslos aus dem Seitenfenster und machte ein Gesicht, als würde sie mich am liebsten anspukken. Ich drehte mich zu Robert um, der hinten quer lag. Er blätterte in einer Zeitschrift. Sie antworteten mir nicht. Sie sagten nicht einmal »hmmm« oder »ja ja« oder »interessiert uns nicht« oder wenigstens »halt's Maul«. Sie sagten einfach gar nichts. Ich war ihnen so widerlich, daß ihnen sogar der rote Felsen widerlich war – bloß weil er mir gefiel. Ich fühlte mich schrecklich. Die ganze Sache bedrückte mich so sehr, daß ich, als wir wieder in ebenes Gelände kamen, rechts ranfuhr und sagte, jemand anderes müsse jetzt fahren.

Beim Aussteigen bemerkte ich, wie heiß es eigentlich war, bestimmt 50 Grad. Der Datsun hatte eine Klimaanlage, so daß ich ganz vergessen hatte, durch was für eine Hitze wir uns bewegten. Robert setzte sich hinters Lenkrad. Ich kroch auf die Rückbank, zog die Beine hoch und rollte mich in eine Ecke. Ich machte die Augen zu, damit sie nicht sahen, daß ich weinte. Okay, dachte ich, sag' ich ab jetzt eben nichts mehr. Kann ich auch. Kein Problem.

Ich mag nicht erklären, warum ich mit Sandra und Robert in einem Auto saß. Es hing mit diesem sentimentalen Getue um alte Schulfreundschaften zusammen, die angeblich ewig halten. Ich habe darüber nachgedacht, während wir durch Arizona gefahren sind. Ich habe eine Menge Zeit gehabt, um nachzudenken, und bin zu dem Ergebnis gekommen, daß das hier niemals eine Freundschaft gewesen ist, sondern bloß ein Haufen sentimentaler, verlogener Scheiße. Was Sandra angeht, so ist sie klein und mollig und hat statt einem Mund einen Strich im Gesicht. Sie ist Nervenärztin und hatte damals einen Forschungsauftrag an der Universität von Phoenix. Irgend etwas mit Elektroschocks. Phoenixer Studenten, deren Prüfungsergebnisse ungenügend auszufallen drohten, konnten sich Zusatzpunkte verdienen, indem sie freiwillig an ihren sehr schmerzhaften Experimenten teilnahmen.

Eigentlich ist Sandra hübsch mit ihren langen braunen Locken, aber ich habe jetzt überhaupt keine Lust, irgend etwas Nettes über sie zu sagen. Robert ist groß und dünn und abartig geizig. Tatsächlich ist er der geizigste Mensch, der mir je begegnet ist. Wann immer wir eine Tankstelle anfuhren, rannte er sofort auf die Toilette und erschien erst wieder, wenn Sandra oder ich die Tankrechnung bereits bezahlt hatten. Einmal erwischte ich ihn dabei, wie er von den drei Dollar Trinkgeld, die ich in einem Restaurant auf den Tisch gelegt hatte, zwei herunternahm und einsteckte.

Als ich nicht mehr weinen mußte, machte ich die Augen wieder auf und nahm ein Buch aus meiner Tasche, obwohl mir beim Lesen im Auto immer schlecht wird. Nur damit ich diese beiden Fratzen nicht mehr sehen mußte. In dem Buch ging es um Frauen im Wilden Westen. Der Autor wußte, womit er seine Leser rankriegte. Gleich das erste Kapitel handelte von Pioniersfrauen und Siedlerinnen, die von Indianern entführt worden waren. »Für einen Indianer ist es etwas sehr Schönes, eine weiße Squaw zu besitzen«, las ich. Meine Laune besserte sich schlagartig. Ich blinzelte über das Buch hinweg in die Wüste hinaus, wo weit und breit kein Mensch zu sehen war. Auch kein Indianer. Dafür tauchte links neben der Straße ein Hinweisschild auf: NOCH 1 MEILE BIS ZUM ANDENKENLADEN VON HÄUPTLING ROTES PFERD. RIESENAUSWAHL. Etwas später kam ein zweites Schild: JETZT NUR NOCH EINE HALBE MEILE BIS ZUM ANDENKENLADEN VON HÄUPTLING ROTES PFERD. ERSTKLASSIGE WARE!

»He«, sagte ich, »laßt uns da anhalten. Ich will in den Indianerladen.«

Sandra stöhnte auf.

»So etwas Peinliches! Das ist doch nur Nepp. Außerdem haben wir dafür keine Zeit.«

Nie hatten sie für irgend etwas Zeit. Außer wenn sie in ein Restaurant oder einen Supermarkt wollten. In Supermärkten konnten sie Stunden verbringen.

»Ich will den Indianer sehen«, sagte ich. »Ich bin jetzt seit einer Woche in Arizona und habe noch keinen einzigen Indianer gesehen.«

»Im Motel gibt es bestimmt einen Fernseher. Da kannst du dir die *ganze* Nacht Indianer ansehen«, sagte Robert.

Die Hinweisschilder, große weiße Papptafeln auf Stelzen, kamen jetzt Schlag auf Schlag: NUR NOCH 200 YARDS BIS ZUM ANDENKENLADEN VON HÄUPTLING

ROTES PFERD. ALLES SEHR BILLIG! und: JETZT SIND ES NUR NOCH 100 YARDS. FAHREN SIE NICHT VORBEI! und: NOCH 50 YARDS. SETZEN SIE DEN BLINKER! Schließlich: SIE SIND DA! ANDENKENLADEN VON HÄUPTLING ROTES PFERD. ALLES SUPER GÜNSTIG! RIESEN AUSWAHL. BESTE QUALITÄT. HANDARBEIT!

»Das ist ja widerlich«, sagte Sandra.

»Bitte anhalten«, sagte ich. »Er ist ein Häuptling.«

»Wir haben keine Zeit, um überall anzuhalten«, fauchte Sandra, »*du* willst doch unbedingt ins Monument Valley!«

Der Andenkenladen bestand aus einem Holzhaus und vier Bretterbuden. Bunte Wolldecken hingen wie Wäsche an einer Leine, gerade hoch genug, daß der Staub, den wir aufwirbelten, sie nicht erreichte. Dann kam wieder ein weißes Schild auf Stelzen: HÄUPTLING ROTES PFERD WÜNSCHT EINE SCHÖNE REISE. Und kurz danach: VORBEIGEFAHREN? NOCH IST ES NICHT ZU SPÄT, UM UMZUDREHEN. SCHNELL, MACHEN SIE EINEN U-TURN! Okay, dachte ich bei mir, ab jetzt sage ich aber wirklich gar nichts mehr.

Ich hatte etwa eine Stunde lang geschwiegen, als uns auf der rechten Fahrbahnseite ein kleiner schmutziggelber Hund entgegenkam. Er war sehr dünn und trabte in einem gleichmäßigen Tempo, und die Zunge, die aus seinem Maul hing und im Takt seiner Füße schlappte, sah so trocken aus, als würde sie dabei rascheln.

»Halt an«, sagte ich sofort zu Robert und legte ihm auch noch meine Hand auf die Schulter. »Halt mal an, damit wir dem armen Kerl ein bißchen Wasser geben können.«

»Fahr weiter«, sagte Sandra, »wir haben keine Zeit, bei jedem Köter anzuhalten. Außerdem wohnt der hier irgendwo. Der braucht dein Wasser nicht.«

»Na wo denn? Siehst du hier irgend etwas? Steht da vielleicht ein Haus? Hier gibt es doch noch nicht mal ’nen

Baum. Das hier ist 'ne Wüste. Hier gibt es im Umkreis von hunderttausend Kilometern kein Wasser.«

Robert fuhr weiter. Der Hund verschwand in einer Staubwolke.

»He, Robert«, sagte ich, »ich gebe dir fünf Dollar, wenn du anhältst. Ich gebe dir sogar zehn!«

Ich sah, wie er zusammenzuckte. Das machte ihm zu schaffen.

»Ich gebe dir zwanzig!«

»Hör auf damit«, sagte Sandra. Und zu Robert: »Du fährst weiter!«

»Dreißig!«

»Ehrlich?« fragte Robert, aber dann fügte er hinzu: »Nein, ich tu's nicht. Du mußt endlich lernen, daß man zwischen Menschen und Tieren unterscheiden muß.«

»Fünfzig!« Ich schob mich zwischen die Vordersitze und fuchtelte mit dem Schein vor seinem Gesicht herum.

»Nein«, sagte Robert traurig und trat aufs Gaspedal, »du würdest sie mir ja dann doch nicht geben.«

Ich ließ mich zurück in die Polster fallen und blieb dort zehn Minuten lang still wie ein Toter. Dann brüllte ich plötzlich los:

»Schnell, fahr ran! Fahr rechts ran! Mir ist schlecht!«

Sie waren tatsächlich so dumm. Sie wurden völlig nervös, daß ich ins Auto kotzen könnte, und hielten sofort an. Ich zwängte mich aus dem Rücksitz, sprang raus, ging um den Wagen herum und öffnete den Kofferraum. Ich nahm die große Wasserflasche heraus und steckte sie in meine Umhängetasche.

»Ich hau' ab! Mich seht ihr nie wieder. Und das Wasser nehm' ich auch mit!«

Sie sahen mir mit offenen Mündern zu.

»Du kannst nicht einfach in der Wüste aussteigen. Wie willst du denn nach Hause kommen?«

»Ich fahr' per Anhalter.«

»Du kannst nicht einfach per Anhalter fahren. Das hier ist Amerika. Man kann in Amerika nicht einfach per Anhalter fahren. Das ist zu gefährlich. Außerdem wirst du verdursten. Steig wieder ein!«

Ich lief los. Die ersten paar Meter riefen sie noch hinter mir her. Dann standen sie bloß noch da und starrten mir nach. Als ich mich einmal umdrehte, sah ich es. Geschah ihnen ganz recht. Mir kam es vor, als wenn ich noch stundenlang so weiterlaufen könnte. Hitze hat mir noch nie viel ausgemacht. Auch wenn es natürlich klar war, daß ich einen Sonnenbrand bekommen würde. Ich trug bloß ein kurzes Kleid und Turnschuhe.

Als von Sandra und Robert endlich nichts mehr zu sehen war, trank ich ein paar Schlucke aus der Wasserflasche und hielt Ausschau nach dem Hund, konnte ihn aber nirgends entdecken. Ich kniff die Augen zusammen und blickte die lange Straße entlang. Kein Hund. Ich sah in die andere Richtung, ob nicht bald ein Auto käme, das mich mitnehmen würde. Es kam aber keines. Dann sah ich den Indianer. Ich wußte sofort, daß er ein Indianer war, noch bevor ich sein Gesicht erkennen konnte; sogar, als er noch ein paar hundert Meter entfernt war. Er trabte in gleichmäßigem Tempo auf der Straße und würde mich bald einholen. Die Luft waberte vor Hitze, so daß sein Körper keine festen Konturen zu haben schien. Ich blieb stehen und sah ihm entgegen. Ich fragte mich, warum mir der Anblick so vertraut war, und dann fiel mir ein, daß ich eine ganz ähnliche Szene einmal in einem Film gesehen hatte.

Der Indianer hatte kurze Haare und trug schwarze Jeans und ein grünes T-Shirt. Er war vielleicht zwanzig Jahre alt und tatsächlich ein Indianer. Als er mit mir auf gleicher Höhe war, blieb er stehen und sah mich an, ohne zu lächeln. Ich bot ihm etwas zu trinken an, und er nickte. Ich gab ihm die Wasserflasche. Er trank nur zwei Schlucke, und ich bat ihn, mehr zu trinken. Er trank noch einmal zwei Schlucke.

Dann gab er mir die Wasserflasche zurück, bedankte sich und trabte weiter.

Wenig später nahm mich ein silberner Truck mit, in dem sich die ganze Welt spiegelte. Als wir an dem Indianer vorbeifuhren, fragte ich den Fahrer, ob er ihn nicht auch noch mitnehmen könnte. In der Kabine war noch reichlich Platz. Der Fahrer spuckte bloß aus. Ich sah nach vorn, beobachtete den Horizont, ob der Himmel sich schon verfärbte, und versuchte abzuschätzen, wieviel Zeit ich wohl noch hatte, bis es dunkel wurde. Denn wenn es dunkel wird, beginnen für Anhalterinnen die Schwierigkeiten mit Lastwagenfahrern.

Emmanuel Bove
Billard und Bâton

Über dem Eingang des Hôtel du Cantal befand sich eine weiße Kugel mit Großbuchstaben, wie bei einem Ballon des Louvre-Kaufhauses.

Ich trat ein. Hinter einem Vorhang unterschied ich einen Speisesaal, der wohl zugleich das Büro war, eine Anrichte mit Reihen winziger Stützpfosten, einen Kasten mit Fächern, in denen Briefe standen.

Ich klopfte ans Karo, sachte, um es nicht zu zerbrechen. Ein Behang wurde gelüpft, und ein da sitzender Mann lehnte sich zurück, um mich zu sehen.

– Sie wünschen?

– M. Billard, bitte.

Ohne nachzuschauen, antwortete er.

– Neununddreißig, sechste Etage.

Nach dem ersten Stock lag kein Teppich mehr aus. Jede Tür war numeriert. Leintücherbündel verstopften das Stiegenhaus.

Die Stufen hinansteigend dachte ich an Billards Geliebte. Um die Aufregung loszuwerden, die mich befiel, wiederholte ich: Sie ist häßlich ... sie ist häßlich ... sie ist häßlich ...

Ganz außer Atem kam ich in der letzten Etage an. Es war, als wechselte mein Herz den Platz: so heftig schlug es.

Endlich klopfte ich. Die Tür war sehr dünn: es gab ein leises Dröhnen.

– Wer ist da?

– Ich.

Es wäre einfacher gewesen, meinen Namen zu nennen, aber die Verschüchterung hielt mich davon ab. Den eigenen Namen in den Mund zu nehmen mutet mich jedesmal seltsam an, vor allem hinter einer Tür.

– Wer?

Ein Verschweigen war nicht länger möglich:

– Bâton.

Billard öffnete die Tür. Ich sah eine Frau sitzen, und im Schrankspiegel das ganze Zimmer.

Dieses junge Mädchen war schön. Ihre Haarlocken waren gekräuselt, als hätte das Lampenlicht sie verbrannt.

Überwältigt blieb ich an der Türschwelle stehen, bereit zu verschwinden.

Sie stand auf und kam auf mich zu.

Da ergriff mich Freude, so ungeheuer, daß ich stumm blieb. Das Gefühl, als ob ein warmer Hauch mein Gesicht liebkoste, ließ mich erschauern. Obwohl ich doch kaum überschwenglich bin, schlug ich Billard auf die Schulter. Trotz meiner Fröhlichkeit fühlte ich mich lächerlich, als ich die Hand zurückzog. Ich hatte Lust zu lachen, zu tanzen, zu singen: Billards Geliebte hinkte.

Das Zimmer war unauffällig. Ein Rumäne, ein galantes Mädchen, ein Angestellter hätten seine Bewohner sein können. Zeitungen, auf denen Kasserollen standen, eine Zahnbürste in einem Glas, Flaschen, die den Kamin verstellten.

– Nina, mach einen Café!

Das junge Mädchen zündete einen Petroleumkocher an, der Eigelbflecken zeigte.

Dieses Angebot, das mich zum Bleiben verpflichtete, erfüllte mich mit einem Hochgefühl.

Billard kramte in einer Werkzeugschachtel nach einer Schraube, und seine Geliebte wischte mit dem Daumen das Innere einiger Tassen aus, sicherlich, um das Schweigen zu überspielen, das mit der Zeit immer peinlicher wurde. Was mich betraf: ich wollte etwas sagen, aber alles hätte zu sehr nach der Absicht ausgesehen, die lächerliche Situation zu beenden.

Man beachtete mich nicht, und so betrachtete ich das Zimmer. Aus dem Kaffeekannenschnabel stieg der Dampf in Spiralen empor. Die Kopfkissenbezüge auf dem Bett waren in der Mitte dunkel.

– Nimmst du Milch?

Ich antwortete, daß mir das gleich sei.

Wir setzten uns rund um den Tisch. Aus Angst, an die Füße meiner Gastgeber zu stoßen, zog ich die Beine unter den Sessel.

Die Schnelligkeit, mit welcher der Cafe zubereitet worden war, verdarb mir die Laune. Ich war mir wohl bewußt, daß ich nach dem Austrinken würde gehen müssen.

Nina schenkte uns ein, wobei sie den Deckel der Kanne festhielt.

– Ihr Café ist sicher gut, sagte ich, bevor ich ihn gekostet hatte.

– Er ist von Damoy.

Ich rührte ihn lange um, damit nach dem Austrinken auf dem Grund der Tasse kein Zucker bliebe. Dann trank ich in kleinen Schlucken, darauf bedacht, beim Führen der Untertasse zum Mund nichts zu verschütten.

– Noch einen? fragte Nina.

Obwohl meine Tasse klein war, war ich so höflich, abzulehnen.

Plötzlich legte Billard seine Hand auf die meine, ohne Grund.

Mein erster Gedanke war, meine Hand zurückzuziehen – Berührungen durch Männer sind mir unbehaglich –, aber ich tat nichts dergleichen.

– Hör zu, Bâton.

Ich schaute ihn an. Seine Nase war ein Sieb aus Poren.

– Ich muß dich um etwas bitten.

Die Aussicht, einem Kameraden nützlich zu sein, entzückte mich.

– Willst du mir einen Gefallen tun?

– Ja ... Ja ...

Ich fürchtete, er würde etwas Unbedeutendes verlangen, oder aber etwas zu Großes. Ich bin gern bereit zu Diensten, zu kleinen wohlverstanden. Ich möchte meine Gutherzigkeit beweisen.

– Leih mir fünfzig Francs.

Unsere Blicke trafen sich. Unzählige Gedanken gingen mir durch den Kopf. Bei Billard war es sicher genauso. Zwischen uns gab es keine Schranke mehr. Er las so leicht in meiner Seele wie ich in der seinen.

Der Moment des Zögerns, der in solchen Umständen jeden Menschen trifft, schwand, und ich sagte, mit einer Stimme, die ruhig feierlich sein durfte:

– Ich werde sie Ihnen leihen.

Ich war froh: weniger, zu leihen, als Dankbarkeit zu erwecken. Das Gespräch konnte weitergehen. Jetzt war ich nicht mehr im Weg. Ich konnte bis Mitternacht bleiben, morgen zurückkommen, übermorgen, immer. Wenn er sich von mir fünfzig Francs borgte, hieß das, daß er mir vertraute.

Ich hatte mein Rentengeld bei mir. Trotzdem gab ich Billard das Verlangte nicht. Ich tat, als dächte ich nicht mehr daran. Ich fühlte: je mehr ich es hinauszöge, desto liebenswürdiger verhielte man sich.

Im Augenblick spielte ich eine Rolle. Jede meiner Bewegungen wurde belauert, mit der Hoffnung, ich würde meine Brieftasche ziehen. Seit Jahren war ich nicht mehr so wichtig gewesen. Auf jedes meiner Worte antwortete ein Lächeln. Man beobachtete mich; man fürchtete, ich könnte vergessen.

Nur ein Heiliger hätte der Versuchung widerstanden, ein solches Vergnügen zu verlängern.

O, wieviel Verständnis habe ich für die Reichen!

Es wurde allmählich spät. Ich stand auf. Billard war bleich: er wagte nicht, seine Bitte zu wiederholen. Ich tat immer noch, als dächte ich nicht daran, während ich doch an nichts anderes dachte.

Nina, die Lampe in der Hand, das Gesicht im Schatten, bewegte sich nicht.

Plötzlich glaubte ich zu bemerken, daß man mein Spiel durchschaut hatte.

Also zog ich, um den Verdacht zu entkräften, die Brieftasche, mit überhasteten und ungeschickten Gesten.

– Wie zerstreut ich bin ... Ich vergaß ... Ich überreichte fünfzig Francs.

– Merci, Bâton. Ich gebe sie dir nächste Woche zurück.

– Ach, es eilt nicht!

H. C. Artmann
Hasard und entenbraten

Er kam betreten aus dem spielhaus, atmete verdrossen die milde abendluft und hatte die nase nun endgültig voll. Welcher gewaltiger unstern, dachte er, hat mich in diese luxuskaschemme geführt, welch ungünstiger beutelschneider von schutzengel hat mich da verlassen? Sechzigtausend francs sind beim himmel nicht der furz einer lerche, das ist geld wie es leibt und lebt, ein mittleres vermögen für einen nicht allzuunbescheidenen menschen – und allzuunbescheiden, nein, das war er wirklich nicht! Er empfand plötzlich hunger nach einer gebratenen ente und entsann sich eines kleinen, aber vornehmen lokals, das an der anderen seite der Rhone zwischen aubäumen versteckt, doch durch bunte glühbirnen leicht wieder entdeckbar, lag. Wieviel gebratene enten hätte ich um diese verlorenen sechzigtausend beordern können, dachte er bitter und blätterte mit fast edler trauer die ihm noch verbliebenen geldscheine durch; ich habe unter zwei stunden, der teufel mag sich ihrer annehmen, nicht weniger als drei solche vögel beinhaltende farmen für nichts und wieder nichts verbraten, den lebensunterhalt dreier fleißiger geflügelzüchter hinter die gierigen rechen der croupiers gewichst, trotz meiner leicht angegriffenen lungen gegen hundert filterlose cigaretten verpafft, mein schon seit zarter jugend nicht besonders funktionierendes herz aufs schlimmste hergenommen, meine leicht angegrauten schläfen um einiges silber bereichert, habe trotz härtestem harnzwang jenen verfluchten roulettetisch nicht verlassen, habe diesen nichtmißzuverstehenden warnruf eines gütigen genius' leichtfertig in die winde geschlagen, bin nicht auf die toilette – weiß-gott, hätte ich diesen marmorstillen ort der besinnung aufgesucht, ich stünde möglicherweise glimpflicher am ufer dieses nächtlichen flusses, äße meine ente zufriedener, müßte mir keine kugel durch das hirn brennen, fiele einem morgendlichen spaziergänger nicht zur schreckensvollen last . . Er erinnerte sich plötzlich, wieviel er noch nachzuholen hatte, und trat in das dunkel der ufergebüsche. Es mag an dieser stelle daraufhingewiesen werden, daß auch Lord Ch. (der autor verschweigt aus gründen der gebotenen pietät den vollen namen), bevor er sich die gurgel mit einem barbiermesser durchtrennte, seinem zwingenden menschlichen bedürfnis nachgekommen war. Herrn Alphonse allerdings pressierte es noch nicht so sehr, war er doch gewillt, seine abschiedsente bei gepflegtem kerzenlicht zu verzehren, einige flaschen beaujolais zur brust zu nehmen und eine starke cuba zu rauchen, welches letztere er wohl die letzten jahre hindurch sehr gewünscht, jedoch wegen seines pneumonalen zustandes nie gewagt hatte – nun, so dachte er voll entschlossenheit, wäre der Zeitpunkt dazu gekommen, denn, wie es auf dem lande heißt: wenn die kuh hin ist, mag auch das kalb verrecken. Er trat hosenlatzordnend aus dem gebüsch hervor und wandte seine schritte entschieden dem restaurant zu, das man über die brücke in fünf minuten erreichen konnte. Er überquerte versonnen und in gedanken an die vorzügliche ente gar nicht mehr so unlustig die brücke, kam abermals an erlengebüschen vorbei, hörte plötzlich ein klicken, und noch eins, dem ein drittes folgte. Darauf vernahm er einen undefinierbaren ungarischen fluch, das heißt: er vermochte den sinn der interjektion des zorns nicht zu verstehen, konnte sie jedoch als gebildeter mann unverzüglich jenem zweig des finnougrischen zuteilen. Ein schwarzer gegenstand flog im bogen aus dem gebüsch, grade so weit von seinen fußen entfernt, um den lack seiner schuhkappen nicht zu verletzen. Er bückte sich forschenden augs nach dem nächtlichen objekt, zum teufel, es war ein handlicher revolver; welcher marke, das vermochte er der dunkelheit wegen nicht zu unterscheiden. Er nahm den metallenen töter hoch, er paßte sich vortrefflich in seine hand . . Er wog ihn bedächtig und wandte seinen blick wieder dem erlengebüsch zu, das sich jetzt teilte und einen elegantgekleideten herrn zum vorschein brachte. Der mond war eben aus den wolken gekommen, die erlenblätter begannen seidig zu schimmern, der soeben erschienene herr verbeugte sich kurz und sagte höflich seinen namen: Ferencsi Béla mein name sagte er. Alphonse Alphonse, erwiderte herr Alphonse und verbeugte sich ebenfalls knapp. Sie müssen mir verzeihen, aber mein werter herr vater hatte es, so scheint es mir, für lustig befunden, den namen unserer familie als meinen vornamen zu verwenden, ein umstand, der mir des öfteren vorschnelle mißbilligungen eingetragen hat. Mir geht es mit meinem namen auch nicht viel besser, antwortete der vornehme ungar, man schreibt ihn stets falsch und ich bin des buchstabierens längst müde, lasse jedem schreiber seinen willen, stelle mich von nation zu nation, von sprache zu sprache um. Erst kürzlich in Thailand .. er unterbrach sich und blickte nach dem revolver, der noch immer auf der ausgestreckten handfläche des anderen ruhte. Ein wertloser schmarren, sagte er mit einiger bitterkeit, ein völlig unbrauchbarer dreck, den mir da ein gewissenloser waffenhändler in Lyon angedreht hat, versagt dreimal hintereinander, nicht zu glauben. Sie gestatten doch, daß ich ihn einmal versuche, sagte herr Alphonse. Ich bitte sie, versetzte der Ungar, die waffe steht ihnen jederzeit zur verfügung; ich bedaure nur, daß ich ihnen keine vernünftigere aufwarten kann, denn diese. Herr Alphonse setzte die tödlichseinsollende mündung der waffe an die schlafe, dachte mit wehmut noch einmal an den entenbraten und drückte entschlossen ab. Klick! versager, klack! versager, klick! Scheiße, durchfuhr es nun auch herrn Alphonse, eben das wort, welches er vorhin auf ungarisch gehört, jedoch, da fremdsprache, nicht verstehen hatte können. Nun, was habe ich ihnen gesagt, ließ sich der magyare mit einigem stolz vernehmen, dieser kerl in Lyon hat mir da etwas aufgeschwatzt, das ich ohne weiteres mit sechs schuß geladen meinen kleinen neffen in München als spielzeug schenken könnte. Das wäre noch eine idee! sagte herr Alphonse. Herr Ferencsi grinste voll dunkler melancholie, sein schnurrbart verzog sich im mondlicht zu einer unwirklichen arabeske – ich habe, so sagte er mit erstaunlicher offenheit, nicht mehr als *fünfundfünfzigfrancsfünf-*

zig in meiner börse, eine summe, die mich gerade noch bis Lyon zurückbrächte, um dem waffenlieferanten eine ordentliche ohrfeige zu versetzen. Bis München reicht es nicht mehr, autostopp vielleicht – aber, so fuhr er fort, wer nimmt mich in dieser aufmachung schon mit. Er fuhr sich mit den fingerspitzen über die makellose frackbrust. Ich habe genau sechzigtausend francs im spielhaus verloren – roulette, sagte herr Alphonse. Und ich, erwiderte herr Ferencsi wahrheitsgemäß, siebenundsiebzigtausend beim baccara; mir bleibt hiermit nichts andres übrig, als mich, wie man so schön sagt, zu entleiben! Ich würde ihnen gerne mit meiner waffe, die ich stets in der brusttasche trage, um durch die gewisse ausbuchtung in spielerkreisen üblerer sorte respekt zu erregen, aushelfen, allein, sie besitzt nur eine patrone, und da ich ebenfalls willens bin, mir eine kugel, wie man so schön sagt, durchs hirn zu brennen, kann ich ihnen, so leid mir das tut, nicht aufwarten. Schade, sagte herr Ferencsi etwas pikiert. Herr Alphonse, der das wohl bemerkte, legte dem Ungarn freundschaftlich die linke auf die frackschulter und warf mit der rechten dessen schußwaffe ins zitternde erlengebüsch. Mein herr, sagte er, mein revolver besitzt ein völlig anderes kaliber als der ihre, ehrenwort, ich bin kein geizkragen, und wären die kaliber unsrer waffen die gleichen gewesen, ich hätte sie ihnen nach meinem ableben sogleich mitgeteilt. Wieviel schuß haben sie? Das miststück ist ein sechsschüsser und vollgeladen, sagte der Ungar ergeben. Parbleu, rief herr Alphonse, welch meisterstück eines widerwärtigen schicksals! Er blickte auf seine taschenuhr. Verdammt, schon halbzehn . . Und zum Ungarn: mein herr, was halten sie von gebratenen enten? Gebratene enten? Mein herr, ich wüßte nichts verehrungswürdigeres, meine leibliche großmutter nicht ausgenommen! Ich gestatte mir in aller gebührlicher form, sie, mein herr, auf eine gebratene ente und einige flaschen beaujolais zu invitieren. Gewiß kennen sie das kleine, aber vornehme lokal da drüben, sündteuer, aber was machts; sie wissen doch vielleicht wie man am lande sagt: wenn die kuh hin ist, mag auch das kalb verrecken! So ein ähnliches sprichwort, sagte herr Ferencsi, gäbe es auch in seiner muttersprache, wenn auch ein wenig anders ..

Die beiden verlierer hatten noch keine drei schritte nach ihrem lukullischen ziel unternommen, als sie hinter sich ein scharfes halt vernahmen. Erstaunt fuhren sie herum. Im mondlicht, das jetzt hervorragend schimmerte, stand ein herr, ebenfalls in abendkleidung, und hielt den fortgeworfenen revolver des ungarischen gentleman in der rechten. Stehengeblieben und die arme hoch! rief er schneidenden tones. Er schien zu vielem mut aufzubringen. Werfen sie mir ihre börsen zu, brieftaschen, ringe, wertvollere andenken sofern sie aus gold, platin oder anderem edelmetall sind, vergessen sie nicht etwaige reiseschecks, sparbücher, kravattennadeln, elfenbeinerne manschettenknöpfe etcetera oder es kracht!

Nun, so krachen sie doch getrost los! rief herr Alphonse belustigt. Der dritte mann drückte ohne zu zielen ab – er wollte es vorher mit einem schreckschuß versuchen. Klick! nichts, klack! versager, klick! tinnef .. Der befrackte straßenräuber warf den revolver mit einem isländischen fluch in den kies der straße und begann, indem er die hände vors gesicht schlug, tatsächlich bitterlich zu weinen. Ich verstehe, sagte herr Alphonse, er hat ebenso wie wir in jenem spielhause verloren, wollte sich mangels einer ordentlichen waffe in der Rhone ertränken, fand im augenblick seiner letzten lebenssekunden diesen miserablen versager im gebüsch – und dachte, als echter desperado, doch noch einen ausweg seiner ausweglosigkeit gefunden zu haben.

Der Isländer, der diese worte des herrn Alphonse mitangehört hatte, schneuzte sich in ein weißes seidentuch und trat auf die beiden von ihm überfallenen zu: Meine herren, sagte er, was jener herr, er zeigte dabei auf herrn Alphonse, in kurzen worten ausgeführt hat, ist leider nur zu wahr. Ich habe beim poker hunderttausend francs verloren, hölle & teufel, bis auf den dernièrsten sous! Sapristi, das ist eine erkleckliche summe, rief herr Ferencsi, mein herr, sie haben bereits meine condolation. Und die meinige ebenfalls, fügte herr Alphonse hinzu. Man schüttelte einander die hände, stellte sich mit namen vor, der Isländer hieß komischerweise Alfónsur Alfónsson, was herrn Alphonse fast verwandtschaftliche gefühle bescherte. Lieben sie enten, lieber herr Alfónsson? fragte er den bankrotten inselbewohner. Dieser kippte nahezu aus den seidensocken: eine gebratene ente würde mich in diesem augenblick sogar meinen schreckensvollen geldverlust vergessen machen! Allein ich besitze, wie ich schon erwähnt, nicht einen einzigen sous .. Der elegante Reykjaviker bot in seiner mondlichtübergossenheit ein einzigartiges bild von nordischer schwermut .. Jetzt begann herr Ferencsi zu weinen, als ob man ihm mit zigeuners geige ›Trauriger Sonntag‹ ins ohr fiedelte. Mein herr, rief er, ich teile meine börse freiwillig mit ihnen, sie sollen ihrer gebratenen ente nicht verlustig gehen! Und ich, rief herr Alphonse, biete ihnen ein drittel meiner pekuniärüberreste an – allons, Alfónsur, wenn ich sie so frei ansprechen darf, dort drüben ist ein kleines, jedoch äußerst vornehmes entenlokal; meine herrn, sie gestatten, daß ich vorgehe ..

Daß sie in der verworrenheit der letzten minuten den falschen weg eingeschlagen hatten, merkten sie erst, als sie vor dem hellerleuchteten portal des spielhauses standen ..

Eduardo Mendoza
Ein unerwarteter Besuch

Wir waren ausgezogen, um zu gewinnen, und es war möglich zu gewinnen. Die – man sehe mir die Unbescheidenheit nach – von mir ausgedachte Taktik, das harte Training, dem ich die Jungs unterworfen hatte, und die ihnen unter Drohungen eingetrichterte Vorfreude sprachen ebenfalls zu unseren Gunsten. Alles lief gut; wir waren nahe daran, ein Tor zu schießen; der Gegner brach schon zusammen. Es war ein prächtiger Aprilmorgen, die Sonne schien, und ich bemerkte flüchtig, daß die das Spielfeld säumenden Maulbeerbäume in gelblichen, duftenden Flaum gehüllt waren – ein Anzeichen des Frühlings. Und dann begann alles schiefzulaufen. Am heiteren Himmel zogen Wolken auf, und Carrascosa, der aus Raum dreizehn, dem ich eine standhafte und schlagkräftig handelnde Verteidigung überantwortet hatte, warf sich auf den Boden und schrie los, er wolle seine Hände nicht mit Menschenblut besudelt sehen (was niemand von ihm verlangt hatte), und vom Himmel herab mache ihm seine Mutter Vorwürfe wegen seiner Aggressivität, mit der er um nichts weniger Schuld auf sich lade, nur weil sie eingebleut sei. Glücklicherweise konnte ich meine Aufgabe als Stürmer um die des Schiedsrichters verdoppeln und schaffte es, wenn auch unter Protest, das uns eben beigebrachte Tor für null und nichtig zu erklären. Aber ich wußte, wenn es einmal begonnen hatte, bergab zu gehen, würde niemand mehr das Verderben aufhalten können und unser Sportsglück hinge sozusagen an einem Faden. Als ich sah, wie Toñito gegen den Querbalken des gegnerischen Tors zu köpfeln begann und sich einen Dreck um die langen und, wozu es leugnen, präzisen Pässe kümmerte, die ich ihm aus dem Mittelfeld zuspielte, wurde mir klar, daß nichts mehr zu machen war und wir auch dieses Jahr wieder nicht Meister würden. So war es mir egal, daß mir Doktor Chulferga, falls das sein Name war, denn ich hatte ihn nie geschrieben gesehen und höre etwas schwer, zuwinkte, ich solle vom Spielfeld und über die Demarkationslinie zu ihm kommen, um mir was weiß ich mitzuteilen. Doktor Chulferga war jung, kleingewachsen, vierschrötig und trug einen Bart so dick wie seine karamelfarbenen Brillengläser. Erst vor kurzem aus Südamerika gekommen, mochte ihn schon niemand mehr leiden. Ich begrüßte ihn ehrerbietig, um damit meine Beunruhigung zu verbergen.

»Doktor Sugrañes will dich sehen«, sagte er.

Und um ihm um den Bart zu gehen, antwortete ich: »Es wird mir ein Vergnügen sein«, fügte aber, da ihm diese Versicherung kein Lächeln entlockte, sogleich hinzu: »Auch wenn die Leibesübung unser durcheinandergeratenes System stählt.«

Der Doktor machte wortlos kehrt und marschierte mit großen Schritten los; ab und zu überzeugte er sich davon, daß ich ihm folgte.

Isabel Allende
Zwei Worte

Ihr Name war Belisa Crepusculario, aber nicht auf dem Taufschein oder von ihrer Mutter her, sondern weil sie selber nach ihm gesucht hatte, bis sie ihn fand und ihn annahm. Ihr Beruf war, Worte zu verkaufen. Sie zog durch das Land, von den höchsten und kältesten Regionen bis zu den heißesten Küsten, und richtete sich auf den Märkten ein, wo sie vier Pfähle mit einer Plane darüber aufstellte, die sie vor Sonne und Regen schützte und unter der sie ihre Kundschaft bediente. Sie brauchte ihre Ware nicht anzupreisen, denn weil sie soviel umherwanderte, kannten sie alle. Viele erwarteten sie schon von einem Jahr zum andern, und wenn sie mit ihrem Bündel unterm Arm im Ort erschien, bildete sich vor ihrem Stand rasch eine Schlange. Für fünf Centavos lieferte sie Verse zum Gedenken, für sieben verschönte sie die Bedeutung der Träume, für neun schrieb sie Liebesbriefe, für zwölf erfand sie Beschimpfungen gegen Todfeinde. Sie verkaufte auch Geschichten, aber das waren keine ausgedachten, sondern wirkliche lange Geschichten, die sie geläufig erzählte, ohne etwas auszulassen. So brachte sie die Neuigkeiten von einem Dorf zum andern. Die Leute bezahlten sie dafür, daß sie ein, zwei Worte hinzufügte: Ein Kind ist geboren, der und der ist gestorben, unsere Tochter hat geheiratet, die Ernte ist verbrannt. In jedem Ort versammelte sich eine kleine Menschenmenge um sie und hörte ihr zu, und so erfuhren sie vom Leben anderer, von den fernen Verwandten, von den Kämpfen des Bürgerkrieges. Wer bei ihr für fünfzig Centavos kaufte, dem schenkte sie ein geheimes Wort, um die Schwermut zu vertreiben. Natürlich war es niemals dasselbe, das wäre ja Betrug an allen gewesen. Jeder erhielt das seine und war sicher, daß kein anderer es für denselben Zweck gebrauchte, in dieser Welt nicht und nicht jenseits davon.

Belisa Crepusculario war in einer Familie geboren, die so bettelarm war, daß sie nicht einmal Namen für ihre Kinder besaß. Sie wuchs auf in der unwirtlichsten Gegend, wo in manchem Jahr der Regen sich in Wasserlawinen verwandelt, die alles mit sich fortreißen, und wo zu anderen Zeiten nicht ein Tropfen vom Himmel fällt, die Sonne wächst und wächst und endlich den ganzen Horizont ausfüllt und die Welt zur Wüste wird. Bis sie zwölf Jahre alt war, hatte sie keine andere Beschäftigung oder Fähigkeit, als den Hunger und die Erschöpfung von Jahrhunderten zu überleben. Während einer endlosen Dürre mußte sie vier jüngere Geschwister begraben helfen, und als sie begriff, daß nun die Reihe an ihr war, beschloß sie davonzugehen, durch die Ebenen zum Meer zu wandern, sie wollte doch sehen, ob es ihr unterwegs nicht gelang, dem Tod ein Schnippchen zu schlagen. Die Erde war borkig, in tiefe Risse gespalten, übersät mit Steinen, geborstenen Baumstrünken, verdorrtem Stachelgesträuch, von der Hitze weißgebleichten Tierskeletten. Von Zeit zu Zeit stieß sie auf Familien, die gleich ihr gen Süden zogen, dem Trugbild des Wassers folgend. Einige hatten sich mit ihren Siebensachen auf dem Rücken auf die Wanderung gemacht, andere hatten sie auf Karren geladen, aber sie konnten kaum sich selbst voranbringen und mußten ihre Habseligkeiten aufgeben. Sie schleppten sich mühsam dahin, die Haut zu Eidechsenleder verbrannt und die Augen vom grellen Widerschein des Lichts versengt. Belisa winkte ihnen im Vorübergehen zu, aber sie hielt sich nicht auf, sie konnte ihre Kräfte nicht in barmherzigen Taten vergeuden. Viele blieben auf dem Weg liegen, sie aber war hartnäckig und schaffte es, die Hölle zu durchqueren, und so gelangte sie schließlich zu den ersten Quellen, dünnen Wasserrinnsalen, die eine kümmerliche Vegetation speisten und im weiteren Verlauf zu Bächen und kleinen Flüssen anwuchsen.

Belisa Crepusculario rettete ihr Leben und entdeckte nebenbei durch Zufall die Schrift. Als sie schon nahe der Küste durch ein Dorf kam, wehte ihr der Wind ein Zeitungsblatt vor die Füße. Sie hob das gelbe, brüchige Papier auf und betrachtete es lange, ohne zu ahnen, wozu es dienen mochte, bis die Neugier über ihre Schüchternheit siegte. Sie näherte sich einem Mann, der sein Pferd in demselben trüben Tümpel wusch, in dem sie ihren Durst gestillt hatte.

»Was ist das?« fragte sie.

»Die Sportseite der Zeitung«, sagte der Mann, ohne sich über ihre Unwissenheit zu verwundern.

Die Antwort verblüffte das Mädchen, aber sie wollte nicht aufdringlich erscheinen und beschränkte sich auf die Frage, was die auf das Papier gemalten Fliegenfüßchen bedeuteten.

»Das sind Worte, Kind. Hier steht, daß Fulgencio Barba den Negro Tiznao in der dritten Runde k. o. geschlagen hat.«

An diesem Tage lernte Belisa Crepusculario, daß die Worte ungebunden und herrenlos sind und daß jeder mit ein bißchen Geschick sich ihrer bemächtigen kann, um mit ihnen Handel zu treiben. Sie bedachte ihre Lage und kam zu dem Schluß, daß es, wenn sie nicht ihren Körper verkaufen oder sich als Dienstmädchen in den Küchen der Reichen verdingen wollte, nur wenige Beschäftigungen gab, die sie ausführen konnte. Worte zu verkaufen erschien ihr als anständiger Ausweg. Seither übte sie diesen Beruf aus und hatte sich niemals einen anderen gewünscht. Anfangs bot sie ihre Ware an, ohne zu ahnen, daß Worte auch außerhalb von Zeitungen geschrieben werden konnten. Als sie es begriff, erwog sie die unendlichen Möglichkeiten ihres Geschäfts, zahlte aus ihren Ersparnissen einem Priester zwanzig Pesos, damit er sie Lesen und Schreiben lehrte, und kaufte sich von den drei Pesos, die ihr verblieben waren, ein Wörterbuch. Sie arbeitete es von A bis Z durch und warf es dann ins Meer, weil sie nicht vorhatte, ihre Kunden mit eingeweckten Worten zu betrügen.

Rund zehn Jahre später saß Belisa Crepusculario an einem Augustmorgen unter ihrem Zelt und verkaufte rechtliche Beweisgründe an einen alten Mann, der seit siebzehn Jahren vergeblich seine Pension einforderte. Es war Markttag, und ringsum herrschte Lärm und Trubel. Plötzlich hörte sie Schreie und trommelnde Pferdehufe, sie hob den Blick von ihrem Schreiben und sah zuerst eine Staubwolke und dann einen Trupp Reiter, der in das Dorf einbrach. Es waren Männer des Coronel, befehligt von dem Mulatten, einem Riesen, der im ganzen Gebiet bekannt war für die Schnelligkeit seines Messers und die Treue zu seinem Anführer. Beide, der Coronel und der Mulatte, hatten ihr Leben im Bürgerkrieg verbracht, und ihre Namen waren unlösbar verbunden mit Zerstörung und Unheil. Die Reiter drangen auf ihren schweißnassen Pferden mit donnerndem Getöse in den Ort ein und brachten auf ihrem Weg die Schrecken eines Hurrikans mit sich. Gackernd flogen die Hühner auf, die Hunde stoben in alle Himmelsrichtungen davon, die Frauen brachten sich rennend mit ihren Kindern in Sicherheit, und auf dem ganzen Marktplatz blieb keine lebende Seele zurück außer Belisa Crepusculario, die den Mulatten noch nie gesehen hatte und sich sehr verwunderte, daß er geradenwegs auf sie zuritt.

»Dich suche ich!« schrie er und deutete mit seiner eingerollten Peitsche auf sie, und augenblicklich stürzten sich zwei seiner Männer auf Belisa, wobei sie das Zelt umwarfen und das Tintenfaß in Scherben ging, fesselten sie an Händen und Füßen und warfen sie wie einen Sack quer über das Pferd des Mulatten. Dann wendete der Trupp und galoppierte in Richtung auf die Hügel davon.

Stunden später, als Belisa Crepusculario schon zu sterben meinte und glaubte, ihr Herz müsse in lauter Sand verwandelt sein auf dem stoßenden Pferderücken, hörte das Schüttern auf, und vier starke Hände setzten sie zu Boden. Sie wollte aufstehen und würdevoll den Kopf heben, aber ihr versagten die Kräfte, mit einem Seufzer sank sie in sich zusammen und fiel in einen abgrundtiefen Schlaf. Einige Stunden später erwachte sie im Murmeln der Nacht, doch sie hatte keine Zeit, die Laute ringsum zu enträtseln, denn als sie die Augen öffnete, begegnete sie dem ungeduldigen Blick des Mulatten, der neben ihr kniete.

»Endlich kommst du zu dir, Weib«, sagte er und reichte ihr seine Feldflasche, damit sie einen Schluck Branntwein mit Schießpulver trank und wieder ins Leben zurückfand.

Sie wollte wissen, weshalb sie so mißhandelt worden war, und der Mulatte erklärte ihr, der Coronel benötige ihre Dienste. Er erlaubte ihr, sich das Gesicht zu waschen, und führte sie dann bis ans Ende des Lagers, wo der gefürchtetste Mann des Landes in einer zwischen zwei Bäumen befestigten Hängematte ruhte. Sie konnte sein Gesicht nicht sehen, weil der schwankende Schatten des Laubwerks und der unauslöschbare Schatten von vielen Jahren Banditenlebens darüber lagen, aber sie stellte sich vor, daß sein Ausdruck grausam sein mußte, wenn sein riesiger Adjutant sich ihm so demütig näherte. Seine Stimme überraschte sie, sie war sanft und klangvoll wie die eines gebildeten Mannes.

»Du bist die, die Worte verkauft?« fragte er.

»Zu deinen Diensten«, stammelte sie und spähte in das Halbdunkel, um ihn besser zu erkennen.

Der Coronel stand aus seiner Hängematte auf, und der Schein der Fackel, die der Mulatte trug, leuchtete ihm voll ins Gesicht. Die Frau sah seine dunkle Haut und seine drohenden Pumaaugen und wußte sogleich, daß sie vor dem einsamsten Mann dieser Erde stand.

»Ich will Präsident werden«, sagte er.

Er war es müde, durch dieses verfluchte Land zu ziehen in nutzlosen und zerstörerischen Kriegen, die keine Ausrede in Siege verwandeln konnte. Er hatte viele Jahre bei Wind und Wetter unter freiem Himmel geschlafen, war von Moskitos zerstochen worden, hatte sich von Leguanen und Schlangensuppe ernährt, aber die kleinen Unannehmlichkeiten ergaben keinen ausreichenden Grund für ihn, sein Leben zu ändern. Was ihn in Wirklichkeit plagte, war das Entsetzen in fremden Augen. Er wünschte sich, unter Triumphbögen, zwischen bunten Fahnen und Blumen in die Städte und Dörfer einzureiten, die Leute sollten ihm zujubeln und ihm frische Eier und Brot noch warm aus dem Backofen schenken. Er war es leid, mit anzusehen, wie bei seinem Kommen die Männer flohen, die Frauen vor

Schreck niederkamen und die Kinder zitterten, deshalb hatte er beschlossen, Präsident zu werden. Der Mulatte hatte ihm vorgeschlagen, sie sollten zur Hauptstadt reiten, im Galopp in den Palast eindringen und sich der Regierungsgewalt bemächtigen, wie sie sich so vieler anderer Dinge bemächtigt hatten, ohne um Erlaubnis zu bitten, aber der Coronel hatte kein Verlangen danach, auch nur wieder ein Tyrann zu werden, davon hatten sie hier schon genug gehabt, und außerdem würde er damit nicht die Zuneigung der Leute gewinnen. Seine Vorstellung ging dahin, in den Dezemberwahlen durch die Stimmen des Volkes berufen zu werden.

»Dafür muß ich wie ein Kandidat sprechen. Kannst du mir die Worte für eine Rede verkaufen?« fragte er Belisa Crepusculario.

Sie hatte schon viele Aufträge angenommen, aber noch keinen wie diesen, dennoch konnte sie sich nicht weigern, denn sie fürchtete, dann würde der Mulatte ihr genau zwischen die Augen schießen oder, schlimmer noch, der Coronel würde zu weinen anfangen. Andererseits drängte es sie auch, ihm zu helfen, denn sie fühlte eine pochende Hitze unter der Haut, den machtvollen Wunsch, diesen Mann zu berühren, ihn zu streicheln, ihn in die Arme zu schließen.

Die ganze Nacht und ein gut Teil des folgenden Tages suchte Belisa Crepusculario in ihrem Vorrat nach Worten, die für eine Präsidentenrede geeignet wären, wobei der Mulatte neben ihr hockte und die Augen nicht von ihren festen Wandererbeinen und ihren jungfräulichen Brüsten ließ. Sie schied die schroffen und trockenen Worte aus, die allzu blumigen, solche, die vom Mißbrauch farblos geworden waren, solche, die unwahrscheinliche Versprechungen anboten, die lügnerischen und die verworrenen Worte, bis ihr die übrigblieben, bei denen sie sicher war, daß sie das Denken der Männer und das Einfühlungsvermögen der Frauen anzurühren vermochten. Sie bediente sich der Kenntnisse, die sie bei dem Priester um zwanzig Pesos erworben hatte, und schrieb die Rede auf ein Blatt Papier. Dann winkte sie dem Mulatten, damit er den Strick losband, mit dem er ihre Fußgelenke an einen Baum gefesselt hatte. Sie wurde erneut vor den Coronel geführt, und als sie ihn sah, spürte sie wieder die gleiche pochende Unruhe wie bei der ersten Begegnung. Sie überreichte ihm das Papier und wartete, während er es mit den Fingerspitzen hielt und ratlos betrachtete.

»Was zum Teufel heißt das hier?« fragte er schließlich.

»Kannst du nicht lesen?«

»Was ich kann, ist Krieg machen«, erwiderte er.

Sie las die Rede laut vor. Sie las sie dreimal, damit ihr Kunde sie sich ins Gedächtnis prägen konnte. Als sie geendet hatte, sah sie atemlose Ergriffenheit in den Mienen der Männer, die sich um sie geschart hatten, um zuzuhören, und sah, daß die gelben Augen des Coronels vor Begeisterung strahlten, denn er war sicher, daß mit diesen Worten der Präsidentenstuhl ihm gehören würde.

»Wenn die Jungs mit offenen Mäulern dastehen, nachdem sie das dreimal gehört haben, dann muß dieser Scheiß was taugen«, sagte der Mulatte beifällig

»Wieviel schulde ich dir für deine Arbeit, Frau?« fragte der Coronel.

»Einen Peso.«

»Das ist nicht teuer«, sagte er und öffnete den Beutel, den er mit dem Übriggebliebenen vom letzten Beutezug am Gürtel trug.

»Außerdem hast du ein Recht auf eine Dreingabe. Dir stehen zwei geheime Worte zu«, sagte Belisa Crepusculario.

»Was soll das denn heißen?«

Sie erklärte ihm nun, daß sie einem Kunden für jeweils fünfzig Centavos, die er bezahlte, ein Wort für seinen ausschließlichen Gebrauch schenkte. Der Coronel zuckte die Achseln, denn ihm lag nicht das geringste an dem Angebot, aber er wollte nicht unhöflich gegen jemanden sein, der ihn so gut bedient hatte. Sie ging ohne Eile auf den ledernen Schemel zu, auf dem er saß, und beugte sich zu ihm hinab, um ihm ihr Geschenk zu übergeben. Da spürte der Mann den Geruch nach Gebirgstier, der von dieser Frau ausging, die brennende Hitze, die ihre Hüften ausstrahlten, die ungeheuerliche Empfindung, als ihr Haar seine Haut streifte, den Minzeatem, mit dem sie ihm die zwei geheimen Worte ins Ohr flüsterte.

»Sie gehören dir, Coronel«, sagte sie, als sie zurücktrat. »Du kannst sie verwenden, so oft du willst.«

Der Mulatte begleitete Belisa bis zum Wegrand und blickte sie dabei unverwandt mit den flehenden Augen eines verirrten Hundes an, aber als er die Hand ausstreckte, um sie zu berühren, stoppte sie ihn mit einem Schwall von selbsterfundenen Worten, die ihm das Verlangen austrieben, denn er hielt sie für eine nie mehr zu widerrufende Verwünschung.

In den Monaten September, Oktober und November hielt der Coronel seine Rede so oft, daß sie durch den vielen Gebrauch zu Asche geworden wäre, hätte sie nicht aus leuchtenden, dauerhaften Worten bestanden. Er durchzog das Land in allen Richtungen, ritt mit Siegermiene in die Städte ein und verweilte selbst in den vergessensten Dörfern, wo nur die Unrathaufen menschliche Gegenwart anzeigten, um die Wähler zu überzeugen, daß sie für ihn stimmen mußten. Während er auf einem Podium in der Mitte des Platzes seine Rede hielt, verteilten der Mulatte und seine Männer Bonbons und malten mit vergoldetem Zuckerguß seinen Namen auf die Häuserwände, aber niemand beachtete diese Reklametricks, denn alle waren begeistert von der Eindeutigkeit seiner Absichten und von der poetischen

Klarheit seiner Schlußfolgerungen, alle waren angesteckt von seinem unbändigen Wunsch, die Fehler der Geschichte wiedergutzumachen, und zum erstenmal in ihrem Leben waren sie fröhlich. Am Schluß der Rede jagten seine Männer Pistolenschüsse in den Himmel und entzündeten Feuerwerksraketen, und wenn sie schließlich fortritten, blieb eine Spur Hoffnung zurück, die noch viele Tage in der Luft hing wie die wunderbare Erinnerung an einen Kometen. Schon bald war der Coronel der volkstümlichste Politiker geworden. Er war ein nie vorher gesehenes Phänomen, dieser Mann, der aus dem Bürgerkrieg aufgetaucht war, mit Narben bedeckt, der sprach wie ein Gebildeter und dessen Ruhm sich über das Land verbreitete und die Herzen der Menschen bewegte. Die Presse beschäftigte sich mit ihm. Von weither kamen die Reporter gereist, um ihn zu interviewen und seine Kernsätze zu wiederholen, und so wuchs die Zahl seiner Anhänger und die seiner Feinde.

»Wir kommen gut voran, Coronel«, sagte der Mulatte, als zwölf Wochen voller Erfolge vergangen waren.

Aber der Kandidat hörte ihm nicht zu. Er wiederholte für sich seine zwei geheimen Worte, wie er es immer häufiger tat. Er sagte sie, wenn er vor Sehnsucht schwach wurde, murmelte sie im Schlaf, stieg mit ihnen auf sein Pferd, dachte sie, bevor er seine berühmte Rede hielt, und ertappte sich dabei, daß er in unachtsamen Augenblicken ihren Klang auskostete. Und jedesmal, wenn ihm diese zwei Worte in den Sinn kamen, beschworen sie Belisa Crepuscularios Gegenwart herauf, und seine Sinne gerieten in Aufruhr bei der Erinnerung an den Gebirgsgeruch, die brennende Hitze, die ungeheuerliche Empfindung und den Minzeatem, bis er schließlich wie ein Schlafwandler umherging und seine Männer befürchteten, es würde mit ihm zu Ende sein, bevor er den Präsidentenstuhl erobert hatte.

»Was ist los mit dir, Coronel?« fragte der Mulatte ihn viele Male, und eines Tages wußte sein Anführer nicht mehr weiter und gestand ihm, die Schuld an seinem Gemütszustand trügen diese zwei Worte, die ihm wie in den Leib gerammt seien.

»Sag sie mir, dann werden sie schon ihre Kraft verlieren«, bat ihn sein treuer Adjutant.

»Ich werde sie dir nicht sagen, sie gehören mir allein«, entgegnete der Coronel. Der Mulatte hatte es satt, seinen Anführer dahinkümmern zu sehen wie einen zum Tode Verurteilten, er warf sich das Gewehr über die Schulter und ritt davon, Belisa Crepusculario zu suchen. Er folgte ihren Spuren durch das ganze weite Land, bis er sie in einem Dorf im Süden fand, wo sie unter ihrem Geschäftszelt saß und ihren Rosenkranz von Neuigkeiten abspulte. Er pflanzte sich breitbeinig vor ihr auf, das Gewehr im Anschlag.

»Du kommst mit mir!« befahl er.

Sie hatte ihn erwartet. Sie packte ihr Tintenfaß ein, faltete die Zeltplane zusammen, legte sich ihr Tuch um die Schultern und schwang sich schweigend auf die Kruppe des Pferdes. Auf dem ganzen Weg wechselten sie kein Wort, denn sein Verlangen nach ihr hatte sich in Wut verwandelt, und nur die Furcht, die ihre Zunge ihm einflößte, hielt ihn davon ab, sie zu Tode zu peitschen. Er war auch nicht geneigt, ihr zu erklären, daß sein Coronel sich wie ein Blödsinniger aufführte und daß ein ins Ohr geraunter Zauber zustande brachte, was so viele Jahre des Kampfes nicht vermocht hatten. Drei Tage später kamen sie im Lager an, und sofort führte er seine Gefangene vor den Kandidaten, angesichts der ganzen Truppe.

»Ich habe dir die Hexe geholt, damit du ihr diese Worte zurückgibst, Coronel, und damit sie dir deine Mannhaftigkeit zurückgibt«, sagte er und richtete den Lauf des Gewehrs auf den Nacken der Frau.

Der Coronel und Belisa Crepusculario sahen sich lange an, maßen sich aus der Entfernung. Dann begriffen die Männer, daß er sich nicht mehr von dem Zauber dieser zwei teuflischen Worte losmachen konnte, denn alle sahen, wie die Raubtieraugen des Pumas sanft wurden, als sie auf ihn zutrat und ihn bei der Hand nahm.

Galsan Tschinag
Arsylang

Irgendwas war mit Arsylang passiert! Ich erwog die möglichen Gefahren. Ausgeschlossen war, daß der Fuchs ihm etwas antun könnte. Arsylang konnte nicht nur mit einem Fuchs, sondern auch mit einem Wolf fertig werden. Was war aber, wenn der Fuchs ihn in ein Wolfsrudel hineingeführt hatte? Als Rettung blieb dann nur, daß sich der Hund sofort umdrehte und vor dem Rudel ausriß. Würde Arsylang das aber machen? Wohl kaum. Kämpfen würde er!

Er könnte auch in eine Falle geraten sein. Zwar hatte ich nichts davon gehört, daß Vater wieder Fallen aufgestellt hätte, aber wer konnte wissen, vielleicht hatte er doch welche versteckt. Ebenso könnte es eine vergessene Falle sein: Einer hat sie aufgestellt, mit zu Staub geriebenem Trockendung bedeckt und eine dünne Schicht Sand darübergestreut, schon war nicht zu erkennen, daß sie darunterlag. Der Jäger irrte sich später, fand die Falle nicht mehr, sagte sich, ein Wolf oder gar ein Bär würde hineingetreten sein und sie davongeschleppt haben; sie aber lag, ein Jahr, zwei Jahre, fünf Jahre ... bis nun endlich einer auf die Gefahr bergende Erde trat – und dieser war Arsylang!

Oder – mir stockte der Atem, es drohte mir wieder schlecht zu werden. Ich versuchte an etwas anderes zu denken, aber es wollte mir nicht gelingen, denn eine andere Möglichkeit gab es nicht, Arsylang war kein Pferd, das sich von einem Felsen hinabstürzte, oder kein Schaf, das in eine Felsspalte hineintrat und sich ein Bein brach – selbst mit einem gebrochenen Bein würde er sich zurückschleppen können. Nein, nein, etwas anderes konnte nicht in Frage kommen!

Ich beschloß, mich auf die Suche zu begeben. Vorher lenkte ich die Herde auf die Hürde zu, schickte ein paar Drohrufe über dieses und jenes der Hendshe, die sich umdrehen wollten. Dann ging ich. Ich ging, nein, ich rannte, den hellen Weg, der weit über mir wie ein Ring auf der Bergbrust lag. Es ging steil bergauf, aber ich rannte und stürzte auf dem rutschigen Schieferkies immer wieder. Mich aufrichtend und weiterhastend betete ich in Gedanken zu allem, was mich umgab, zu dem Himmel, der oberhalb des Weges und der Felsgrate vor mir schwankte und glänzte, zu dem steinigen Steilhang, auf dem ich mich vorankämpfte, zu dem Berg da oben, zu dem hinter ihm, zu allen Bergen, ich betete, sie möchten mir meinen Arsylang wohlerhalten.

Endlich erreichte ich den Weg, der nun keinem Ring, sondern einer vernarbten Wunde glich und der sich in die Erde und die Felsen, in den Leib des Berges, eingefressen zu haben schien. Ich erreichte den Weg und stolperte darüber hin, blieb eine kleine Weile auf den Knien liegen, in dem staubigen, tönenden Kies, die Finger über dem blanken Felsen, der aus der Erde hervorschaute und dessen Scheitel gewetzt war von Füßen, Hufen und Pfoten, vom Wind und Wasser im Laufe der Zeiten; da hörte ich mein Keuchen, spürte meinen Schweiß, spürte auch das Feuer, das hinter meiner Brust brannte. Doch machte ich mir nichts daraus, ich erhob mich und hastete weiter; nun ging es leichter, nun rannte ich und hatte auch mehr Kraft zu beten. Ich betete zu dem Himmel, der sich verändert und etwas rötlich verfärbt hatte und nun glänzte. Ich betete zu den Lüften, die diesen Himmel füllten, und zu den Winden und den Wolken, die, obschon unsichtbar, aber doch da sein, ja, ruhen mußten nach dem Werk, das sie über uns Lebewesen vollbracht hatten. Ich betete zu dem Bergsattel Ak Gertik, der sich mir entgegenbewegte, und zu allen Sätteln, Hügeln und Gipfeln, zu allen Mulden, Tälern und Schluchten hinter diesem namentlich und der Reihe nach: Saryg Gertik, Gök Gertik, Hara Gertik, Dsher Haja, Myshyktalyyr, Gongaadaj, Dsher Aksy, Dshukschud ... Ich betete zu dem Weg, auf dem ich ging, auf dem schon die Ahnen und ihre Herden gegangen waren, ich nannte ihn mir den großen weiten Weg, der Teil aller Wege war, die zu den drei Welten und ihren dreiunddreißig Ozeanen führten. Das hatte ich Vater abgelauscht. Ich betete und betete, und ich tat es für Arsylang, meinen Arsylang.

Am unteren Ende der Myshyktalyyrschlucht fand ich ihn. Groß und dunkel, gleich einem jungen Yak, der an Dshoksaga erkrankt war, stand er schwankend mit dem Gesicht zu mir, torkelte rückwärts. Ein paar Schritte hinter ihm war der Bergrand, die Felswand, die steil herabstürzte in den gefürchteten Abgrund, der einige Flintenschüsse tief abfiel und in dem großen Fluß endete, in dem die Wasser aller tuwinischen Flüsse vereinigt dahinflossen.

Ich wollte einen Schrei ausstoßen, den Hund wohl beim Namen rufen, allein das ging nicht, ich war stumm geworden. Dafür preschte ich den steilen Hang hinunter, sprang mit jedem Schritt in die Höhe, fiel und prallte ab, und so glich ich einem Stein, der sich vom Hang gelöst hatte und in Fluggeschwindigkeit geraten war. Aber ich bekam meinen dahinstürzenden Körper schließlich doch noch in die Gewalt, bald stand ich neben meinem Hund, sah ihn aus nächster Nähe und berührte ihn.

Arsylang war unkenntlich geworden: Seine Haare standen zu Berge, wodurch er so groß und dunkel wirkte, seine Glieder streckten sich steif auseinander, sein Kopf lag im Nacken, seine Schnauze steckte im Schaum, und seine Augen hatten einen rötlichen Schimmer bekommen, sie wirkten starr und leer, allein die weit aufgesperrten Pupillen glänzten so erschreckend lebendig und glichen zwei Löchern, aus welchen ein tobender Brand hervorloderte. Er zitterte und röchelte, schien gegen eine Kraft zu kämpfen, die ihn rückwärts zog. Aber ich sah ihm an, daß er machtlos war und die Erde unter sich Handspanne um Handspanne verlor. Dabei mußte er mich erkannt haben, gab einen leisen Laut von sich, der einem Weinen ähnelte.

Ich steckte immer noch im Bann der Stummheit, die mich dort oben überfallen hatte, denn so sehr die Tränen die Augen füllten und die Sicht nahmen, weinte ich noch nicht. Ich packte Arsylang hier und dort, preßte ihn an mich und versuchte wohl zu fassen, was geschehen war.

Schließlich muß sich der Schreck gelockert und ich die Sachlage erkannt haben. Denn ich beschloß, zum *Letzten* zu greifen: Ich wollte mich an den Himmel wenden, ihn beim Namen nennen und um Hilfe bitten, mit der Bedingung, entweder erhörte *Er* mich und ließ mir seine Hilfe auf der Stelle zuteil werden, oder ich würde mich von *Ihm* lossagen, für immer. Diese rettenden Gedanken gingen auf Gehörtes zurück, in Erzählungen war davon die Rede. Gesehen hatte ich noch nie, auch nicht gehört, daß einer der Menschen, deren Namen mir bekannt waren, das jetzt am eigenen Leib erprobt hätte.

Ich band mir den Gürtel ab, band an jedes seiner Enden einen gewichtigen Stein, legte mir die Bürde um den Hals, kniete nieder, richtete den Blick zum Himmel und rief: »Eh-eh-eeh, Gök-Deeri!«

Mit Freude merkte ich, daß ich meine Stimme zurückhatte, und nun erklang sie, wie immer in einer Schlucht, gespenstisch laut und vielfach: die Echorufe, die von allen Felsen zurückhallten, folgten aufeinander, kreuzten sich und flogen auseinander; und mit Erschrecken und Erschütterung vernahm ich das schwere Wort, das noch nie über meine Lippen gekommen war, das ich aber soeben laut hinausgerufen hatte und das mir nun ein jeder Fels mit meiner Stimme zurückschrie, daß mich der Altai damit von allen Seiten bewarf. Doch, nun gab es kein Zurück mehr, ich hatte den *Höchsten* einmal geweckt, nun mußte ich ihm den Grund sagen, weshalb ich es getan hatte So fuhr ich fort: »Erhör mich, eh-eh-eeh, Gök-Deeri! Heiligster aller Heiligen, Größter aller Großen! Hier ist dein Sohn Dshurukuwaa, den du im Jahre des schwarzen Pferdes dem Sohn des Hylbang und der Orlumaa Schynykbaj und der Tochter des Lobtschaa und der Namsyraa Balsyng zur Fortpflanzung des Stammes Irgid gabst, der seinen Anfang in der weißen Milch des grauen Wolfes und in dem roten Blut des braunen Hirsches hat!«

Die Schlucht war von meiner Stimme erfüllt, ich hörte mich selber von allen Seiten lärmen und empfand eine stille Genugtuung, daß ich die Worte aus einem Schamanengesang auf meine Person ummünzen konnte. Aber gleich darauf verflog die Selbstgefälligkeit, da ich wahrnahm, daß ein neuer, schlimmer Krampf den Hund peinigte.

»Eh-eh-eeh, ewiger Vater aller Väter, Söhne und Enkel, erhör mich und wisse: ich bin einer mit noch nissegleichen Zähnen und einem flaumgleichen Haarschopf, bin einer mit einem Auge voller Wasser und einem Herzen aus Fleisch!«

Bei den letzten Worten packte mich das Selbstmitleid, ich spürte die Tränen kommen. Ebenso spürte ich mit einem Mal sehr deutlich die Schwere der Steine. Zwar dachte ich, daß es so gerade richtig wäre, aber nun drückten die Steine so, daß ich mich beeilen mußte, das Wichtigste schnell noch auszusprechen:

»Eh-eh-eeh, Gök-Deeri, Gescheitester aller Gescheiten, Mächtigster aller Mächtigen! Hab Erbarmen mit mir armem, schwachem Kind und laß meinen Hund am Leben! Eh-eh-eeh, Gök-Deeri, erhör mich und steh mir bei! Laß meinen Hund am Leben! Eh-eh-eeh. Gök-Deeri, also hab ich dich beim Namen gerufen und das höchste gewagt! Nun warte ich auf deine helfende Hand und nur darauf:

Kommt deine Hilfe, so bin ich des weiteren noch viel mehr deiner als bisher! Kommt sie aber nicht, so bin ich nicht mehr deiner, und du hast einen Sohn verloren! Für alle Zeiten!«

Hier hätte ich aufhören können, aber ich spürte noch einen Rest Kraft und noch einen Rest Bedürfnis, auf alle Fälle und der Klarheit halber dies zu sagen: »Eh-eh-eeh, Gök-Deeri, lieber, heiliger Vater! Laß meinen Hund, meinen Arsylang, am Leben, der mir Bruder anstatt des Bruders und Freund anstatt des Freundes ist! Laß mich, der dich liebt und verehrt, dir auch des weiteren ein Sohn sein!«

Ich hielt inne und wartete. Im Epos kam die Hilfe schnell. Der Himmel schickte seinen Regen, dessen Spritzer den Feind wie Donnerkeile trafen, während sie dem hilfesuchenden Recken die Wunden auswuschen, die im Nu verheilten. Das Eintreffen eines solchen Wunders war mir unvorstellbar, aber noch unvorstellbarer sein Ausbleiben. So harrte ich geduldig, in der Haltung: Auf den Knien die Arme vorgestreckt, den Blick hinauf in den Himmel gerichtet und den Gürtel mit den beiden Steinen über dem Hals. Nun hörte ich hinter mir das Röcheln und das Taumelgeräusch Arsylangs, der sich von mir wieder ein Stück entfernt hatte.

Ich hätte mich so gern nach ihm umgedreht, ihn eingeholt und festgehalten, damit er sich dem Bergrand nicht noch weiter näherte. Aber ich harrte des Wunders, das der Himmel über mich schicken würde, unbedingt. Und die Schwere der Bürde, die mich zur Erde zog, steigerte meinen Trotz nur noch. So saß ich, kniete, erstarrte, trotzte und harrte.

Es endete damit, daß ich zusammenbrach. Mit einem Mal kippte ich nach vorn um, fiel über den Sandkies, angenehm stützte mich die feste Erde unter den erstarrten und betäubten Armen, ebenso angenehm spürte ich die Kühle des Steins am erhitzten Gesicht. Ich befreite mich von der

Bürde, kämpfte mich hoch und hastete zu Arsylang, der weitergetaumelt war und nur noch einen Schritt vor dem Bergrand stand. Wie ich bei ihm ankam, fiel mein Blick auf das blaue Nichts, das nach mir zu greifen schien, ich spürte deutlich, wie mir die Kopfhaare zu Berge standen, und in diesem Augenblick glaubte ich einen Ruck zu spüren, der mich in die Lüfte hob: ich schrie auf und warf mich zurück. Ich fiel auf den Hintern und konnte mich nicht entschließen, die Augen zu öffnen, die ich, rückwärts fallend, geschlossen hatte, ohne es zu wollen und zu wissen. Dann tat ich es doch und sah vor mir Arsylang, griff schnell nach ihm. Ich packte ihn am Hals und zog. Er war schwer wie ein Fels, ich hatte keine Hoffnung mehr, ihn dort zu halten, geschweige denn ihn an mich heranzuziehen. Denn ich spürte schon die Schwere, der ich nicht gewachsen war. Erst jetzt fiel mir ein, daß ich ihn vorher hätte umdrehen sollen, dann wäre er, da es ihn immerwährend rückwärts zog, von diesem Erdrand weggetaumelt. Dann hätte ich ihn vielleicht sogar nach Hause bekommen! Nun aber so – ich hatte Angst aufzustehen, schon der Gedanke erlahmte und schmerzte mich an den Haarwurzeln. Ich fühlte mich betrogen, bedauerte, daß ich mich voreilig mit dem Himmel eingelassen hatte, ohne vorher genau gewußt zu haben, ob es stimmte mit seiner Hilfsbereitschaft. Aber dieser Gedanke erschreckte mich, ich versuchte ihn von mir abzuweisen, sofort beschwor ich mir einen anderen Gedanken herbei, der mir die Allmacht, die Güte des Himmels bewies: Der Regen, den *Er* alle Jahre wieder und wieder, fast immer zum gleichen Zeitpunkt, auf die Erde schickte – was wäre sonst geworden? Und die Sonne, die *Er* jeden Tag, und der Mond und die Sterne, die *Er* jede Nacht uns gab! O gut, daß mir so auf Anhieb Beweise zu Dienste standen – der schwere schreckliche Gedanke war verdrängt, aber vernichtet war er nicht, kein Gedanke ließ sich vernichten, das wußte ich nun.

Indes lag ich schon auf dem Bauch, denn der Hund rutschte unablässig weiter. Das Gefühl und die Kraft verließen Hauch um Hauch meinen Arm, der mich mit Arsylang verband und an dem Arsylangs Leben hing. Nun sah ich, nur eine gute Handspanne Erde war noch da. Gleich würde auch sie uns beiden wegrutschen, dachte ich mit Schreck, und Arsylang würde meinen Fingern entgleiten, so sehr sie sich auch in sein Fell krallten. Dann würde ich ihn niemals wiedersehen, so wie ich wohl auch Großmutter nie wiedersehen würde. Ich würde ganz allein bleiben mit der Herde, die von so großen Verlusten heimgesucht und zusammengeschrumpft war. Dann müßte ich allein nach den Geschwistern Ausschau halten, und allein würde ich ihnen entgegengehen, wenn sie kamen. Das mußte meine Zukunft sein, die nun schon begann.

Der Verstand sagte mir das. Aber im Grunde meines Herzens konnte und wollte ich mich damit nicht abfinden. Ich stemmte mich mit allem, was mir zur Verfügung stand, dagegen, ich verneinte die Möglichkeit.

Da kam mir wieder ein störrischer Gedanke in den Kopf: Was, wenn der Hund mit den Hinterpfoten über den Bergrand tritt, in dem Augenblick aus Schreck mir in den Ärmel beißt, um sich an mir festzuhalten?! Die Angst überkam mich so, daß mir übel wurde. Aber ich war nicht gewillt, den Hund loszulassen und so wenigstens mich selbst zu retten, eh es vielleicht zu spät war.

Unter Angstkrämpfen begann ich leise zu beten: »Vater Himmel und Mutter Erde! Erhört mich und steht mir bei: Gebt meinem Arm genug Kraft, daß er den Hund dort zum Stehen bringt, wo er jetzt ist, und keinen Fingerbreit weiterläßt!« In diesem Augenblick hörte ich einen Ruf. Es war die Stimme Vaters: »Durchhalten – ich komme! Durchhalten – ich komme!«

Das also war das Wunder! blitzte es mir durch den Kopf. Und vor Rührung für die Gütigkeit des Himmels traten mir erneut die Tränen in die Augen. Doch vergaß ich dabei nicht, daß ich nun erst recht festzuhalten hatte. Und so tat ich es auch. Vater kam leise angeschlichen, auf den Zehenspitzen, wie mir schien. So verpaßte ich den Augenblick seiner Ankunft und fuhr zusammen, als er mich von hinten an den Kniegelenken anfaßte. (Später erfuhr ich, er hatte gedacht, der Hund hätte sich an mir festgebissen, und so wollte er unbemerkt kommen.)

Er faßte mich und zerrte mich zu sich, ich schrie: »Nicht mich, sondern den Hund!« Darauf ergriff er Arsylang, faßte ihn an einer Vorderpfote. Nun zogen wir zu zweit. Arsylang schien schon halbtot. Die Pupillen waren noch weiter aufgerissen, aber jetzt war es hinter diesen leer, als ob der Brand ausgebrannt wäre. Der Körper stieß sich leblos, war erstarrt. »Ej, Himmel!« schlug Vater mit der Zunge. »Er hat Gift gefressen! Und da ist nichts mehr zu machen! Gut nur, daß wenigstens mit dir, mein Kindchen, nicht das Schlimmste passiert ist!«

Diese Worte wirkten auf mich vernichtend: Keine Rettung mehr, wo er vor dem Abgrund endlich gerettet war?! Also doch kein Wunder?! Und wie dumm, daß man das auch noch gut fand! Dumm und gemein! Vor Schmerz fuhr ich zusammen. Dann richtete ich mich gewaltsam auf und schrie Vater an: »Du hast meinen Arsylang zugrunde gerichtet mit deinem blöden Gift! Nun sagst du, da wär nichts mehr zu machen! Und dazu noch: gut?!«

Das letzte Wort war ihm nachgeäfft.

Ich erwartete eine Ohrfeige. Allein Vater rührte sich nicht. Ich sah ihn erbleichen, seine Lippen zitterten. O warum ohrfeigte er mich denn nicht? Warum warf er mich nicht durch einen Schlag oder einen Fußtritt zu Boden? Warum nur nicht?! Dann hätte ich einen Anlaß gehabt, wenigstens zu weinen und zu schreien und zu tollen und die Schmerzen von mir abzuwerfen! Aber so stand ich den Schmerzen ausgeliefert, wußte nicht, wie weiter. Wir standen nun zu zweit tatenlos da und warteten wohl auf das Ende. Darauf, daß Arsylang umfiel und krepierte! Um sagen zu können, daß er tot war! Um dann nach Hause gehen zu können! Um sich, zu Hause angekommen, die Hände mit Wacholdersud zu waschen, zu essen und zu trinken, zu schlafen, um sich davor und danach mit den Schafen und Lämmern abzuplagen, kurz, um im Leben auszukommen, auch ohne den Hund Arsylang! Ach, wie schrecklich und wie schändlich! Vater fragte mich nach meinem Gürtel, weshalb er dort herumläge und warum die Steine eingebunden seien. Ich erzählte, was geschehen war.

»Ach, mein Kind«, sagte Vater traurig, »ist dieses schreckliche Gift im Magen, ist es zu spät. Da kann nicht einmal der Himmel etwas tun!«

Ich sagte darauf nichts, ich hatte nichts mehr zu sagen. Aber begreifen konnte ich das trotzdem nicht.

Vater ließ den röchelnden und zitternden Hund los, den er bis jetzt gehalten und gestützt hatte, ging zu meinem Gürtel, band die Steine ab, kam auf mich zu und legte ihn mir um. Ich stand regungslos da, die eine Hand an Arsylangs Flanke, fühlend, wie sich der Tod in ihm verbreitete.

Die Welt war unbegreiflich. Mir wurde sterbensübel. Ich mußte etwas tun, mußte mich aufbäumen, um den Felsen, den ich in mir spürte, zu zerbrechen und auszuspucken, damit er mich nicht noch tötete, so wie das Gift Arsylang soeben getötet hatte. Und ich tat es: Ich riß mich hoch, trat vor, stellte mich dicht an den toten Arsylang, streckte die Fäuste zum Himmel empor und schrie: »I-ih-üij, Gök Deeri!«

Die Eltern mußten davon so betroffen gewesen sein, denn es war still um mich herum.

»I-ih-iiij, was bist du für einer, der du ohnmächtig bist vor so einer Prise Pülverchen?«

Jetzt sprang Vater auf mich zu, ich flüchtete vor ihm, immer noch mit erhobenen Fäusten, und schrie weiter: »Oder bist du alt und taub und blind geworden?! Oder bist du so böse, daß du mich nicht erhören und mir in der Not nicht beistehen wolltest?!«

Ich wurde gefangen, aber ich schrie weiter: »Wohl ja: Du hast geschehen lassen, daß mir die Geschwister weggebracht wurden, die Großmutter starb, die Herde einging und nun auch der Hund verendete!«

Vater preßte mich an sich heran, versuchte mich zum Schweigen zu bringen: »Laß das, liebes, liebes Kind! Laß das, ich bitte, ich flehe dich an!«

Aber ich ging darauf nicht ein: »I-ih-iiij, Gök-Deeri, was hab ich verbrochen?! Womit hab ich das verdient?! Schämst du dich nicht, mir armem, schwachem Kind das alles anzutun? I-ih-iiij, gögergen Gök-Deeri, i-ih-iiij!«

Jetzt sah ich auch Mutter dicht vor mir, sie drückte mir die Arme herunter, blickte mich mit vor Schreck weit aufgerissenen Augen an und sagte etwas, was ich nicht hörte. »E-eh-eej, Gök-Deeri! Du Tauber, der du mich nicht erhört hast, nun höre dir die Strafe an, die ich dir auferlegt habe –« Mutter hielt mir den Mund zu. Aber das gelang ihr nur kurz, denn die Gewalt, die man mir antat, brachte mich nun erst recht zum Äußersten. Ich wurde zu einem wilden Tier: trat mit den Füßen, schlug mit den Fäusten, kratzte und biß um mich und entkam letzten Endes Vaters Umklammerung. Nun konnte ich mit erhobenen und fuchtelnden Fäusten dem Gök-Deeri, unserem Himmel, die Strafe verkünden: »Ab jetzt bin ich dir nicht mehr Sohn, und ich werde dich nur noch verachten, i-ih-iiij, gögergen Gök-«

Mir blieb die Stimme weg. Ein Schlag traf mich am Kopf. Ich hätte um ein kleines meinen können, er wäre vom Himmel, meinem bis vor kurzem mächtigen, nun aber schäbigen Gök-Deeri, gekommen, aber ich habe noch sehen können: Es ist Vater gewesen, der ihn mir verpaßte. Mir vergingen Hören und Sehen, ich spürte, daß ich auf die Erde fiel und den steinigen Abhang hinunterpurzelte. Dann waren es Hände, die ich am Nacken, im Gesicht spürte. Dazu nahm ich ein Gesicht über mir wahr, es verschwamm; aber an den rauhen, warmen Händen, die mich anfaßten, erkannte ich Mutter. Und ich war ihr dankbar dafür, daß sie mich am Nacken hielt und an den Backen streichelte. Dann nahm ich ein Stück weiter, oberhalb mir und vor dem Abendhimmel, eine lange breite Gestalt wahr, aber beide verschwammen ebenso. Sofort nahm ich den Kampf wieder auf, der mir in dem Augenblick wie etwas vorkam, das ich nicht unterlassen noch verschieben durfte. Ich schob die fremden Hände unsanft beiseite, richtete mich auf, schwankte auf die längliche Gestalt zu und brüllte aus aller Leibeskraft: »I-ih-iiij, schlag mich tot, nachdem du meinen Hund zu Tode vergiftet hast! Tu es nur, ich bin bereit dazu! Was soll ich mich auch weiterquälen fern von meinen Geschwistern, ohne meine Großmutter, ohne meine Herde und ohne meinen Arsylang auf dieser Erde unter diesem Himmel, der blind und taub ist?!«

Mit einem Mal wurden mir all die Anstrengungen und Entbehrungen, die ich in dem endlos langen Frühjahr auszuhalten und auf mich zu nehmen hatte, gegenwärtig, und die Worte ergossen sich aus mir wie Wasser aus einem Gefäß, das umgestürzt worden war: »Schlagt mich tot oder beendet mich sonstwie! Ihr denkt vielleicht, ich hab Angst davor, nein! Wenn ihr das nicht tut, so werde ich es selber tun, ich werde mich von einem Felsen herunterstürzen oder auf sonst eine Weise in den Tod kommen! Ja, ich will sterben und von den schwarzen Würmern gefressen werden! Ich bin ja auch nicht euer Kind, bin euer Knecht! Denn habt ihr mich je ausschlafen lassen?! Und wißt ihr, wie sehr ich friere, hungere und Müdigkeit spüre? Ihr denkt nur an das Vieh, das Wolfsfraß, nicht aber an eure Kinder! Zwei habt ihr weggegeben, und mich laßt ihr ochsen wie einen Hütekasachen!«

Ich schleuderte diese Worte, als ob man Steine schleuderte, aus mir heraus und wollte damit meine Eltern treffen und verletzen und auch töten.

»Ich möchte sterben und von den schwarzen Würmern gefressen werden, i-ih-iiij! Sterben und Schluß machen, wie andere es auch getan haben! Ich möchte dorthin gehen, wohin meine Großmutter auch gegangen ist: in den Tod, i-ih-iiij! Oder denkt ihr vielleicht immer noch, ich weiß es nicht?! Nein, meine Großmutter ist tot, und ihr habt sie weggeschafft wie ein totes Schaf oder eine tote Katze! Wohl habt ihr sie in ein Geröll oder in ein Erdloch versteckt oder sogar den Füchsen und Wölfen zum Fraß vorgeworfen! Ich weiß das, aber ihr redet von der Reise, von dem Salz, ihr schwindelt, wie es euch gerade einfällt, weil ihr mich für dumm haltet, aber ich bin es nicht!«

Indes konnte ich wieder deutlich sehen und hören. Die Eltern standen wie auseinandergescheucht und schauten stumm an mir vorbei. Dieses erbärmliche Bild war es wohl, was mich zur Besinnung zwang: Mit einem Mal wußte ich, daß sie mich nicht totschlagen, sondern nur zum Schweigen bringen wollten. Mir dämmerte: ohne Großmutter, ohne Arsylang, auch ohne die Herde, die ich einst besessen habe, von den Geschwistern getrennt, mit dem Himmel entzweit und nun auf dem Weg, mich auch mit Vater und Mutter zu entzweien. Damit würde ich das Letzte verlieren, was mir gegeben war. Ich durfte wenigstens dieses Allerletzte nicht verlieren! Also mußte ich mich mit dem abfinden, was geschehen war!

So sprach, wie mir schien, einer, der in mir war, der aber nicht ich sein konnte. Nein, das mußte ein Fremder gewesen sein, und ich war nicht bereit, auf ihn zu hören. Ich kannte ihn nicht, er war mit einem Mal da, war mir neu, fremd, war mir zuwider. Er beleidigte mich. Er beleidigte mich für alles, was gewesen, was Teil meines Daseins gewesen ist, das von mir zu trennen keiner das Recht hatte.

So riß ich mich zusammen und ging erneut zum Kampf über. Ich kreischte aus aller Leibeskraft, schlug dabei um mich, stürzte um, warf mich auf die Erde und sprang dabei um mich herum, stürzte wieder, warf mich erneut auf die Erde und sprang alsbald wieder auf. Sinnlos sind meine Geburt und mein Überleben gewesen! Sinnlos meine Träume, meine Gebete! Sinnlos die Segenssprüche, die andere mir spendeten, und die Lobreden und Versprechungen und die Anstrengungen, die ich auf mich genommen hatte! Ich bin betrogen worden um das, was man Leben nennt! Ich war fehl hier zwischen Himmel und Erde!

Noch war mir die Stimme nicht heiser. Noch spürte ich Kraft in den Gliedern. Doch wußte ich schon, daß mir bald die Kehle versagen und der Körper erschlaffen würde, und das ärgerte mich am meisten.

Aber gerade dieses Wissen wiederum veranlaßte mich zu kämpfen. Denn was war ich für einer, der ich nicht imstande war, die Ungerechtigkeit abzuwehren, die mir so schamlos zugefügt wurde!

Warum war ich so?

Warum war es so?

Warum, i-ih-iiij, warum?!

Der Trotz, der in mir erwacht war, loderte nun lichterloh.

Ich wollte den Kampf auf keinen Fall aufgeben. Ich mußte ihn um jeden Preis zu Ende führen. Mochte geschehen, was geschehen konnte! Mochte mir die Kehle brechen und der Lebensfaden reißen! Mochte ich, der Pechvogel, ins Gras beißen, und mochten mich dann auch die schwarzen Würmer fressen! Mochte das unehrliche Spiel endlich sein Ende finden, bittschön! So brüllte und bockte ich weiter ...

Franz Kafka
Schakale und Araber

Wir lagerten in der Oase. Die Gefährten schliefen. Ein Araber, hoch und weiß, kam an mir vorüber; er hatte die Kamele versorgt und ging zum Schlafplatz.

Ich warf mich rücklings ins Gras; ich wollte schlafen; ich konnte nicht; das Klagegeheul eines Schakals in der Ferne; ich saß wieder aufrecht. Und was so weit gewesen war, war plötzlich nah. Ein Gewimmel von Schakalen um mich her; in mattem Gold erglänzende, verlöschende Augen; schlanke Leiber, wie unter einer Peitsche gesetzmäßig und flink bewegt.

Einer kam von rückwärts, drängte sich, unter meinem Arm durch, eng an mich, als brauche er meine Wärme, trat dann vor mich und sprach, fast Aug in Aug mit mir:

»Ich bin der älteste Schakal, weit und breit. Ich bin glücklich, dich noch hier begrüßen zu können. Ich hatte schon die Hoffnung fast aufgegeben, denn wir warten unendlich lange auf dich; meine Mutter hat gewartet und ihre Mutter und weiter alle ihre Mütter bis hinauf zur Mutter aller Schakale. Glaube es!«

»Das wundert mich«, sagte ich und vergaß, den Holzstoß anzuzünden, der bereitlag, um mit seinem Rauch die Schakale abzuhalten, »das wundert mich sehr zu hören. Nur zufällig komme ich aus dem hohen Norden und bin auf einer kurzen Reise begriffen. Was wollt ihr denn, Schakale?«

Und wie ermutigt durch diesen vielleicht allzu freundlichen Zuspruch zogen sie ihren Kreis enger um mich; alle atmeten kurz und fauchend.

»Wir wissen«, begann der Älteste, »daß du vom Norden kommst, darauf eben baut sich unsere Hoffnung. Dort ist der Verstand, der hier unter den Arabern nicht zu finden ist. Aus diesem kalten Hochmut, weißt du, ist kein Funken Verstand zu schlagen. Sie töten Tiere, um sie zu fressen, und Aas mißachten sie.«

»Rede nicht so laut«, sagte ich, »es schlafen Araber in der Nähe.«

»Du bist wirklich ein Fremder«, sagte der Schakal, »sonst wüßtest du, daß noch niemals in der Weltgeschichte ein Schakal einen Araber gefürchtet hat. Fürchten sollten wir sie? Ist es nicht Unglück genug, daß wir unter solches Volk verstoßen sind?«

»Mag sein, mag sein«, sagte ich, »ich maße mir kein Urteil an in Dingen, die mir so fern liegen; es scheint ein sehr alter Streit; liegt also wohl im Blut; wird also vielleicht erst mit dem Blute enden.«

»Du bist sehr klug«, sagte der alte Schakal; und alle atmeten noch schneller; mit gehetzten Lungen, trotzdem sie doch stillestanden; ein bitterer, zeitweilig nur mit zusammengeklemmten Zähnen erträglicher Geruch entströmte den offenen Mäulern, »du bist sehr klug; das, was du sagst, entspricht unserer alten Lehre. Wir nehmen ihnen also ihr Blut und der Streit ist zu Ende.«

»Oh!« sagte ich wilder, als ich wollte, »sie werden sich wehren; sie werden mit ihren Flinten euch rudelweise niederschießen.«

»Du mißverstehst uns«, sagte er, »nach Menschenart, die sich also auch im hohen Norden nicht verliert. Wir werden sie doch nicht töten. So viel Wasser hätte der Nil nicht, um uns rein zu waschen. Wir laufen doch schon vor dem bloßen Anblick ihres lebenden Leibes weg, in reinere Luft, in die Wüste, die deshalb unsere Heimat ist.«

Und alle Schakale ringsum, zu denen inzwischen noch viele von fern her gekommen waren, senkten die Köpfe zwischen die Vorderbeine und putzten sie mit den Pfoten; es war, als wollten sie einen Widerwillen verbergen, der so schrecklich war, daß ich am liebsten mit einem hohen Sprung aus ihrem Kreis entflohen wäre.

»Was beabsichtigt ihr also zu tun?« fragte ich und wollte aufstehn; aber ich konnte nicht; zwei junge Tiere hatten sich mir hinten in Rock und Hemd festgebissen; ich mußte sitzenbleiben. »Sie halten deine Schleppe«, sagte der alte Schakal erklärend und ernsthaft, »eine Ehrbezeigung.« »Sie sollen mich loslassen!« rief ich, bald zum Alten, bald zu den Jungen gewendet. »Sie werden es natürlich«, sagte der Alte, »wenn du es verlangst. Es dauert aber ein Weilchen, denn sie haben nach der Sitte tief sich eingebissen und müssen erst langsam die Gebisse voneinander lösen. Inzwischen höre unsere Bitte.« »Euer Verhalten hat mich dafür nicht sehr empfänglich gemacht«, sagte ich. »Laß uns unser Ungeschick nicht entgelten«, sagte er und nahm jetzt zum erstenmal den Klageton seiner natürlichen Stimme zu Hilfe, »wir sind arme Tiere, wir haben nur das Gebiß; für alles, was wir tun wollen, das Gute und das Schlechte, bleibt uns einzig das Gebiß.« »Was willst du also?« fragte ich, nur wenig besänftigt.

»Herr« rief er, und alle Schakale heulten auf; in fernster Ferne schien es mir eine Melodie zu sein. »Herr, du sollst den Streit beenden, der die Welt entzweit. So wie du bist, haben unsere Alten den beschrieben, der es tun wird. Frieden müssen wir haben von den Arabern; atembare Luft; gereinigt von ihnen den Ausblick rund am Horizont; kein Klagegeschrei eines Hammels, den der Araber absticht; ruhig soll alles Getier krepieren; ungestört soll es von uns leergetrunken und bis auf die Knochen gereinigt werden. Reinheit, nichts als Reinheit wollen wir«, – und nun weinten, schluchzten alle – »wie erträgst nur du es in dieser Welt, du edles Herz und süßes Eingeweide? Schmutz ist ihr Weiß; Schmutz ist ihr Schwarz; ein Grauen ist ihr Bart; speien muß man beim Anblick ihrer Augenwinkel; und heben sie den Arm, tut sich in der Achselhöhle die Hölle auf. Darum, o Herr, darum, o teuerer Herr, mit Hilfe deiner alles vermögenden Hände, mit Hilfe deiner alles vermögenden Hände schneide ihnen mit dieser Schere die Hälse durch!« Und einem Ruck seines Kopfes folgend kam ein Schakal herbei, der an einem Eckzahn eine kleine, mit altem Rost bedeckte Nähschere trug.

»Also endlich die Schere und damit Schluß!« rief der Araberführer unserer Karawane, der sich gegen den Wind an uns herangeschlichen hatte und nun seine riesige Peitsche schwang.

Alles verlief sich eiligst, aber in einiger Entfernung blieben sie doch, eng zusammengekauert, die vielen Tiere so eng und starr, daß es aussah wie eine schmale Hürde, von Irrlichtern umflogen.

»So hast du, Herr, auch dieses Schauspiel gesehen und gehört«, sagte der Araber und lachte so fröhlich, als es die Zurückhaltung seines Stammes erlaubte. »Du weißt also, was die Tiere wollen?« fragte ich. »Natürlich, Herr«, sagte er, »das ist doch allbekannt; solange es Araber gibt, wandert diese Schere durch die Wüste und wird mit uns wandern bis ans Ende der Tage. Jedem Europäer wird sie angeboten zu dem großen Werk; jeder Europäer ist gerade derjenige, welcher ihnen berufen scheint. Eine unsinnige Hoffnung haben diese Tiere; Narren, wahre Narren sind sie. Wir lieben sie deshalb; es sind unsere Hunde; schöner als die eurigen. Sieh nur, ein Kamel ist in der Nacht verendet, ich habe es herschaffen lassen.«

Vier Träger kamen und warfen den schweren Kadaver vor uns hin. Kaum lag er da, erhoben die Schakale ihre Stimmen. Wie von Stricken unwiderstehlich jeder einzelne gezogen, kamen sie, stockend, mit dem Leib, den Boden streifend, heran. Sie hatten die Araber vergessen, den Haß vergessen, die alles auslöschende Gegenwart des stark ausdunstenden Leichnams bezauberte sie. Schon hing einer am Hals und fand mit dem ersten Biß die Schlagader. Wie eine kleine rasende Pumpe, die ebenso unbedingt wie aussichtslos einen übermächtigen Brand löschen will, zerrte und zuckte jede Muskel seines Körpers an ihrem Platz. Und schon lagen in gleicher Arbeit alle auf dem Leichnam hoch zu Berg.

Da strich der Führer kräftig mit der scharfen Peitsche kreuz und quer über sie. Sie hoben die Köpfe; halb in Rausch und Ohnmacht; sahen die Araber vor sich stehen; bekamen jetzt die Peitsche mit den Schnauzen zu fühlen; zogen sich im Sprung zurück und liefen eine Strecke rückwärts. Aber das Blut des Kamels lag schon in Lachen da, rauchte empor, der Körper war an mehreren Stellen weit aufgerissen. Sie konnten nicht widerstehen; wieder waren sie da; wieder hob der Führer die Peitsche; ich faßte seinen Arm.

»Du hast recht, Herr«, sagte er, »wir lassen sie bei ihrem Beruf, auch ist es Zeit aufzubrechen. Gesehen hast du sie. Wunderbare Tiere, nicht wahr? Und wie sie uns hassen!«

Amos Oz
Das erste Buch

An Winterabenden versammelte sich manchmal bei uns oder im Haus gegenüber, bei den Sarchis, ein kleiner Freundeskreis: Chaim und Ghana Toren, Schmuel Werses, das Ehepaar Breimann, der aufbrausende und sonderbare Herr Scharon-Schwadron, Herr Chaim Schwarzbaum, der rothaarige Folklorist, und Israel Chanani, der bei der Jewish Agency arbeitete, mit seiner Frau Esther Chananit. Sie kamen nach dem Abendessen, um sieben oder halb acht, und gingen um halb zehn, was damals als spät galt. Zwischen Kommen und Gehen tranken die Gäste glühendheißen Tee, aßen Honigkekse oder Früchte und debattierten in höflichem Zorn über alle möglichen Dinge, die ich nicht verstand, aber, das wußte ich, eines Tages verstehen und mit ebendiesen Leuten diskutieren würde. Und ich würde ihnen künftig noch schlagende Argumente liefern, die ihnen gar nicht in den Sinn gekommen waren, wäre vielleicht sogar fähig, sie zu überraschen, würde zu gegebener Zeit vielleicht auch Geschichten »aus dem Kopf« verfassen, wie Herr Sarchi, oder Gedichte wie Bialik und wie Großvater Alexander und Levin Kipnis und wie der Arzt Dr. Scha'ul Tschernichowski, dessen Geruch ich nie vergessen werde.

Die Sarchis waren nicht nur Vaters ehemalige Vermieter, sondern auch sehr nahe Freunde, trotz der ständigen Meinungsverschiedenheiten zwischen meinem Vater, dem Revisionisten, und dem »roten« Sarchi: Vater liebte das Reden und Erläutern, und Herr Sarchi hörte gern zu. Mutter flocht hin und wieder ein oder zwei leise Sätze ein, und zuweilen führten ihre Worte dazu, daß das Gespräch unmerklich das Thema oder die Tonart wechselte. Esther Sarchi wiederum stellte manchmal Fragen, und Vater genoß es, ihr mit ausführlichen Erklärungen zu antworten. Israel Sarchi wandte sich ab und zu an Mutter, gesenkten Blikkes, und fragte sie nach ihrer Meinung, als bitte er sie in Geheimsprache, sie möge ihm in der Not beistehen, ihn in der Diskussion unterstützen: Mutter konnte alles in neuem Licht erscheinen lassen, mit wenigen, zurückhaltenden Worten tat sie das, und danach hielt manchmal ein feiner, friedlicher Geist Einzug in die Diskussion. Eine neue Ruhe, eine Behutsamkeit oder ein leichtes Zögern mischte sich nun in die Reden der Debattierenden. Bis sich die Gemüter nach einiger Zeit erneut erhitzten und die Stimmen wieder in kultiviertem, aber von Ausrufezeichen strotzendem Zorn anschwollen.

Im Jahr 1947 erschien im Tel Aviver Verlag Joshua Chachik Vaters erstes Buch, *Die Novelle in der hebräischen Literatur. Von ihren Anfängen bis zum Ende der Haskala-Zeit.* Dieses Buch beruhte auf der Magisterarbeit, die Vater seinem Lehrer und Onkel, Professor Klausner, eingereicht hatte. Die Titelseite trägt den Vermerk: »Dieses Buch hat den Klausner-Preis der Stadt Tel Aviv erhalten und wurde mit dessen Hilfe und mit Hilfe des Zippora-Klausner-Gedenkfonds veröffentlicht.« Professor Dr. Joseph Klausner höchstpersönlich hatte das Vorwort verfaßt:

> Es ist mir eine doppelte Freude, ein hebräisches Buch über die Novelle im Druck zu sehen, das mir, in meiner Eigenschaft als Professor für Literatur an unserer einzigen hebräischen Universität, als Abschlußarbeit im Gebiet der modernen hebräischen Literatur von meinem langjährigen Schüler, meinem Neffen Jehuda Arie Klausner vorgelegt wurde. Dies ist keine gewöhnliche Arbeit ... Es ist eine umfassende und erschöpfende Studie ... Auch der Stil des Buches ist zugleich vielgestaltig und klar, dem wichtigen Inhalt angemessen ... Ich kann also gar nicht umhin, mich zu freuen ... Der Talmud sagt: »Schüler sind wie Söhne« ...

Und auf einer eigenen, dem Titelblatt folgenden Seite widmete mein Vater dieses Buch dem Andenken seines Bruders David:

> Meinem ersten Lehrer der Literaturgeschichte –
> meinem einzigen Bruder
> *David*
> der mir in der Finsternis der Diaspora verlorenging.
> Wo bist du?

Zehn bis vierzehn Tage lang lief Vater, auf dem Rückweg von der Arbeit in der Zeitungsabteilung der Nationalbibliothek auf dem Skopusberg, tagtäglich zu unserem Postamt am östlichen Ende der Ge'ula-Straße, gegenüber dem Durchgang zum Viertel Mea Schearim, in gespannter Erwartung der Belegexemplare seines ersten Buches, das, wie es hieß, bereits erschienen und in einer Tel Aviver Buchhandlung auch schon von jemandem gesichtet worden war. Tag für Tag lief Vater also zur Post, und Tag für Tag kehrte er mit leeren Händen zurück, und Tag für Tag erklärte er, wenn die Büchersendung von Herrn Gruber in der Druckerei Sinai auch morgen nicht eintreffen sollte, würde er zur Apotheke gehen und entschieden, mit allem Nachdruck Herrn Joshua Chachik in Tel Aviv anrufen: Das ist doch wirklich unerträglich! Wenn die Bücher nicht bis Sonntag, bis Mitte der Woche, allerspätestens bis Freitag ankommen sollten ... – doch dann kam die Sendung, nicht per Post, sondern mittels einer Botin, einer heiteren jungen Jemenitin, die uns ein Paket ins Haus brachte, nicht aus Tel Aviv, sondern direkt von der Druckerei Sinai (Jerusalem, Telefon 2892).

Das Paket enthielt fünf Exemplare von *Die Novelle in der hebräischen Literatur,* druckfrisch, jungfräulich, eingeschlagen in mehrere Lagen hochwertiges weißes Papier (das man offenbar für die Korrekturfahnen eines Bildbandes verwendet hatte) und mit Bindfaden wohlverschnürt. Vater dankte dem Mädchen, vergaß auch in seiner stürmischen Freude nicht, ihr einen Shilling in die Hand zu drükken (damals ein durchaus respektabler Betrag, der für ein vegetarisches Mittagessen in einem Tnuva-Imbiß reichte). Danach bat Vater Mutter und mich, mit an den Schreibtisch zu kommen und beim Öffnen des Pakets neben ihm zu stehen.

Ich erinnere mich, wie Vater seine bebende Gier in Zaum hielt, den Bindfaden des Pakets nicht etwa mit Gewalt zerriß, ihn auch nicht mit der Schere kappte, sondern – ich werde es nie vergessen – die festen Knoten, einen nach dem anderen, mit unendlicher Geduld löste, wobei er wechselweise seine starken Fingernägel, die Spitze des Brieföffners und eine aufgebogene Büroklammer benutzte. Auch als er fertig war, stürzte er sich nicht auf das neue Buch, sondern rollte bedachtsam den Bindfaden auf, entfernte das prächtige Hochglanzpapier, das als Verpackung diente, berührte mit den Fingerspitzen leicht den Einband des obersten Exemplars, wie ein schüchterner Liebhaber, führte es behutsam an sein Gesicht, öffnete das Buch ein wenig, schloß die Augen und schnupperte zwischen den Seiten, atmete tief den frischen Druckgeruch, den Hauch des neuen Papiers, den betörenden Geruch des Buchbinderleims ein. Dann begann er in dem Buch zu blättern, warf zuerst einen Blick ins Register, überflog mit scharfem Auge die Seite mit den Berichtigungen und Ergänzungen, las erneut Onkel Josephs Vorwort und seine eigene Einführung, berauschte sich an der Titelseite, streichelte wieder den Einband und erschrak plötzlich bei dem Gedanken, meine Mutter könne sich im stillen über ihn lustig machen: »Ein druckfrisches neues Buch«, sagte er wie entschuldigend zu ihr, »ein erstes Buch, das ist doch beinahe so, als wäre mir gerade eben noch ein Baby geboren worden.«

»Wenn man ihm die Windeln wechseln muß«, sagte Mutter, »wirst du mich bestimmt rufen.«

Darauf ging sie, war aber gleich wieder aus der Küche zurück mit einer Flasche Tokaier – süßem Kidduschwein – und drei winzigen Gläschen, die für Likör gedacht waren, nicht für Wein, und sagte, wir wollen jetzt auf das Wohl von Vaters erstem Buch anstoßen. Sie schenkte ihm und sich ein und auch mir ein Tröpfchen, und vielleicht gab sie ihm auch einen Kuß auf die Stirn wie einem Kind, und er streichelte ihr den Kopf.

Am Abend breitete Mutter eine weiße Decke über den Küchentisch, wie am Schabbat und an Feiertagen, und servierte Vaters Lieblingsgericht – Borschtsch, auf dem ein weißer Eisberg aus Sauerrahm schwamm –, und sie sagte »auf die gute Stunde«. Auch Großvater und Großmutter kamen an jenem Abend, um an der bescheidenen Feier teilzunehmen. Großmutter meinte zu Mutter, der Borschtsch sei gut und schön und auch ziemlich schmackhaft, aber – möge Gott sie davor bewahren, um Himmels willen irgendwelche Ratschläge geben zu wollen – es sei doch seit eh und je bekannt, schon jedem kleinen Mädchen, sogar den gojischen Dienstmädchen, die dort in jüdischen Häusern gekocht hätten, daß der Borschtsch säuerlich und nur ganz wenig süß sein müsse, keinesfalls aber süß und nur leicht säuerlich sein dürfe, nach Art der Polen, die ja bekanntlich alles maß- und grenzenlos und ohne Sinn und Verstand süßten, und wenn man nicht aufpasse, würden sie noch den Salzhering in Zucker ertränken, und sogar den Meerrettich wären sie imstande, in Marmelade zu baden.

Mutter wiederum dankte Großmutter, daß sie uns an ihrer reichen Erfahrung habe teilnehmen lassen, und versprach, von heute an dafür zu sorgen, daß sie bei uns nur noch Bitteres und Saures bekäme, so recht nach ihrem Herzen. Vater war viel zu froh und gutgelaunt, um auf solche Sticheleien zu achten. Er schenkte ein Buch mit Widmung seinen Eltern, eines Onkel Joseph, eines seinen Herzensfreunden Esther und Israel Sarchi, eines weiß ich nicht mehr, wem, und das letzte reihte er seiner Bibliothek ein, an auffälliger Stelle, eng angelehnt, als würde es sich anschmiegen, an die Reihe der Schriften seines Onkels, des Professors Joseph Klausner.

Drei, vier Tage währte Vaters Freude, dann schlug seine Freude in Niedergeschlagenheit um. So wie er vor Eintreffen der Sendung tagtäglich zum Postamt gerannt war, so rannte er nun tagtäglich zur Buchhandlung Achiasaf in der King-George-Straße: Drei Exemplare von *Die Novelle in der hebräischen Literatur* standen dort. Auch am nächsten Tag waren die drei noch dort, kein Exemplar war verkauft worden. Und so war es auch nach zwei und nach drei Tagen.

»Du«, sagte Vater mit einem traurigen Lächeln zu seinem Freund Israel Sarchi, »du setzt dich hin, schreibst alle sechs Monate einen neuen Roman, und sofort schnappen all die schönen Mädchen danach und nehmen dich auf der Stelle mit ins Bett. Und wir Forscher mühen uns jahrelang ab, jede Einzelheit zu belegen, jeden Zitatfetzen genau zu überprüfen, brüten Tag und Nacht über einer kleinen Fußnote, und wer liest es? Höchstens wir selbst, das heißt, drei bis vier Mitgefangene unserer Disziplin lassen sich herab, einander zu lesen, ehe sie einander verreißen – und manchmal selbst das nicht. Ignorieren es einfach.«

Es verging eine Woche, und nicht eines der drei Exemplare bei Achiasaf war verkauft. Vater sprach nicht mehr über seinen Kummer, aber sein Kummer erfüllte die ganze Wohnung wie ein Geruch. Er brummte nicht länger schrecklich falsch beim Rasieren oder Geschirrspülen die Melodie von »Felder im fruchtbaren Tal« oder »Tau von drunten, Mond überall, von Bet Alfa bis Nahalal«. Erzählte mir nicht mehr die Handlung des Gilgamesch-Epos oder die Abenteuer von Kapitän Nemo und Ingenieur Cyrus Smith in *Die geheimnisvolle Insel,* sondern versenkte sich wütend in die Papiere und Lexika auf seinem Schreibtisch, zwischen denen sein nächstes gelehrtes Werk Konturen anzunehmen begann.

Doch dann, nach weiteren zwei, drei Tagen, am Freitag nachmittag, kurz vor Schabbatbeginn, kam Vater glücklich und aufgeregt und am ganzen Leib bebend nach Hause, wie ein Junge, dem die Klassenschönste vor aller Welt einen Kuß gegeben hat: »Verkauft! Alle verkauft! An einem Tag! Nicht ein Exemplar! Nicht zwei Exemplare! Alle drei sind verkauft! Alle! Mein Buch ist ausverkauft – und Shachna Achiasaf wird bei Chachik in Tel Aviv ein paar neue Exemplare bestellen! Was heißt, wird?! Hat schon bestellt! Heute morgen! Per Telefon! Nein, nicht noch drei Exemplare, sondern fünf! Und er meint, auch das sei noch nicht das letzte Wort!«

Wieder ging Mutter aus dem Zimmer und kehrte mit der Flasche unerträglich süßem Tokaier und den drei winzigen Likörgläschen zurück. Sie verzichtete diesmal auf Borschtsch mit Sauerrahm und auf die weiße Tischdecke. Statt dessen schlug sie vor, am Abend mit ihm ins Edison-Kino zu gehen, um sich in der ersten Vorstellung einen berühmten Film mit Greta Garbo anzusehen, die beide bewunderten.

Mich ließen sie bei den Sarchis, um dort zu Abend zu essen und mich vorbildlich zu benehmen, bis sie um neun oder halb zehn zurücksein würden. Vorbildlich, hörst du?! Damit wir auch nicht die leiseste Klage über dich hören! Wenn sie den Tisch decken, denk daran, daß du Frau Sarchi anbietest, ihr zu helfen. Nach dem Essen, aber erst wenn alle vom Tisch aufstehen, nimm dein Geschirr und stell es vorsichtig auf die Marmorplatte neben den Spülstein. Vorsichtig, hörst du?! Daß du nichts zerbrichst. Und nimm, wie zu Hause, einen Lappen und wisch schön das Wachstuch ab, nachdem der Tisch abgeräumt ist. Und rede nur, wenn du angesprochen wirst. Wenn Herr Sarchi arbeitet, dann such dir ein Spielzeug oder Buch und gib keinen Ton von dir! Und wenn Frau Sarchi, Gott behüte, wieder über Kopfschmerzen klagt, dann belästige sie mit nichts. Mit gar nichts, hörst du?!

Dann gingen sie. Frau Sarchi zog sich vielleicht ins andere Zimmer zurück oder besuchte eine Nachbarin, und Herr Sarchi und ich gingen zusammen in sein Arbeitszimmer, das, wie bei uns, zugleich auch als Schlafzimmer und Wohnzimmer diente. Das Zimmer, das einmal Vaters Studentenbude und dann das Zimmer meiner Eltern gewesen war, das Zimmer, in dem sie mich wahrscheinlich gezeugt haben, denn sie hatten vom Tag ihrer Hochzeit bis etwa einen Monat vor meiner Geburt darin gelebt.

Herr Sarchi ließ mich auf dem Sofa Platz nehmen und

unterhielt sich ein wenig mit mir, worüber, weiß ich nicht mehr, aber nie werde ich vergessen, wie ich plötzlich auf dem kleinen Tisch beim Sofa nicht weniger als vier Exemplare von *Die Novelle in der hebräischen Literatur* entdeckte, aufgestapelt wie im Laden: ein Exemplar hatte Vater, wie ich wußte, Herrn Sarchi mit Widmung geschenkt, »meinem Freund und Gefährten, der mir teuer ist«, und noch drei, bei denen ich einfach nicht begriff, was und wieso, und um ein Haar Herrn Sarchi gefragt hätte, doch im letzten Moment erinnerte ich mich an die drei Exemplare, die gerade heute, nachdem man die Hoffnung schon aufgegeben hatte, bei Achiasaf in der King-George-Straße endlich gekauft worden waren, und sogleich überflutete mich eine Welle tiefer Dankbarkeit und rührte mich fast zu Tränen. Herr Sarchi sah, daß ich im Bild war, lächelte jedoch nicht, sondern blickte mich einen Moment von der Seite an, kniff ein wenig die Augen zusammen, als nähme er mich schweigend in einen Verschwörerring auf, sagte kein Wort, beugte sich nur vor, nahm drei der vier Exemplare vom Tisch und steckte sie in eine untere Schublade seines Schreibtisches. Auch ich schwieg, sagte kein Wort, nicht zu ihm und nicht zu meinen Eltern. Erzählte es niemandem, bis zu Sarchis frühem Tod und bis zum Sterbetag meines Vaters, niemandem, außer, viele Jahre später, der Tochter, Nurit Sarchi, die nicht verwundert schien über das, was ich ihr erzählte.

Zwei, drei Schriftsteller gehören zu meinen besten Freunden, sind mir seit Jahrzehnten lieb und vertraut, aber ich bin nicht sicher, daß ich fähig wäre, für einen von ihnen etwas zu tun, was dem gleichkommt, was Israel Sarchi für meinen Vater getan hat. Wer weiß, ob ich überhaupt auf solch einen großzügigen Einfall gekommen wäre. Israel Sarchi lebte doch, wie alle damals, wirklich von der Hand in den Mund. Und die drei Exemplare von *Die Novelle in der hebräischen Literatur* kosteten ihn bestimmt mindestens soviel wie ein notwendiges Kleidungsstück für den Winter.

Herr Sarchi ging aus dem Zimmer und kam mit einer Tasse lauwarmen Kakao ohne Haut zurück, weil er sich von den Besuchen bei uns daran erinnerte, daß man mir abends Kakao ohne Haut zu trinken gab, und ich dankte ihm höflich, wie man es mir beigebracht hatte, und hätte ihm sehr, sehr gern noch etwas gesagt, was mir wichtig war, fand aber nicht die Worte und saß nur ganz still auf dem Sofa in seinem Zimmer, um ihn ja nicht bei der Arbeit zu stören, obwohl Herr Sarchi an jenem Abend eigentlich gar nicht arbeitete, sondern einfach dasaß und im *Davar* blätterte, bis meine Eltern aus dem Kino zurückkamen, den Sarchis dankten und sich eilig verabschiedeten, um mich nach Hause zu bringen, denn es war ja schon sehr spät, man mußte Zähne putzen und sofort schlafen gehen.

Friedmar Apel
Fritze läßt Klassenbücher schwimmen

Friedrich verläßt seinen Platz und bewegt sich frei im Raum, steht im Klassenbuch der 10 a. Das ist Eintragung Nummer siebzig, sagt der Lehrer König, ein Jubiläum, morgen ist Konferenz. Lehrer König ist Rollstuhlfahrer. Seine Lieblingsschüler dürfen ihn in sein Auto tragen. Fritze nicht, so weit kommt es noch, er mag keine Krüppel. Alle Klassenbücher stehen in einem Regal am Haupteingang neben der Hausmeisterloge. Fritze geht auf die Toilette und schiebt drei Kurzschlußstecker aus dem Physikraum in die Steckdosen Es knistert. Fritze geht zum Hausmeister und meldet den Ausfall der Händetrockner. Der Hausmeister geht nachsehen. Fritze nimmt alle Klassenbücher ab der 10 aus dem Regal. Whow, sagt einer hinter ihm. Es ist Dietmar Lanz, die Intelligenzbestie. Er trägt Sandalen ohne Socken, ausgefranste Jeans und einen Pullover bis an die Knie. Dietmar Lanz ist Existentialist und Beatnik und schon in der 12. Albert Camus, Mythos von Sisyphos, Allen Ginsberg, Howl, Jack Kerouac, On the Road, John Clellon-Holmes, The Horn, der sentimentale Lebensroman des Be-Bop-Saxophonisten Charlie Parker bilden die Grundlage seiner Weltanschauung, sagt er. Über Clellon-Holmes hat Fritze auf Vorschlag von Dietmar Lanz seine freie Arbeit in Deutsch geschrieben, was ihm mäßig gut bekommen ist. Alles, was in dem Buch und in Ihrer Arbeit steht, ist mir zutiefst widerwärtig, hatte Lehrer Schinke gesagt, da sie gut geschrieben ist, gebe ich Ihnen eine Vier. Die Besten unserer Generation sind zum Wahnsinn verdammt, sagt Dietmar Lanz in solchen Fällen.

Dietmar Lanz schlägt vor, die Klassenbücher nach Einbruch der Dunkelheit in den Schwänchenteich im Park zu werfen, dem symbolischen Zentrum des kleinstädtischen Spießerlebens, in dem die Familien sonntags spazierengehen. Da schwimmen aufgeschlagene Klassenbücher wie Seerosen.

An dieser Stelle hat Fritze das Photo aus dem Tageblatt eingeklebt. Außerdem den Bericht, daß bei einem Kabelbrand in der Schule ein erheblicher Schaden entstanden sei. Auf diese Heldentat scheint Fritze auch später noch stolz gewesen zu sein. Gleichzeitig beklagt er, daß ihm eine eigentlich schon verjährte Serie von Stinkbombenattentaten zur Last gelegt wurde.

Fritze fliegt von der Schule, obwohl er alle Taten leugnet. Whow, sagt Dietmar Lanz, du bist ein echter Outcast, das müssen wir feiern. Dietmar Lanz ist nie von der Schule geflogen, er hat eine Klasse übersprungen und die besten Noten. Er hat sich einen Beatkeller eingerichtet. Der ist schwarz gestrichen und hat eine Decke aus Eierpappen.

Lanz und Fritze sitzen auf Kisten an einem alten Weinfaß. Aus dem Lautsprecher dröhnt Astronomy Domine von Pink Floyd. Es gibt Wodka mit Orangensaft, und Dietmar Lanz baut einen Joint. Für eine schöne Tüte klebt man zwei Blättchen Zigarettenpapier längs zusammen und eins quer davor. Darauf kommt etwas Tabak, und darüber wird in Silberpapier angewärmter Grüner Türke oder Schwarzer Afghane gekrümelt. Dann wird das Ganze konisch zusammengerollt und beleckt, damit das Papier nicht schneller verbrennt als der Stoff. In das verjüngte Ende kommt ein Filter aus der gerollten Deckpappe der Blättchenpackung. Am dicken Ende wird das überstehende Papier eingeklappt und dann beim Anzünden abgefackelt, um die initiale Brenntemperatur zu erhöhen. Außerdem ist das Einatmen des verbrannten Papiers gesundheitsschädlich. Nun formt man die Hände zu einer Höhlung, klemmt den Joint mit dem Mundstück nach innen zwischen den Ring- und den kleinen Finger einer Hand und atmet durch die Öffnung zwischen den beiden Daumen tief ein.

Whow, sagt Diemar Lanz. Nun ist Fritze dran. Er hustet heftig. Lanz lacht. Dann geht es besser. Am Ende schmeckt der Joint heiß und scharf. Fritze verbrennt sich und läßt den Stummel fallen. Der gute Stoff, sagt Dietmar Lanz, hebt den Rest auf und klemmt ihn zwischen zwei Streichhölzer und saugt den Rauch direkt ein. Fritze schließt die Augen und stöhnt. Was siehst du, fragt Lanz. Ich sitze auf einem weißen Stuhl auf einer Wiese am Waldrand. Neben mir schläft ein Lämmchen. Die Bäume rauschen im Abendwind, und ein Käuzchen ruft nach mir. Whow, sagt Dietmar Lanz, jesusmäßig. Ich sehe nie so was. Pink Floyd ist zu Ende, und Dietmar Lanz nimmt die Gitarre und singt den Blues. Ich bin sooo einsam, noch zweitausend Jahr bis nach Haus. Fritze ist eingeschlafen und will von der Kiste sinken. Dietmar Lanz rüttelt ihn. Fritze ist übel. Dietmar Lanz bringt gerade noch einen Schuhkarton unter das Erbrochene.

Bohumil Hrabal
Nach dem Kirschenpflücken

Die Sonne ging unter, und Fräulein Kamila stand auf der Leiter, aß Kirschen und lächelte auf den Greis hinab, der ihr täglich Rosen brachte, die er in fremden Gärten pflückte, der ihr Versprechungen machte, daß er mit ihr per Aeroplan nach Wien und Budapest fliegen wolle, um ihr alle die Örtlichkeiten zu zeigen, wo er zu Zeiten Altösterreichs gewesen war, daß sie zusammen im D-Zug nach Proßnitz fahren würden, um die riesige schwarze Gruft des Hoflieferanten Weinlich zu besichtigen, bei dem er gearbeitet hatte, daß er sie auf eine Auto-Tour nach Kokor mitnehmen werde, um sie zum Geburtshaus des berühmten Římský zu führen, der vor nichts auf der Welt zurückgeschreckt und mit Wucht ins Reich Gottes gerammt war, sie schaute und lächelte den Greis an, mit dem seine Familie ihre liebe Not hatte, weil er sich nicht wusch, so daß sie ihm, damit er wenigstens ein bißchen abgespült wurde, bei Regen gleich eine Kanne gaben und ihn ans andere Ende der Stadt um Milch schickten, der auch jetzt in dieser Hitze drei Hosen anhatte und darunter noch eine vierte, eine Trainingshose, die unten ganz ausgefranst war, so daß er an die belatschten, ruksenden Trommeltauben erinnerte, der verdreckte Schuhe trug und die Socken so geschickt übereinanderzog, daß man die Löcher nicht sah, von dem die Familie behauptete, er sei früher schrecklich schüchtern, sogar menschenscheu und eine Zeitlang voller Furunkel gewesen, so daß ihn die Frauen verspottet hatten, der ihr gegenüber jedoch so voll ehrlichen Gefühls und ihr ein so höflicher Gesellschafter war, daß sie, auf der Leiter stehend, den funkelnden Fluß hinter sich, auf dem eine Frau in rotem Kopftuch Heu flößte, einen guten Einfall hatte, das Fräulein nickte zum eigenen Einfall, der sie andererseits erschreckte, und sie stieg hinab, setzte einen Fuß nach dem anderen auf die Sprossen, stand in ihren Shorts zwischen den sechs Körben mit den nachmittags gepflückten Kirschen, schritt zur Hütte, nahm einen Eimer, schob dann den Brunnendeckel zur Seite und füllte am Seilhaken den Eimer mit frischem Wasser, hob die Arme, zog die mit Kirschsaft befleckte Bluse hoch, machte den Knopf an den Shorts auf, die Bluse glitt hinauf, die Shorts glitten herunter, sie schüttelte sich und glitt aus den Kleidern, war nackt und wusch sich auf der Lichtung des Obstgartens von oben bis unten, und der Greis, der einen Nachmittag lang erzählt hatte, war jetzt zutiefst getroffen, er umklammerte mit gefalteten Händen das gebeugte Knie und blickte an ihr vorbei, starr, überwach und taktvoll, während sie ihn beschenkte, wie nur eine Frau einen Mann beschenken kann, sie wusch sich in der Dämmerung für seine entzückten Augen ...

Tristan Egolf
Im Hotel

Wir landeten wieder in Louises Suite und veranstalteten ein Gedenkkonzert für die Who und Keith »Moon the Loon«: Tinsel beim Amokhüpfen auf einer Matratze, die Kopfhaut immer knapp unter der Decke langschrammend – die lachende Louise im Morgenmantel beim barfüßigen Rösselsprung zwischen Couch und Lehnstuhl – und ich am Radio pellte mich aus dem Armani raus, flatternde Hemdschöße, Schlips um den Schädel, und räumte die Minibar bis auf den letzten Drink leer, wie ein Wilder zu *Yakkety Yak* tanzend ...

TAKE OUT THE PAPERS AND THE *TRASH*!

Das war von den Coasters. 1958, Spark Records. Eine Minute und fünfzig Sekunden erstklassiger, frecher Vollstoff-Nonsens. Alles, was Rock 'n' Roll immer hatte sein wollen.

Das Saxofonsolo – das *erste* – schickte uns in einer Hüpfpolka durchs Zimmer. Bis zum zweiten hatte Greetz einen Kopfstand hingekriegt – eingekeilt in einen verkupferten Papierkorb/Aschenbecher. Der unvermeidliche Absturz riß einen Telefonhocker mit. Und eine halbleere Flasche Wein. Louise machte, von oben, seine Männlichkeit runter – obwohl Tinsels Männlichkeit, wie er so dalag, ausgestreckt in seinem Tutu (knallpink!) und mit lauter Kippen in den Haaren, in dem Moment eindeutig nicht das Allerwichtigste war.

Dringendes Klopfen erscholl an der Tür. Greetz rollte sich über eine Schulter ab und schwang hoch. Stolperte durchs Zimmer, blökte: »Immer langsam mit den jungen Pferden! Ich komme ja schon!« Er riß die Tür auf und ragte – keuchend und mit wildem Blick – über einem schlotternden Pagen auf.

»UNTERSTEH DICH, MICH SCHIEF ANZUGUKKEN!«

Knall.

Er rauschte wieder zurück, beide Mittelfinger direkt zur Decke gerichtet.

Kurz darauf fing das Telefon an zu klingeln. Er stampfte hin, hob ab und setzte flugs ein anderes Gesicht auf. »*Was?*« stutzte er. »Aber das ist ja absurd! Wer hat das vorgeschlagen?... Nein, nein – macht nichts – ich werde mich persönlich um die Angelegenheit kümmern!«

Und legte auf.

»Na schön.« Drehte sich um. »Die sind sauer. Zwölf Anrufe in den letzten fünf Minuten. Wir müssen uns was überlegen.« Er ging zur Tür und riß sie auf. »FEIGLINGE!« brüllte er in den Korridor.

Knall.

Er kam zurück. »Was sollen wir machen?«

»Irgendeine Idee?«

Er schmiß sich auf die Couch. »Gibt es kein Dach?«

»Scheiß aufs Dach! Drei Kilometer über Sibirien? Vergiß es!«

»Ja, scheiß aufs Dach!« sagte Louise.

Da mußten Tinsel und ich erstmal eine Runde lachen.

»Na gut«, stimmte er zu. »Vergessen wir das Dach. Aber was bleibt uns dann? Eine Lounge?«

»Es gibt einen Pool und einen Fitneßraum«, sagte ich.

»Scheiß auf den Fitneßraum«, sie wieder.

Tinsel brach schier zusammen, kopfschüttelnd. »Ein *schmutziges* Mundwerk hat dieses hübsche Blümchen!«

Sie zog ihm eins quer übers Gesicht: ein beidhändiger Holzfällerschlag mit einem Gänsedaunenkissen. Er kippte zur Seite, streifte eine Lampe und landete auf dem Teppich.

»Nenn mich nie wieder Blümchen!« Sie hieb immer weiter auf ihn ein.

»Schon gut, schon gut!« flehte er zwischen den Schlägen.

»Dann halt der Pool! Verdammt nochmal, der POOL!«

»Außerdem«, fügte sie hinzu, »könnte dir noch etwas Berührung mit Wasser nicht schaden!«

»Na dann. AU! Komm schon – beruhig dich! ... AU, verdammt, *echt*! ... Hilf mir, Chuck!«

»Nö.« Ich weigerte mich. »Geschieht dir recht. *Vielmehr* –« Ich holte mir auch ein Kissen. Schreiend rollte er sich zusammen. Wir klopften ihn flach.

»*Espèce de con!*« Angewidert ließ sie ihr Kissen fallen und stürmte hinaus. Wir griffen uns eine Flasche und folgten ihr. Drei Etagen runter bis zum Treppenabsatz über dem zwanzigsten Stock. Zur Lounge raus, quer durch den Aufenthaltsraum. Rauf zum Pool-Eingang: ABENDS GESCHLOSSEN.

Die Lichter waren gelöscht, die Türen verrammelt. Ein gestapelter Stapel Liegestühle in der Ecke. Das Licht der Stadt kam durch die Fenster herein und schimmerte auf der Wasseroberfläche.

»Die hier ist offen!« flüsterte Tinsel, als er die Türklinke zu seiner Linken probierte. »Ja.« Stumm gestikulierte er, wir sollten *leise* sein. Louise ignorierte ihn und stürmte an ihm vorbei. Kaum war sie drinnen, ließ sie den Morgenmantel fallen und hüpfte arglos juchzend in den Pool. Ich folgte ihr und ließ Tinsel mit seiner »Vorsicht« wie einen Anfänger dastehen.

Ich stellte die Flasche Scotch auf einen Tisch, zog mich splitternackt aus und dachte: *So gefällt mir das!*

Tinsel machte noch vor mir einen Köpper ins Wasser, das ringsum öligbraun wurde, und näherte sich seitenschwimmend Louise am tiefen Ende. Ich überschwemmte sie beide mit einer Rückwärtsbombe. Sie kamen prustend wieder hoch und zappelten im Wasser. Ich zu Greetz und ordentlich getunkt. Louise sprang auf meinen Rücken und klammerte sich fest – jeder Zentimeter dieses stromlinienförmigen Körpers fühlte sich glatt an und war makellos elfenbeinweiß, und dann um den meinen geschlungen und gewunden ... Ich platschte mit ihr ans flache Ende, im siebten Himmel. Greetz holte auf und pflügte uns beide unter Wasser. Sie ließ los und schlüpfte davon. Mein Rücken wurde kalt, als sie fort war. Weg ...

Ich krabbelte aus dem Pool und schlich zur Flasche. Tinsel schrie von unten: »Guck mal, Chucks Liebesperlen!«

Ich hielt mich über ihm an meinem Scotch fest und warf ihm zwischen den Schlucken trübe und finstere Blicke zu.

»Cupido läßt auch schwarzes Fleisch nicht aus!« verkündete er.

Ich drehte den Deckel der Flasche zu und zielte. Sie traf ihn an der Schulter. Er jaulte: »AU!« und faßte sich an den schmerzenden Arm. »Hey, was denn? Immer mit der Ruhe!«

Ich kochte: *Du billiger, schmieriger Wichser – hast du ein Glück, daß sie das Kauderwelsch nicht versteht ...*

Louise im Hintergrund gluckste wuschig, kletterte aus dem Wasser und ging am Beckenrand entlang. Ich drehte mich um, damit es nicht nach Starren aussah, und stand prompt vor einem bodenlangen Spiegel. Ihre Gestalt, Lichtflecken durchschreitend, schimmerte wie der zunehmende Mond im Hafenbecken – von Wange bis Schulter aufblitzend, dann in einem sanften Schwung den Rücken hinab, zur Hüfte, zu den Schenkeln, den Waden, den Knöcheln. Immer kleiner werdend.

Raffinierte Mechanik.

Irgendwann hörte Tinsel auf zu winseln und fragte: »Ist das ein Pepsi-Automat?«

Ich sah nach unten. »Wo?«

Er zeigte nach links. Ich erkannte einen unbeleuchteten Getränkeautomaten. »Cola.«

»Scheißegal! Los, den schmeißen wir in den Pool.«

Ich warf einen Blick zu Louise – drüben am Sprungbrett, beim Anziehen ihres Morgenmantels.

»Hey, Babette!« rief Greetz.

Sie stierte ihn an.

»Ups«, kicherte er. »Schulligung ... Haste was dagegen, wenn wir den Automaten ins Wasser schmeißen?«

Sie runzelte die Stirn, dann nickte sie mir zu: »Von mir aus – aber *schnell*.«

Na wenn sie meinte ...

Tinsel kletterte aus dem Wasser. Triefend. Wir zum Automaten und in Position. Er ging auf ein Knie und riß eine Handvoll Kabel aus der Wand. Ich tat es ihm auf meiner Seite nach.

Fertig?« fragte er.

»Jawoll. Los.«

Keuchend und ächzend ruckelten wir vorwärts. Der Bodenbelag löste sich in großen Placken. Flaschen klirrten in dem Automaten.

Dann die Kante. Wir kippten das Ding. Es rauschte zum Boden des Beckens runter und ließ das ganze Gebäude wackeln. Jeder Quadratzentimeter der Decke war vollgespritzt. Tinsel und ich wurden von der Springflut umgeworfen. Der Automat gurgelte in der Tiefe, kopfüber auf einer Schräge gelandet.

Greetz fegte johlend hinaus. Louise hinterher – »Schnell, Charlie!« Ich sprang auf und lief ihnen nach, wild mit dem Armani, dem Scotch, dem Großen Jimmy und den Zwillingen schlenkernd ...

Verzögerung im Treppenhaus beim Versuch, mich anzuziehen. Dann die große Frage, in welchem Stockwerk wir eigentlich waren. Bis ich wieder »präsentabel« in unserem Zimmer stand, hatte Tinsel schon angefangen, am Fenster die Lage zu peilen. Ich stellte mich neben ihn, um selber runterzuschauen. Er trat zurück vom Fenster.

Unten auf der Straße war der Startschuß nicht mehr fern. Die Produktion schien ganz nach Plan zu verlaufen. Horden von Technikern zogen umher und legten überall auf dem Set letzte Hand an – einige kümmerten sich um Kabel zum Hauptgenerator, andere ölten Kameraschienen. An der Straßenecke stand eine Rotte Spruce-Street-Lesben hinter einem bewachten Absperrungsseil – offenbar hofften sie, einen Blick auf die Hauptdarstellerin des Films zu erhaschen. Wie hieß sie noch? Fiel mir nicht mehr ein – irgendeine Gebrauchsschauspielerin, ein heißes L. A.-Sternchen, das alle kannten. Aber da mußten sie sich auf eine längere Wartezeit gefaßt machen, die tapferen Lesben, die der Kälte aufgekratzt und zusammengedrängt trotzten. Corollo würde erst fünf Minuten bevor die Klappe fiel, auftauchen, und das Sternchen noch später.

Früher wäre das nicht so gelaufen.

Die Arbeiten, die man mit Delvin Corollos Namen verband – seine größeren, zumindest seine *wichtigen* Werke –, waren schon vor zwei Jahrzehnten entstanden, mit einem jämmerlichen Budget und einem Team von fünfundzwanzig Mann. Mit anderen Worten: Er hatte als wütender – und übrigens ziemlich abgebrannter – junger Mann seine ersten Duftmarken gesetzt. Heute hingegen: Wenn man sich den fabrikhaften Zirkus aus Kränen und Sandsäcken und Wohnwagen und Roadies anschaute, konnte man beim besten Willen nicht übersehen, daß diese Produktion trotz ihres astronomischen Budgets nicht an Filme wie *Mad Dog La Motta* oder *Brutale Straßen* heranreichen würde. Okay, vielleicht war das sowieso sonnenklar. Aber die Frage blieb: Was konnte man als Ziegenjunge dagegen tun? Greetz und ich konnten uns ja wohl schlecht zurücklehnen und zulassen, daß dieses Verbrechen ungehindert seinen Lauf nahm. Nicht, wenn wir so nahe dran waren. Undenkbar. Wir hatten die moralische Verpflichtung, das Ganze zu sabotieren, aber richtig. Das waren wir sogar Delvin schuldig, dem ehemaligen Künstler hinter dem faulen Zauber. Sicher, wir waren selber auch nicht besser, aber nun …

Für irgendwas müssen Fans ja gut sein.

Tinsel trat zurück vom Fenster und fing an, den Lagerbestand zu sichten. Aus dem 23. Stock und inspiriert vom Geschenk der Schwerkraft sahen wir diverse Möglichkeiten – Lampenschirme, Flaschen, Matratzen, Milchbomben –, aber irgendwie war nichts davon so recht der Brüller. Doch die Uhr tickte weiter. Mir fiel nichts mehr ein. Ich wandte mich ab.

Louise hatte sich auf das Sofa hinter mir fallen lassen – mit zusammengepreßten Knien und zurückgeworfenem Kopf. Grinste fröhlich und total erschossen. Absolut strahlend. Und sie grinste *mich* an. Noch nie hatte mich jemand so angeschaut. So sehr ich mich bemühte, es war schwer, das zu akzeptieren. Ich konnte immer noch nicht begreifen, was sie sich davon versprach, geschweige denn, mich meinem eigenen Glück stellen. Doch irgendwann war die Wahrheit einfach noch schräger als jede Erfindung. Genau da, vor mir. Blick in Blick versunken. Meine Verzückung widerspiegelnd. Ihrerseits liebesgeküßt ... Ich konnte nur zurückstarren, überglücklich, zwölf Meilen vorm Nirgendwo, mit Visionen der Rettung.

Sie winkte mich zu sich. Ich erstarrte, unsicher. Sie winkte wieder, klopfte auf das Sofa. Langsam ging ich hin und setzte mich neben sie. Sie wandte mir ihr Gesicht zu, veränderte die Position ihrer Knie. Wir starrten uns weiter an, ohne ein Wort. Ein scheuer, flatternder Schmerz im ganzen Körper ... Sie nahm meine Hand, zog mich zu sich, legte meinen Kopf sanft an ihre Brust. Ihre Haut roch nach Aprikose, Kokos und Hoffnung. Ihre Finger strichen, streichelten über meine Stirn. Drinnen hallte ihr Herzschlag. Das Leben war so verdammt süß, daß es weh tat.

Aber natürlich platzte Tinsel wieder dazwischen, bevor ich noch weiter abdriften konnte. Greetz die kalte Dusche. »*Uaahh!*« Er stand am Fenster und wippte, angespannt wie ein Flitzebogen, auf den Zehen. »Charlie!«

Louise ließ lächelnd meine Hand los. Ich wollte nicht weg, aber ihr Blick beruhigte mich, *keine Sorge, alles ist gut – que será, será ...*

»Komm schon!« beharrte er. »Ich glaube, wir kriegen hier gleich zu tun.«

Ich stellte mich neben ihn ans Fenster, inzwischen etwas lustlos.

Unten war die Menge still geworden. Ein paar Wachmänner zogen an der Ecke noch ein Absperrseil. Eine lange schwarze Limousine rollte in Sicht, manövrierte durch die Lücke und hielt neben einem Kran. Die vordere Tür öffnete sich. Ein Chauffeur erschien. Ein weiterer Wachmann kam zu ihm, suchte die Umgebung mit dem Blick ab. Gemeinsam wandten sie sich zur Limousine und nickten.

Eine Gestalt in Schwarz stieg aus.

»KÄSEKÖTER!« schrien wir beide gleichzeitig.

Tinsel packte sein Megaphon und drehte sich um. »Hol deine Kamera!« befahl er Louise.

Sie öffnete ihre Tasche und glitt neben uns. »Okay –« mit ihrer Handvideokamera.

»Aufnahme läuft?« fragte er nach.

Sie richtete das Objektiv auf ihn. »*Du* läufst.«

»Gut. Und vergiß nie –«

Er setzte die Flüstertüte an, beugte sich aus dem Fenster und trötete nach unten: »COROLLO FICKT SCHAFE!« Das dröhnte über den Set wie ein Donnerschlag. Alle Köpfe drehten sich. Jeder Wachmann schaute nach oben. Die Gestalt erstarrte, wand sich. Es war Corollo. Aufgeflogen ...

Die Spruce-Street-Lesben johlten wie Hooligans. Ein paar Techniker lachten. Louise auch, hinter ihrer Kamera, und Tinsel und ich machten uns fertig zum Angriff.

Fünf Minuten später traf das Sternchen ein und fand die gesamte Main Street in Aufruhr vor: Wachmänner rackerten sich hierhin und dorthin, über ihr, genau bei zwölf Uhr, jodelte irgendein Hirnamputierter, und eine lärmende Schwadron plumpformatiger Lesben bestürmte ihre Limousine in sternchensüchtiger Blutrunst. Da waren höchstens zweihundert Leute, jeder einzelne anscheinend kurz vorm Durchdrehen. Das Sternchen war natürlich total überrumpelt. Die Kleine zuckte vom Wagenfenster zurück und verbarg ihr Gesicht. Corollo befahl ihr wütend, auszusteigen. Aber sie wollte nicht gehorchen, sondern blieb verschreckt drinnen sitzen.

Tinsel und ich bombardierten das Filmteam von unserer Luftkanzel aus mit unsinnigen Beschimpfungen – beide zu beduselt, um was richtig Gutes abzusondern, und mit Drohungen lief es auch nicht viel besser. Also lieber geschmacklose Grobheiten (Tinsel: »Lutscht die fette Weißwurst!«) und oberschlaue Einzeiler (Ich: »Hübscher Schnurri – du siehst aus wie ein Doobie Brother!«), frisch aus der Gosse geerntet. Nichts rasend Originelles dabei, abgesehen von dem berühmten »Hidey, Hidey, Hidey, HO!« der Cab-Calloway-Band ... Aber das alles machte Corollo zu schaffen. Und es dauerte nicht lange, da holte es ihn ein. Stoßweise und zerfranst stieß er Unmengen Befehle aus, um seinen Platz am Ruder zu behaupten. Er kommandierte einen Trupp Techniker auf Posten, die Wachmänner nach oben, um die Affen zum Schweigen zu bringen, und das Sternchen verflucht nochmal augenblicklich aus dem Versteck heraus. Wie es aussah, hatte das alles aber keinerlei Wirkung. Selbst die Türsteher des Hotels ignorierten ihn. Als er das merkte, stürmte er total entriegelt und wutschnaubend über den Set. Bis zur Limousine. Riß die Tür auf. Zerrte das Sternchen über die Straße. Und rein in eine Pferdekutsche. Die Spruce-Street-Fernfahrerinnen ließen ein mörderisches Buh los. Tinsel jodelte noch eine Runde Cab Calloway. Delvin fuchtelte ein *Schnauze!* in unsere Richtung. Greetz winkte zurück. Und Louise hielt weiter drauf.

Drehtag Eins an diesem Set ruinierten wir hoffnunglos. Dieses Chaos konnte nichts auf der Welt mehr retten. Und als die Fernfahrerinnen auch noch im hohen Bogen saftige Fertigtörtchen auf den Set regnen ließen – wahrscheinlich sollte das ihre Art von Ausspucken sein –, war das Bildmaterial auch hinüber. *Die Rache von den billigen Plätzen,* sollte die Aktion später heißen ...

Corollo, ohnehin schon knapp vorm Wuterstickungstod, kriegte eine Milchbombe voll in die Fresse. Damit verlor er den letzten Rest Fassung: wild mit den Armen rudernd, stürmte er von Bürgersteig zu Bürgersteig, geteert und gefedert, von napoleonischer Mordlust getrieben; er schlang seinen Mantel um einen Kameramast, stürzte auf die Nase, erholte sich wieder und schickte seine Wachmänner los, *rammt diese Arschlöcher am Fenster unangespitzt in den Boden.* Daraufhin riß sich ein Mietcop aus seiner Erstarrung und setzte sich Richtung Hotelhalle in Bewegung, seinen Schlagstock ziehend.

Tinsel schloß das Fenster und drehte sich um. »So, Leute«, sagte er, »die Party ist vorbei.«

Er raste zum Wandschrank und schnappte sich einen Bügel. Louise ließ die Kamera sinken. Er wirbelte zu ihr herum. »NEIN!!«

»Aber meine Stiefel. Meine Handtasche, mein Gepäck ...«

»Keine Sorge. Die holt Charlie schon. Dreh einfach weiter!«

»Okay.« Sie machte weiter.

»Und du! Hey, Mix! Die Bullen sind unterwegs! Zieh dich an, und zwar husch-husch!«

»Schrei mich nicht an, Wichser! *Du* bist nicht angezogen.«

Er zeigte den Kleiderbügel vor. »Eins nach dem anderen! Erst mal den Feueralarm!« Dann raste er nach draußen. Lautes Krachen. Der Alarm jaulte los. »Verdammte SCHEISSE!« Seine Stimme im Korridor. Als er wiederkam, war er voller Farbstreifen: »Das passiert mir jetzt schon zum drittenmal!« Immer zu nah an der Sprühdüse, trotz Kleiderbügel – aber von abschreckender Wirkung offenbar keine Spur. Er schloß die Tür, dann verharrte er in erbarmungsloser Erwartung.

Von allen Wänden ertönte hupendes Staccatogetöse. Tinsel knallte durch – schlug Kapriolen quer durchs ganze Zimmer, begleitet von einem jauchzenden Brabbelsturm, der in etwa hinauslief auf: *Diesmal sind wir raus aus der Armenspeisung, Charlie, und in der Endausscheidung für den Nobelpreis,* undsoweiter undsofort ...

Es war vier Uhr früh. Jetzt sollte das Hotelgebäude evakuiert werden, und zwar komplett.

Ich raffte mich auf, griff mir Louises Gepäck und half ihr beim Stiefelanziehen. Der Anarchist schnappte sich ihre Handtasche vom Tisch. »Noch eine Aufnahme von der Straße!« brüllte er. Wir sahen aus dem Fenster, verfolgten eine Kolonne Sirenen, die den Set volljaulten. Kameramänner sondierten die Skyline nach Bombern. Das Sternchen floh, unter Bewachung. Ein Kampf brach an der Ecke Spruce Street aus. Corollo torkelte jämmerlich umher.

Ich wandte mich zu Louise um. Sie hatte mich im Sucher.

»Sag mal ›Hi‹, Charlie!«

Ich winkte ab.

Draußen auf dem Korridor flogen die Türen auf. Entsetzte Stimmen, lautstark, hektisch. »Was soll das denn?« Forderungen. »Wer ist hier verantwortlich?« Beunruhigung. »... etwa hier draußen *rumstehen*?« Panik. »Oder was?« Empörung. »Nein!!« »Und das soll ein Fünf-Sterne-Hotel sein?«

Und währenddessen heulte die ganze Zeit der Alarm weiter – trompetete sich über alle Schwellen bis ins Innerste.

Wir öffneten die Tür einen Spalt breit und lugten hinaus, gerade als ein glasäugiger Page aus dem Treppenhaus kam. Zitternd ratterte er die Anweisungen im Brandfall herunter, erntete aber nur eine Flut von Verachtung. *Haben Sie überhaupt eine Ahnung, WEN Sie vor sich haben?*

Zwei Zimmer weiter wurde eine ältere Frau ohnmächtig und krähte irgendwas vom flammenden Inferno. Aber sonst fiel keiner drauf rein. Keine Sekunde. Es gab kein Inferno und auch sonst keine Gefahr – nur ein paar Verrückte in dem einen oder anderen Zimmer –, und doch, um 4 Uhr 15 am frühen Morgen, zweihundert Meter über Anchorage-Innenstadt, in den Fängen eines Luftangriff-Drills, während alle Aufzüge vollbesetzt nach unten fuhren, und doch empfahl uns dieses dreiste Pupshirn, uns *warm* anzuziehen: »Es könnte etwas dauern.«

Was immer während unseres langen, chaotischen Abwärts-Exodus draußen auf der Main Street passierte – während wir über Gepäckständer kletterten, auf jedem Treppenabsatz hängenblieben, wild durch die schwitzenden Massen irrten, Tinsel vor uns, in ein Bettlaken geschlungen, Louise hinter ihm, die Kamera verbergend, und ich als letzter, mit ihrem Gepäck beladen und bemüht, ehrlich empört zu wirken, während wir auf unserem verstopften, gewundenen Weg weitertaumelten, auf jedem Schritt Ellbogen an Ellbogen, bis die schwergängige, erstickende Mühle des Treppenhauses sich zum vollen Pandämonium der Eingangshalle öffnete: im Tumult schwingende Kronleuchter, in überreizter Aufregung vorbeirennende Angestellte, die überlastete, tosende Rezeption und der Brunnen, wo sich Hunderte von Gästen versammelt hatten – einige weigerten sich schlichtweg zu gehen, andere drohten mit Prozeß –, während der Wind von der Straße hinter ihnen hereinblies, Nachthemden hochwehte, heulte, unumgänglich, und es unmöglich war, eine Menge von vierhundert Leuten durch eine einzige Feuerschutztür zu zwängen, so daß alle, einer nach dem anderen, einzeln durch die Halle nach draußen mußten, obwohl die Halle vom Aufnahmeteam blockiert war – was immer im Lauf dieses langen, kakophonischen Intermezzos passierte, wußte keiner von uns so recht. Nur eines stand fest: Die Szene draußen übertraf alles Erwartbare um das Vierfache.

Als sich dann noch ein Schwarm Feuerwehrautos von Norden her dem ganzen Aufmarsch anschloß, als die Alarmsirene des Hotels immer noch ungedämpft heulte und das Gebrüll der Menschenmenge bei fünfundzwanzig Dezibel angelangt war, wirkte die Main Street langsam wie eine belagerte Zone. Es waren bestimmt fünfundachtzig Bullen im Dienst. Sie hatten sich weiter oben Richtung Spruce versammelt, um zu beraten, schrien sich über die wuselnden Horden hinweg zu. Ein großer schwarzer Kran erhob sich über dem Tumult, auf seinem langen Arm wimmelte es von angstgeschüttelten Droogs. Unten drunter verarzteten ein paar Sanitäter einen Mietcop und pflückten ihm Glassplitter aus der Kopfhaut. Hinter ihnen standen mehrere Fernfahrerinnen in einer Reihe an der Wand, wurden mit Handschellen gefesselt und bekamen ihre Rechte verlesen, während ein immer dicker werdendes Knäuel aus mindestens fünfzehn Leuten in der Mitte der Szene so richtig loslegte: Streifenpolizisten, Feuerwehrmänner, Pförtner traten um sich wie der Teufel und verloren schnell die Bodenhaftung. So weit ich sehen konnte, versuchten die Bullen, das Filmteam zum Zusammenpacken und Platz räumen zu bewegen. Doch Corollos Droogs weigerten sich, verständlicherweise, und protestierten, hier würde ihnen keiner fünfundneunzig Stunden Vorbereitung wegen eines sonnenklar falschen Alarms versauen, und wenn's der Gouverneur von Pennsylvania wäre, das würden sie nicht zulassen – schon gar nicht irgendein fadenscheiniger Haufen bierbäuchiger Dumpfbacken in untersubventionierten Schubkarren.

Und die ganze Zeit strömten weiter Menschenmengen dazu, Hunderte empörter, pelzbehangener Debütantinnen, die durch die Drehtüren auf die Straße quollen. Und da sie keiner wegführte, stolperten und stürzten sie über alles, was bei Drei nicht um die Ecke war, zertrampelten die Requisiten, fluchten und kreischten – forderten, beschimpften, bejaulten, schäumend vor Wut.

Das Ganze war zu weit gegangen.

Ich wußte nicht, wer den Mietcop niedergeschlagen hatte. Ich wußte nicht, wie die Leute von der Rezeption da reingeraten waren. Ich wußte nicht, was die Fernfahrerinnen geschluckt hatten oder warum sie sonst von Anfang an so aufgedreht gewesen waren. Ich wußte nicht, wann die Polizei angefangen hatte, alle Einheiten zum Feuerwehrdienst einzusetzen. Und ich wußte nicht, wo Greetz hinwollte – als er sich blitzschnell durch die Menge schlängelte. Irgendwas war hier eindeutig schiefgegangen, aber *was* genau, das würde für alle Zeit ungeklärt bleiben. *Zeit* wurde es für uns, endlich abzuhauen. Ich wußte nur, wir mußten da raus. Es sah auch ganz danach aus, als hätte Greetz schon die Honneurs gemacht – er stand ja auf gute Abgänge –, zum letztenmal gesichtet, als er um die Ecke in die Spruce Street bog, eine flüchtige Kreuzung zwischen einem Gespenst und Pig Pen – vielleicht jagte er der Sternchen-Limousine noch für ein letztes Hurra hinterher, denn sie war auch schon weg.

Die Party war wirklich vorbei.

Was als ein Streich begonnen hatte, der, okay, albern, aber nicht komplett unsinnig gewesen war, hatte plötzlich eine 180°-Wendung zum Häßlichen, Harten, Heftigen genommen, nicht zu rechtfertigen. Binnen fünfzehn Minuten hatten wir es geschafft, mehrere hundert potentielle Mörder anzulocken. Ein Pepsiautomat am Grund des Pools da oben im zwanzigsten Stock, auf dem überall unsere Unterschrift stand, ein Streifen Farbe auf Louises Tür und tonnenweise Beschwerden, um diesen Teil ebenfalls zu untermauern. Und wenn einer von uns für das hier verantwortlich gemacht wurde –

Ich konnte *sie* doch nicht in Philz Town ins Gefängnis gehen lassen.

Ich schaute mich um. Sie stand hinter mir, die Augen niedergeschlagen, und umschlang ihren Oberkörper. Irgend etwas stimmte nicht. Ich spürte es sofort. Ihre Beine waren in der Kälte ganz blau geworden.

Ich riß mir die Jacke herunter und legte sie um sie. »Verdammt, tut mir leid – dir ist ja eiskalt, Louise.«

Sie schüttelte den Kopf. »Das ist es nicht.« Zitternd schaute sie auf. »Ich glaube, irgendwas stimmt nicht mit mir ...«

»Was?« Ich beugte mich zu ihr.

»Ich glaube ...« Sie starrte ihre Unterarme an, verwirrt.

Ich folgte ihrem Blick. Sie kratzte sich am Handgelenk, hörte auf, runzelte die Stirn, kratzte sich noch mal. *»Ich glaube, ich habe Läuse!«*

»*Was?*« Fast hätte ich angefangen zu lachen. Die Vorstellung von Louise mit Läusen war absurd. »Was zum Teufel redest du da?«

»Im Ernst!« Sie richtete sich auf. »Wo ist er?«

»Wer?«

»Na, dein Freund, dieser dreckige –« Zusammenzukkend brach sie ab. »Gott, wie gräßlich!«

»Warte mal.«

»Und wo ist meine *Kamera*?« wollte sie wissen. »Und meine Handtasche!«

Ich sah zu ihrem Gepäck. »Aber ich dachte ...«

»WAS?«

»... *du* hättest die Kamera.«

»Nein! *Er* hat sie genommen!«

»Als wir rausgingen?«

»Auf der Treppe!« schrie sie.

»Aha.«

»Wo *ist* er?«

»Den finde ich.«

»*Faß* mich nicht an!«

»Tschuldigung! Tut mir leid ...«

Sie ließ den Blick über die Menge schweifen und knetete und krallte ihren Oberkörper, krank vor Gekribbel. Jetzt war eine Dosis Greetz aus dem Hintergrund in ihr Allerheiligstes eingesickert.

»Den finde ich«, versuchte ich sie zu beruhigen. »Keine Sorge.«

Sie riß sich die Jacke vom Leib und gab sie mir zurück.

»Ich wußte, den hätte ich ihm nicht geben sollen!«

»Was? Meinen Anorak?«

»Nein, meinen Morgenmantel!« Zuckend vor Entsetzen. »Den hat er letzte Nacht angezogen, dieser kranke Dreckskerl ...« Wieder brach sie ab. Dann: »Merkst *du* nichts? Er war doch in deinem Zimmer.«

»In *meinem* Zimmer?« sagte ich. »Ich dachte, ihr beide –«

»– hat ihn genommen, als ich deinen Verband erneuert habe«, fuhr sie fort. »Rumgetigert ist er, hat gesoffen und rumgebrüllt, wie ein Tier ... Gott, war das eklig! Ich mußte ihn am Ende mit dir einschließen. Und jetzt? Guck mich an! Ich habe Läuse, Charlie!« Sie trat gegen den Bürgersteig. »Ich habe beschissene *Läuse*!«

Ich wich zurück und ließ sie einen Moment lang weiter schäumen. Langsam fügte sich alles zusammen: ihr Morgenmantel, ihre Kamera, ihre Tasche, ihre Tickets, ihr Paß, Schlüssel und Brieftasche, die Tierchen ... Tinsel, neben mir im Bett schlafend. Hinter *Schloß und Riegel* ... Er: »Hättst du nicht?« Ich: »Mein Freund sagt eine Menge ...« Sie, grinsend: »Keine Frage ...«

Lügt mich an. Kaltlächelnd. Ins Gesicht. Pokerface. Kann einem nicht gerade in die Augen gucken. Dreckiger Verräterwichser.

Wo ich doch die ganze Zeit instinktiv, jenseits des leisesten Hauchs von Zweifel gewußt hatte: Es war schlicht unmöglich, auf Erden oder in der Hölle, daß sich Louise jemals mit diesem Anarchofuzzi ins Bett legen würde. Chancen gleich null. Schon der Gedanke war ein Verbrechen gegen die Tugend – schon die Tatsache, daß ich es überhaupt in Erwägung gezogen hatte, schändlich. Louise hätte mir eine geknallt, das hätte sie ...

Der Klang ihrer Stimme riß mich aus meiner Wut:

»Komm, *gehen* wir!« Sie packte mein Handgelenk. »Ich. Halte. Das. Keine. Minute. Länger. Aus!«

»Gehen?«

»Unter eine Dusche!«

»Dein Auto ...«

»VERGISS das Auto! BITTE, Charlie! HILF mir jetzt!« Sie verstärkte ihren Griff. »Nimm mich mit zu dir.«

»Ins Desmon?«

»Egal!«

»Aber mein Zimmer ...«

»Dein Zimmer?«

»Ist das Chaos in Tüten.«

»DAS IST MIR EGAL!«

Ich trug ihr Gepäck. Sie zerrte mich weg. Auf einer Seite brach ein kleiner Kampf aus. Wir duckten uns weg. Als nächstes stolperte sie über einen Koffer. Skandinavische Touristen, herumkreischend. Sie schoß in deren Sprache zurück. Ich popelte sie auseinander und übernahm die Führung. Wir kamen bis zur Ecke. Aus der Tiefe der vierten Dimension tauchte ein Taxi auf. Wir hielten es an. Außer Dienst. Louise mitten auf der Straße. Der Fahrer bremste. Ich winkte mit meiner Brieftasche und riß eine Tür auf. Sie stieg ein. Ich drehte mich um, für einen Abschiedsblick.

An der Küste von Neuguinea würde alles anders sein.

Louis Begley
Der Mann, der zu spät kam

Ein Paradoxon, an dem er im Lauf der Zeit sogar Gefallen fand, war typisch für Ben: Immer dann, wenn lebenswichtige Entscheidungen auf dem Spiel standen, kam er, der pünktlichste und zuverlässigste Mensch unter der Sonne, zu spät – er verpaßte seinen Zug. Alle Welt konnte den Eindruck haben, daß er sich beim Kommen und Gehen an einen bis ins einzelne festgelegten Plan hielt; mit absoluter Zuverlässigkeit brach er rechtzeitig auf und traf exakt zur festgesetzten Stunde am Ziel ein. Aber er selbst wußte es besser. Er hatte seinen Teil des universellen Fahrplans gründlich studiert und erkannt, daß die Koordination der Ankunfts- und Abfahrtszeiten vollkommen mißlungen war. Unzählige Male erläuterte mir Ben beim Essen seine Theorie. Wenn er sich in New York aufhielt, um wieder einmal eine ganz wichtige finanzielle Transaktion zum gewünschten Abschluß zu bringen, trafen wir uns mindestens einmal im Monat zum Mittagessen – falls ihm dabei nicht im letzten Augenblick etwas Unvorhergesehenes dazwischenkam; die Seiten meines Terminkalenders waren meistens weiß. Manchmal hatten wir das Gefühl, das Gespräch nicht entschieden genug geführt zu haben, weil die üblichen zwei Stunden Mittagszeit dafür nicht reichten oder weil wir von einem ungebetenen Gast unterbrochen wurden, der Ben oder mich so entschlossen mit Beschlag belegte und so unsensibel auf unsere in heimlichem Einverständnis geübte Taktik ausweichenden Geplänkels reagierte, daß er nicht loszuwerden war – dann verabredeten wir uns gleich zum nächstmöglichen Termin wieder zum Essen, um uns weiter und bis zu dessen Ende unserem Thema zu widmen. So hielten wir es fast fünfzehn Jahre lang. Ben zog nämlich nach New York, nachdem er den rituellen Bildungsweg absolviert hatte, der den Besten der Nation in der Eisenhower-Zeit vorgezeichnet war: Harvard College, Dienst bei den Marines und eine Studienreise durch Europa mit einem der begehrten Stipendien.

Ich war schon ein paar Jahre vor ihm hierher gezogen, gleich nach dem Examen, das ich drei Jahrgänge vor ihm abgelegt hatte. Ich war zu vorzeitigem Ruhm gekommen, weil ich einen kleinen Roman publiziert hatte, dessen Erscheinen genau in die Zeit zwischen *Der alte Mann und das Meer* und *Good Bye, Columbus* fiel. Die Geschichte hing lose zusammen mit einem Schiffbruch vor Point Judith, bei dem mein älterer Bruder, der Kriegsheld, ertrunken war. Der Unfall hatte sich während eines Thanksgiving-Wochenendes ereignet, als ich noch im Internat war – genau gesagt, hatte ich Ausgangsverbot. Man hatte ihn und auch seinen Freund, der als Vorschotmann mitgekommen war, nicht finden können. Die Küstenwacht und die Flugzeuge, die meine Eltern gechartert hatten, suchten eine Woche lang ergebnislos, und dann wurden Gegenstände aus dem Boot der beiden geborgen: Rettungswesten, ein rosa Gummibeutel mit der Bibel meines Bruders, verschiedene Navigationsinstrumente. Vater gab unserem Internat Geld, damit es Sams Bücher übernahm und zusammen mit einem Aquarell, das ihn als Marineflieger zeigte, in einer Ecke der Bibliothek unterbrachte. Danach nahmen er und meine Mutter ihren Alltag wieder auf, als hätte sich in ihrem Leben nichts geändert. Mein Buch war bei Kritikern und Lesern ein Erfolg. Viele fühlten sich im Ton an Melville und Crane erinnert; der Schlußsatz eines Rezensenten, ich hätte »die Theodizee der Nachkriegsgeneration geschrieben«, wurde ernst genommen und kehrte in Interviews und Autorenporträts immer wieder, obwohl ich nichts dergleichen im Sinn gehabt hatte. Bis heute, da ich mich entschlossen habe, diese Geschichte hier aufzeichnen zu müssen, habe ich nicht wieder versucht, etwas Fiktives zu schreiben. Es fand sich lange kein Thema, das mich genügend in seinen Bann gezogen hätte.

Ben und ich fragten uns oft, ob wir uns eigentlich schon in Harvard begegnet waren, kamen aber zu keiner klaren Antwort. Wenn Bens Behauptung stimmte, wonach es tatsächlich dort einmal eine Begegnung gegeben hatte – in solchen Details konnte mein sonst so präziser Freund sich irren –, dann hatte sich das Ereignis meiner Erinnerung nicht eingeprägt. Soweit ich wußte, begann unsere Freundschaft in New York am Essenstisch eines Kommilitonen aus Bens Jahrgang, der für dieselbe Zeitschrift wie ich arbeitete. Zu jener Zeit war Ben mit Rachel verheiratet. Die Nonchalance und Häufigkeit, mit der sie in ihrer Park-Avenue-Wohnung Parties gaben, nahm uns anderen den Atem, und wir waren voller Neid. Unterdessen fühlten sich die beiden, so erzählte es mir Ben später, in ihrer Ehe wie Vögel, die sich in einen Raum mit hoher Decke verirrt haben: sie waren durcheinander, rannten mit dem Kopf gegen Wände und geschlossene Fenster und fanden lange Zeit keinen Ausweg ins Freie. Weil meine Frau und ich bald nicht mehr mit ansehen mochten, wie Rachel meinem Freund Ben in Anwesenheit ihrer Gäste das Wort abschnitt, um die Unterhaltung an sich zu reißen und ununterbrochen geistreich daherzuplaudern, änderte sich die Form unserer Beziehung: Wir waren fortan nicht mehr zwei befreundete Paare, sondern Ben und ich pflegten eine reine Männerfreundschaft und gingen allein zusammen essen. Die Ehefrauen sahen sich stillschweigend ausgeschlossen und behandelten einander wie verflossene Freundinnen, die man auf großen Festen wiedertrifft, fünf Minuten lang mit Schmeicheleien überschüttet und dann stehenläßt – die Hände zu einer so vieldeutigen wie unbestimmten Segensgeste erhoben.

Paradoxa und andere von Ben erfundene Denkfiguren verliehen unseren Unterhaltungen thematische Kontinuität. In Abwesenheit der ständig widersprechenden Rachel war er äußerst wortgewandt und hörte sich so gern reden, daß es mich amüsierte, wenn ich ihn dabei ertappte. Wie Conrads Marlow, dieses Exempel eines *auteur manqué*, machte auch er gerne langsam deutlich, was er eigentlich meinte: Er warf eine Metapher ins Gespräch und ließ sie allmählich ihre Kreise ziehen. Ben und ich teilten manche Vorzüge und Schwächen: daß wir zum Beispiel in allzu wohlgesetzten Worten redeten und selbst in unseren Plaudereien um Systematik bemüht waren. Manchmal wies ich Ben auf solche Gemeinsamkeiten zwischen uns hin, die auch von anderen wahrgenommen werden könnten; er zählte dann sofort begeistert weitere Ähnlichkeiten auf – daß er sie entdeckt hatte, machte mich durchaus nicht immer glücklich. Äußerlich waren wir uns überhaupt nicht ähnlich. Ben sah in meinen Augen wie ein Ungar aus (was er nicht war): Gemessen an seinen Harvard-Freunden war er eher klein, beweglich und gedrungen, hatte dichtes, sehr widerspenstiges braunes Haar und papierdünne abstehende Ohren. Ich überragte ihn fast um Haupteslänge, war damals noch blond und in Gestalt und Knochenbau meinen Vorfahren aus Yorkshire und Deutschland nachgeschlagen. Und ich mochte Ben, ich hatte ihn von Anfang an gern gehabt und mich selbst mit einer Mischung aus Selbstzufriedenheit und Erheiterung dabei beobachtet, wie meine Zuneigung zu ihm wuchs. Daß seine Extravaganz und seine exotischen Züge mich nicht abschreckten, sondern geradezu magnetisch anzogen, war für mich eine Bestätigung gewisser Theorien von mir – und anderen – über den Traditionszusammenhang, dem ich entstammte.

Aber zurück zu Bens Selbsteinschätzung. Daß er in dem Gefühl heilloser existentieller Versäumnisse und Verspätungen lebte, habe ich, ehrlich gesagt, erst ernst genommen, als sich jene Geschehnisse abzeichneten, die sein tragisches Ende zur Folge hatten. Bis dahin hatte ich tatsächlich gemeint, Ben habe seinen Zug oder sein Schiff eigentlich nur einmal verpaßt, damals nämlich, als er nicht den Versuch wagte, Schriftsteller zu werden. Statt dessen überraschte und enttäuschte er die Intellektuellen unter seinen Mitstudenten, seine Dozenten, die seit langer Zeit schon Empfehlungen für ihn schrieben, und vielleicht sogar Rachel, obwohl sie um Verständnis für Bens Entscheidung warb – der das Angebot einer mächtigen, hocheleganten und alteingesessenen Investment Bank an der Wall Street annahm und fortan für sie arbeitete.

Einzig seine Eltern, so Ben, waren nicht überrascht von dieser Wendung, und zwar aus zwei Gründen: Zum einen erfaßten sie nicht das ganze Ausmaß der Komik, die darin lag, daß ausgerechnet ein Nachkriegsflüchtling aus Mitteleuropa sich in einer solchen Umgebung bewegte, und zum anderen waren sie überzeugt, daß Ben immer bekäme, was er wollte, und daß er natürlich immer nur das wollte, was einen möglichst großen Abstand zu den Eltern markierte. Meiner Einschätzung nach hatte Ben ganz andere Motive, und er bestätigte mir auch, daß meine Vermutung richtig war: Wie üblich hatte er, zumindest oberflächlich betrachtet, mit unübertrefflicher Pünktlichkeit dafür gesorgt, seinen Verbindlichkeiten nachkommen zu können. Er hatte versprochen, eine Laufbahn einzuschlagen, die Rachels Vorstellungen vom Leben in der großen Welt entsprach – nun hatte er sich die geeignete Karriere eröffnet. Er brauchte dringend eigenes Geld, das er nun verdienen würde. Er stellte sich seine Zukunft ohne eigenes Geld trostlos vor, er wollte sich und Rachel über das alltägliche Mittelmaß erheben, aber auf gar keinen Fall auf Rachels Vermögen angewiesen sein; und er wollte seine an den Rand gedrängten, desorientierten Eltern finanziell unterstützen können, andernfalls wäre er sich als Versager vorgekommen. Dieses unangenehme Gefühl würde ihm erspart bleiben, wenn er Erfolg hätte, wenn er reichlich Geld verdiente. Nicht nur das, er würde sein Leben sogar so einrichten, daß in Zukunft andere – zunächst die Partner der Bank, diese Herren mit den wundervollen Schneideranzügen, die unter Fotos von ihren Segeljachten saßen und ihre langen Beine elegant kreuzten oder streckten, später dann die Kunden – ihm seine Aufgaben stellten. Dann würde er sein Brot und die Butter dazu verdienen können, ohne viel im Trödelladen seiner Seele herumstöbern zu müssen. Ben versicherte, dieses Stöbern unter allen Umständen vermeiden zu wollen; was dabei zutage treten mochte, sei ihm gar nicht lieb.

Es sei also nur logisch, setzte er mir auseinander, daß er in seinem großartigen Bankhaus der »Hausjude« werden würde – wann er sich diese Interpretation seiner Stellung zurechtlegte, weiß ich nicht; er äußerte sie jedenfalls erst nach einigen Jahren, nachdem er, wieder einmal genau nach dem Zeitplan, dem solche Veränderungen unterstehen, zum Gesellschafter der Bank arriviert war. Das geschah in dem Jahr, als erstmals ein Mensch frei im Weltraum schwebte. Diese Koinzidenz fand Ben passend und heiter zugleich. In anderer Hinsicht jedoch war sein ordnungsgemäßer Aufstieg für ihn nur ein weiteres Beispiel dafür, was ihm immer geschah: daß er keuchend, mit Schweißperlen auf der Stirn, den Bahnsteig erst erreichte, nachdem der Zug abgefahren war. Seine Eltern waren nämlich gestorben, erlebten also nicht mehr, wie erfolgreich er geworden war, wie großzügig er sie an seinem Reichtum teilhaben lassen wollte. Und Rachels Sicht der Dinge spielte keine in irgendeinem Sinne positive Rolle mehr. Sie hatte ihn verlassen. Daß sein offenkundiger Erfolg ihre Reuegefühle verstärken mochte, war zwar eine angenehme, aber auch unwürdige Vorstellung.

Diese düsteren Aspekte seines ewigen Zuspätkommens erwähnte Ben fast nie. Er griff auf andere anschauliche Beispiele zurück, die es ihm gestatteten, seine Theorie auszubreiten und Zuhörer zu nachsichtigem Lachen über ihn zu bringen, ohne daß er die erfreulichen Seiten seiner Karriere über Gebühr in schlechtes Licht rückte. Im Gegenteil: jede Anekdote eines angeblichen Scheiterns ließ sich auch als ein Markstein seines Aufstiegs verstehen.

Zum Beispiel Bens Kleidung. Weiß der Himmel, was er trug, bevor Rachel sich seiner annahm: Nach den ein, zwei mir bekannten Fotos aus seiner Harvard-Zeit zu urteilen, waren es sperrige Pseudo-Tweed-Kreationen »von anständiger Qualität«, in denen er sich unwohl zu fühlen schien, weil sie ihn kratzten; darunter trug er weiße Oberhemden und Altherren-Krawatten aus einer anderen Welt. Seine Hosenbeine und Füße sind auf den Fotos nicht zu sehen, aber man kann sich dazu leicht braune Hosen und Schnürschuhe von Florsheim denken. Zu einer Zeit, als *Der Fänger im Roggen* zum Knigge der Jugend avancierte und die Feinheiten rustikal-solider Kleidung von Privatschulabsolventen einen Mann ziemlich endgültig zum Gewinner oder Verlierer stempeln konnten, genügte Bens Erscheinungsbild – auch ohne sein viel zu braunes, ungescheitelt zurückgekämmtes, an den Ohren und im Nacken oben viel zu weit abrasiertes Haar –, ihn hoffnungslos unmöglich zu machen: Er war der Widmerpool von Harvard. All das hatte sich natürlich mehr oder weniger abgeschliffen, als die Essenseinladungen in der Park Avenue ihren Anfang nahmen. Ben war von Kopf bis Fuß nach dem Standard von Brooks Brothers ausstaffiert, bis auf einige Details, die einen noch anspruchsvolleren Geschmack verrieten. Dazu gehörten auffallende Krawatten aus Florenz, die Rachel besorgte (bis sie fand, daß die Aufmerksamkeit, die sie auf Bens Erscheinung verwendete, sie selbst herabsetzte und sein ohnehin wachsendes Selbstbewußtsein zu sehr förderte), braune englische Schuhe, die er gegen alle Wall-Street-Usancen im Büro trug – abends auch, als Hommage für Rachels unbewiesene Boston-Theorie, daß ein Gentleman in Amerika sogar schwarze Fußbekleidung meidet –, und ein Tiroler Lodenmantel, vermutlich der erste, der an einem Bewohner der Park Avenue zu sehen war.

Als Ben die ersten bescheidenen Schritte zum Reichtum tat, machten ihm seine ständige genaue Beobachtung der Welt und auch sein eigenes Bild in jedem verfügbaren Spiegel deutlich, daß der Stil von Brooks Brothers Nachteile hatte: Die Hosen hingen im Schritt zu tief und flatterten lästig um die Knöchel, statt mit elegantem Knick auf dem Schuh zur Ruhe zu kommen; der Mittelknopf der Anzugsjacke saß weniger als zwei Zentimeter unter dem Brustbein. Der Schlitz in der Jacke klaffte immer; ganz gleich, welche Tricks man versuchte – Sicherheitsnadeln, ein paar eigenhändig angebrachte Stiche am oberen Ende, damit das verdammte Ding in Position blieb –, der Schlitz öffnete sich verräterisch über dem Hinterteil des Trägers. Die traurige Liste dieser kleinen Tragödien war lang. Ben sah sich gezwungen, nach einem Schneider Ausschau zu halten; er zog es vor, nicht in London, sondern in Paris auf die Suche zu gehen, denn dorthin führte seine Arbeit ihn immer häufiger.

Er gestand mir, sich gegen London nicht nur deshalb entschieden zu haben, weil er es unbequem fand, zu Anproben in eine Stadt zu fahren, in der er nur selten zu tun hatte. Vielmehr fühle er sich einfach noch nicht reif für eine Savile-Row-Silhouette. Rachel hätte ihn erbarmungslos verspottet: er war, so ihre Worte, noch nicht »weiß« genug, um sich Stil leisten zu können. Einen Pariser Anzug konnte er mit dem Argument vertreten, er brauche Kleidung, die auf ihn zugeschnitten sei und nicht jedem white-collar-Angestellten von annähernd gleichem Format paßte; wenn er den richtigen Schneider fände, würden seine Anzüge rätselhaft amerikanisch aussehen, nur eben feiner in Material und Schnitt. So jedenfalls stellte er sich das vor, und nach ausgiebiger Beschäftigung mit Reiseführern und

Geheimtips geriet er an Monsieur Jeanne, einen französisch sprechenden englischen Schneider mit unglaubwürdigem Namen, der sein Geschäft in der Avenue de l'Opéra hatte.

Dort wurde in erster Linie die Buchführung erledigt, und Monsieur Jeannes Ehefrau, ebenfalls Engländerin, verlangte eine Vorauszahlung, bevor man Ben ein Konto einrichten könne. Auf Mahagonitischen lagen schwere englische Wollstoffe in Ballen; an den Wänden hingen Fotos – mit freundlichen Grüßen an den Mann mit dem goldenen Fingerhut – von General de Gaulle und Guy de Rothschild sowie anderen nicht ganz so bedeutenden Berühmtheiten. Monsieur Jeanne versicherte, der General habe, bevor er an die Macht gekommen sei, ausschließlich bei ihm arbeiten lassen; der Baron habe nur Kordbreeches bezogen, deren Qualität so hervorragend war, daß sie sich nie verschlissen. Seine Bestellungen hätten denn auch ein Ende genommen; der Baron brauchte keine neuen Breeches mehr. Das aber sei nicht weiter schlimm: Monsieur Jeanne wollte sein Geschäft auflösen. Er erwähnte eine *gentilhommière* in der Nähe von Poitiers, wo er und »Mrs. Jeanne«, wie er sie nannte, nun mehr und mehr Zeit zubringen würden, um sich dann dort zur Ruhe zu setzen.

Monsieur Jeanne erkannte die Gelegenheit, die sich ihm bot, als Ben zu ihm kam – unnatürlich höflich, dem Anschein nach Preisen gegenüber gleichgültig, aber innerlich entsetzt über die Höhe der Ausgaben, reif für Hosen mit »Nierenwärmern«, die weit den Rücken hinauf reichten, großzügig und wunderbar genäht waren, überhaupt nicht auftrugen und nichts verrieten; so etwas könne Ben sich gar nicht vorstellen. Die Sache hatte nur einen Haken: Diese Hosen mochten zwar völlig verschieden von ihren bei Brooks Brothers erworbenen Vorgängern sein, saßen aber noch schlechter, erforderten immer wieder Anproben bei Monsieur Jeanne, verschlangen fast Bens gesamte freie

Zeit in Paris, hinderten ihn daran, nur mit Handgepäck zu reisen, und brachten ihn in Gefahr, Anschlußflüge zu verpassen, weil er so lange auf seine Koffer warten mußte. In ihnen lagen Monsieur Jeannes »Patienten«: Auf dem Weg nach Paris waren es Kleidungsstücke, die geändert werden mußten, und nach New York reisten ihre Brüder, damit geprüft werden konnte, ob die Änderungen gelungen waren. Laut Ben erinnerten die Operationen des Monsieur Jeanne an Peter Lorres Arbeit an Boris Karloff in *Arsen und Spitzenhäubchen,* und seine Kreationen wurden von Mal zu Mal scheußlicher. Das ganze Unglück – die Fehlschläge, die Zeitvergeudung und Geldverschwendung – war, wie Ben mir versicherte, auf schlechte Zeitplanung zurückzuführen. Er war zu einem großartigen Schneider gegangen, aber zu spät: Die berühmten Kunden hatten ihn schon verlassen und einem anderen, Ben unbekannten *faiseur* den Vorzug gegeben. Der Schmelz war dahin, die Blütezeit vorbei.

Bens Repertoire an derartigen Mißgeschicken schien bisweilen unerschöpflich zu sein; zum Glück war es aber auch eklektisch. Etwa so: Ein großer Komödienschreiber, seit kurzem Mitglied der *Académie Française,* machte erstmals Ferien in Maine und freundete sich mit Ben an. Die beiden plauschten kenntnisreich, ausgiebig und abendfüllend über Oriane und Baron de Charlus. Des Meisters uneingeschränkte Begeisterung für Bens Gedächtnis und Scharfsinn verschlug sogar Rachel momentelang die Sprache, aber der Meister hatte beschlossen, nie wieder zu schreiben, und er trank so viel und so methodisch wie zu seiner besten Schaffenszeit. Die Einsamkeit und der von Ben kredenzte Wein und Scotch waren wohl die größten Gewichte auf den Waagschalen der Freundschaft, selbst wenn man annahm – wie Ben das tat –, daß der alte Mann ganz froh war, in der protestantischen Einöde einer Insel in der Penobscot Bay französisch über Proust reden zu können; warum hätte er sich sonst die Mühe gemacht, Tag für Tag quer über die weite ungemähte Wiese zu stapfen, um, wie er sagte, *du côté de chez Ben* zu sein? Und warum hätte er freundschaftliche Gefühle vorspiegeln sollen, wo doch seine Fähigkeit, Gastgeber und Gäste zu terrorisieren und jede Unterhaltung an sich zu reißen, ganz ungebrochen schien? Andererseits erhob sich die Frage, ob es wirklich so nötig war, in schöner Regelmäßigkeit Festgelage zu veranstalten, damit die Ehefrau, die wie die Kassiererin einer Konditorei aussah und sprach, und die Tochter, deren Redeweise die kommunistische Oberlehrerin verriet, in Gesellschaft der lokalen Oberschicht Hummer und Mais zu sich nehmen konnten?

Ben klagte, es sei wirklich ein Jammer, solche Fragen stellen zu müssen. Hätten Rachels Freunde dem Meister ihr Sommerhaus bloß fünf Jahre eher geliehen, damals, als er sein letztes Stück schrieb, dann wäre gar kein Raum für eine so entwürdigende Ambiguität gewesen, und am Ende hätte sich sogar mindestens einer der endlosen Diskurse, denen er zugehört habe, durch eine Epiphanie im Theaterstück ausgezahlt. Aber woher konnte man wissen, daß der Meister ihn auch früher schon zum Freund erkoren hätte? Ben hielt das für durchaus nicht erwiesen. Möglich, daß der Stückeschreiber in seiner kreativen Phase gar keine Zeit (oder auch Lust) gehabt hätte, mit dem jungen Bankkaufmann und dessen reicher eleganter Frau samt Stiefkindern zusammenzusein, ganz gleich, was sie ihm aufgetischt oder eingeschenkt hätten. Vielmehr hätte er – in Babyfranzösisch und gebrochenem Englisch oder in der allergrößten Not auch mit Hilfe der pedantischen Tochter – Unterhaltungen über Geld und Fachfragen geführt, und seine Gesprächspartner wären eben die Produzenten, Schauspieler und Theaterdirektoren gewesen, die ihn später, als sein Stern im Sinken war, verließen, um andere, Ben noch unbekannte Genies zu feiern. Ben und Rachel hätten dazu nichts beitragen können. Als der Sommer vorüber war, schrieb Ben dem Meister mehrere Briefe, von denen nur der erste beantwortet wurde. Und nachdem er die Geschichte seiner zu späten Begegnung mit einer Berühmtheit einige Male zu oft erzählt hatte, wählte Ben bei seinen Parisaufenthalten nie die im Telefonbuch nicht verzeichnete Nummer des Stückeschreibers, und nie klopfte er an die Tür der Wohnung am Boulevard Raspail, obwohl er jedesmal, wenn er unter dem ovalen Balkon vorbeiging, in Versuchung geriet, es zu tun.

Robert Walser
Freundschaftsbrief

Deine Nachricht, daß du eine Frau liebst, hat mich tief übernommen. Sicher ist sie das Schönste, was es jetzt auf der Welt für dich gibt. Geliebtes ist über alles schön. Soviel verstehe ich. Ebenso ist mir klar, daß man gern um des Lieben und Schönen willen sterben mag. Wie arm ist das Leben ohne Liebe, ohne diese Freude, die über jeder andern steht, ohne Begeisterung, die uns zum Guten entflammt, das unendlich reich ist. Für das Gute zu glühen muß eine Lust sein.

Ich habe eine fröhliche Entdeckung in mir gemacht: ich liebe deine Liebe und bin in deinem Glück glücklich, und da du reich an Fühlen bist, so bin ich es auch. Reizend ist die Freundschaft, die nicht den Neid und die üble Anwandlung von Mißgunst kennt. Wäre ich böse, so würde ich mich töten. Haß ist töricht, und Unmut nicht würdig, daß man sich ihm hingibt.

Wie bist du nun durch das herrliche Ereignis in deinen Gaben gewachsen. Kann es ein schöneres Erlebnis geben als das deinige? Ich erlebe es mit dir, bin vom Ergreifenden so stark ergriffen wie du selbst. Das glaubst du doch.

Wohin schreitest du? Ich phantasiere Schöneres von dir, als ich je dichtete. Du wanderst über ein zackiges Gebirge, und die Lust in dir ist so groß, daß du lachen mußt, was auch mich zum Übermut zwingt, weil alles Kleine mit einmal weit entfernt scheint. Der Wind macht dir das Haar flattern. Unter dem Sturm krümmen sich die Bäume. Wie groß ist ein Glück von hoher Art. Dich macht die Freude so stark, daß du beinahe keine Ermüdung mehr kennst und schaffen kannst, ohne zu ermatten. Ist der Seelendurst gestillt, so sind wir unbezwinglicher, als wenn wir nur den gemeinen Durst befriedigt haben. Die höhere Stärkung erringt den höheren Gewinn. Was sagst du?

Ich kann kaum schlafen und achte nicht, wohin ich trete und gehe. Wie ein Nachtvogel ist dieses Schöne übers Haus geflogen; es gleicht dem fremdartigen Strom, den man liebt, weil er wundervoll ist. Ich frage nicht, wie sie aussieht. Was hätte derlei Äußerlichkeit zu bedeuten? Liebe ist das alleinige Schöne und die alleinige Macht. Was ich liebe, ist nie unschön. Aber Schönheit, die nicht geliebt wird, glänzt lediglich nach außen.

Die Innigkeit ist die Kraft, die uns aus uns selbst wie aus dem Sarg heraushebt. Ohne Fühlen ersticken wir an uns, wir können sagen, was wir wollen. Redensarten helfen uns nicht.

Ich zittere, schweife aus. Das Leben steht wie ein Riese vor mir. Der Bogen Papier fliegt mir weg, ich bin wie im Fieber. Die Feder springt, mir wird angst. Ich muß an die Luft hinaus, damit ich mich kühle und mich etwas oberflächlicher fühle, sonst zergehe ich. Wie bin ich im Meer der Erregtheit arm. Doch bin ich froh, denn ich denke, daß nur der Arme fähig sei, vom engen Selbst geringschätzig wegzugehen, um sich an etwas Besseres zu verlieren, an das Schwebende, das uns selig macht, an die Bewegung, die nicht stockt, an ein Hohes, das immer wächst, an das schwingende Allgemeine, an das nie erlöschende Gemeinsame, das uns trägt, bis es uns in Frieden begraben mag.

Max Frisch
Fragebogen

1.
Halten Sie sich für einen guten Freund?

2.
Was empfinden Sie als Verrat:
a. wenn der andere es tut?
b. wenn Sie es tun?

3.
Wie viele Freunde haben Sie zurzeit?

4.
Halten Sie die Dauer einer Freundschaft (Unverbrüchlichkeit) für ein Wertmaß der Freundschaft?

5.
Was würden Sie einem Freund nicht verzeihen:
a. Doppelzüngigkeit?
b. daß er Ihnen eine Frau ausspannt?
c. daß er Ihrer sicher ist?
d. Ironie auch Ihnen gegenüber?
e. daß er keine Kritik verträgt?
f. daß er Personen, mit denen Sie sich verfeindet haben, durchaus schätzt und gerne mit ihnen verkehrt?
g. daß Sie keinen Einfluß auf ihn haben?

6.
Möchten Sie ohne Freunde auskommen können?

7.
Halten Sie sich einen Hund als Freund?

8.
Ist es schon vorgekommen, daß Sie überhaupt gar keine Freundschaft hatten, oder setzen Sie dann Ihre diesbezüglichen Ansprüche einfach herab?

9.
Kennen Sie Freundschaft mit Frauen:

a. vor Geschlechtsverkehr?
b. nach Geschlechtsverkehr?
c. ohne Geschlechtsverkehr?

10.
Was fürchten Sie mehr: das Urteil von einem Freund oder das Urteil von Feinden?

11.
Warum?

12.
Gibt es Feinde, die Sie insgeheim zu Freunden machen möchten, um sie müheloser verehren zu können?

13.
Wenn jemand in der Lage ist, Ihnen mit Geld zu helfen, oder wenn Sie in der Lage sind, jemand mit Geld zu helfen: sehen Sie darin eine Gefährdung der bisherigen Freundschaft?

14.
Halten Sie die Natur für einen Freund?

15.
Wenn Sie auf Umwegen erfahren, daß ein böser Witz über Sie ausgerechnet von einem Freund ausgegangen ist: kündigen Sie daraufhin die Freundschaft? Und wenn ja:

16.
Wieviel Aufrichtigkeit von einem Freund ertragen Sie in Gesellschaft oder schriftlich oder unter vier Augen?

17.
Gesetzt den Fall, Sie haben einen Freund, der Ihnen in intellektueller Hinsicht sehr überlegen ist: tröstet Sie seine Freundschaft darüber hinweg oder zweifeln Sie insgeheim an einer Freundschaft, die Sie sich allein durch Bewunderung, Treue, Hilfsbereitschaft usw. erwerben?

18.
Worauf sind Sie aus dem natürlichen Bedürfnis nach Freundschaft öfter hereingefallen:

a. auf Schmeichelei?

b. auf Landsmannschaft in der Fremde?
c. auf die Einsicht, daß Sie sich eine Feindschaft in diesem Fall gar nicht leisten können, z. B. weil dadurch ihre berufliche Karriere gefährdet wäre?
d. auf Ihren eignen Charme?
e. weil es Ihnen schmeichelt, wenn Sie jemand, der gerade Ansehen genießt, öffentlich als Freund bezeichnen können (mit Vornamen)?
f. auf ideologisches Einverständnis?

19.
Wie reden Sie über verlorene Freunde?

20.
Wenn es dahin kommt, daß Freundschaft zu etwas verpflichtet, was eigentlich Ihrem Gewissen widerspricht, und Sie haben es um der Freundschaft willen getan: hat sich die betreffende Freundschaft dadurch erhalten?

21.
Gibt es Freundschaft ohne Affinität im Humor?

22.
Was halten Sie ferner für unerläßlich, damit Sie eine Beziehung zwischen zwei Personen nicht bloß als Interessen-Gemeinschaft, sondern als Freundschaft empfinden:
a. Wohlgefallen am andern Gesicht
b. daß man sich unter vier Augen einmal gehenlassen kann, d. h. das Vertrauen, daß nicht alles ausgeplaudert wird
c. politisches Einverständnis grosso modo
d. daß einer den andern in den Zustand der Hoffnung versetzen kann nur schon dadurch, daß er da ist, daß er anruft, daß er schreibt
e. Nachsicht
f. Mut zum offenen Widerspruch, aber mit Fühlern dafür, wieviel Aufrichtigkeit der andere gerade noch verkraften kann, und also Geduld
g. Ausfall von Prestige-Fragen
h. daß man dem andern ebenfalls Geheimnisse zubilligt,

also nicht verletzt ist, wenn etwas auskommt, wovon er nie gesprochen hat

i. Verwandtschaft in der Scham

k. wenn man sich zufällig trifft: Freude, obschon man eigentlich gar keine Zeit hat, als erster Reflex beiderseits

l. daß man für den andern hoffen kann

m. die Gewähr, daß der eine wie der andere, wenn eine üble Nachrede über den andern im Umlauf ist, zumindest Belege verlangt, bevor er zustimmt

n. Treffpunkte in der Begeisterung

o. Erinnerungen, die man gemeinsam hat und die wertloser wären, wenn man sie nicht gemeinsam hätte

p. Dankbarkeit

q. daß der eine den andern gelegentlich im Unrecht sehen kann, aber deswegen nicht richterlich wird

r. Ausfall jeder Art von Geiz

s. daß man einander nicht festlegt auf Meinungen, die einmal zur Einigkeit führten, d. h. daß keiner von beiden sich ein neues Bewußtsein versagen muß aus Rücksicht?

(Unzutreffendes streichen.)

23.

Wie groß kann dabei der Altersunterschied sein?

24.

Wenn eine langjährige Freundschaft sich verflüchtigt, z. B. weil die neue Gefährtin eines Freundes nicht zu integrieren ist: bedauern Sie dann, daß Freundschaft einmal bestanden hat?

25.

Sind Sie sich selber ein Freund?

Quellenverzeichnis

Allende, Isabel: *Zwei Worte*
Aus dem Spanischen von Lieselotte Kolanoske.
Aus: Isabel Allende, Geschichten der Eva Luna. Suhrkamp Verlag 1990. Seite 13-26.

Apel, Friedmar: *Fritze läßt Klassenbücher schwimmen*
Aus: Friedmar Apel, Das Buch Fritze. Suhrkamp Verlag 2003. Seite 58-60.

Artmann, H. C.: *Hasard und entenbraten*
Aus: H. C. Artmann, How much, schatzi? Suhrkamp Verlag 1973. Seite 127-135.

Begley, Louis: *Der Mann, der zu spät kam*
Aus dem Amerikanischen von Christa Krüger.
Aus: Louis Begley, Der Mann, der zu spät kam. Suhrkamp Verlag 1996. Seite 7-19

Begley, Louis: *Du alter Bock**
Aus dem Amerikanischen von Christa Krüger.
Aus: Louis Begley, Schmidt. Suhrkamp Verlag 1997. Seite 76-93.

Bernhard, Thomas: *Unseld*
Aus: Der Verleger und seine Autoren. Siegfried Unseld zum sechzigsten Geburtstag. Suhrkamp Verlag 1984. Seite 52-54.

Bichsel, Peter: *Der Tierfreund*
Aus: Peter Bichsel, Eigentlich möchte Frau Blum den Milchmann kennenlernen. Suhrkamp Verlag 1996. Seite 56-58.

Bove, *Emmanuel, Billard und Bâton**
Aus dem Französischen von Peter Handke.
Aus: Emmanuel Bove, Meine Freunde. Suhrkamp Verlag 1981. Seite 75-81.

Cabrera Infante, Guillermo: *Der mildeste aller Terroristen*
Aus dem Spanischen von Wilfried Böhringer.
Aus: Guillermo Cabrera Infante, Ansicht der Tropen im Morgengrauen. Suhrkamp Verlag 1995. Seite 152-153

Cortázar, Julio: *Lukas und seine Freunde*
Aus dem Spanischen von Rudolf Wittkopf.
Aus: Julio Cortázar, Die Erzählungen. Suhrkamp Verlag 1998. Seite 1043-1047.

Duve, Karen: *Der Indianer*
Aus: Karen Duve, Keine Ahnung. Erzählungen. Suhrkamp Verlag 1999. Seite 53-59.

Egolf, Tristan: *Im Hotel**
Aus dem Amerikanischen von Frank Heibert.
Aus: Tristan Egolf, Ich & Louise. Suhrkamp Verlag 2002. Seite 197-217.
Frisch, Max: *Fragebogen*
Aus: Max Frisch, Tagebuch 1966-1971. Suhrkamp Verlag 1972. Seite 319-323.
Frisch, Max: *Freunde und Fremde*
Aus: Max Frisch, Gesammelte Werke in zeitlicher Folge. Band 1. Suhrkamp Verlag 1986. Seite 27-31.
Gstrein, Norbert: *Der Kommerzialrat*
Aus: Norbert Gstrein, Der Kommerzialrat. Suhrkamp Verlag 1991. Seite 144-149.
Hesse, Hermann: *Ein Erfinder*
Aus: Hermann Hesse, Sämtliche Werke. Herausgegeben von Volker Michels. Band 6: Die Erzählungen 1900-1906. Suhrkamp Verlag 2001. Seite 421-425.
Hrabal, Bohumil: *Nach dem Kirschenpflücken**
Aus dem Tschechischem von Franz Peter Künzel.
Aus: Bohumil Hrabal, Tanzstunden für Erwachsene und Fortgeschrittene. Suhrkamp Verlag 1965. Seite 88-89.
Joyce, James: *Zwei Kavaliere*
Aus dem Englischen von Dieter E. Zimmer.
Aus: James Joyce, Dubliner. Frankfurter Ausgabe. Band 1. Suhrkamp Verlag 1969. Seite 49-61.
Kafka, Franz: *Schakale und Araber*
Aus: Franz Kafka, Die großen Erzählungen. Herausgegeben von Peter Höfle. Suhrkamp Verlag 2004. Seite 129-133.
Koeppen, Wolfgang: *Wiedersehen mit der Trave*
Aus: Wolfgang Koeppen, Auf dem Phantasieroß. Prosa aus dem Nachlaß. Herausgegeben von Alfred Estermann. Suhrkamp Verlag 2000. Seite 425-430.
Marinić, Jagoda: *Was von dir geblieben ist*
Aus: Jagoda Marinic, Eigentlich ein Heiratsantrag. Geschichten. Suhrkamp Verlag 2001. Seite 95.
Meinecke, Thomas: *Voici le temps des assassins!*
Aus: Thomas Meinecke, Mode & Verzweiflung. Suhrkamp Verlag 1998. Seite 12.
Mendoza, Eduardo: *Ein unerwarteter Besuch*
Aus dem Spanischen von Peter Schwaar.
Aus: Eduardo Mendoza, Das Geheimnis der verhexten Krypta. Suhrkamp Verlag 1990. Seite 5-6.

Örkény, István: *Nichts Neues*
Aus dem Ungarischen von Terezia Mora.
Aus: István Örkény, Minutennovellen. Suhrkamp Verlag 2002. Seite 29-31.
Oz, Amos: *Das erste Buch**
Aus dem Hebräischen von Ruth Achlama.
Aus: Amos Oz, Eine Geschichte von Liebe und Finsternis. Suhrkamp Verlag 2004. Seite 202-209.
Proust, Marcel: *Leibhaftige Gegenwart*
Aus dem Französischen von Luzius Keller.
Aus: Marcel Proust, Freuden und Tage. Frankfurter Ausgabe. Herausgegeben von Luzius Keller. Werke 1, Band 1. Suhrkamp Verlag 1988. Seite 183-187.
Rosenboom, Thomas: *Freundschaft gesucht**
Aus dem Niederländischen von Helga van Beuningen.
Aus: Thomas Rosenboom, Eine teure Freundschaft. Suhrkamp Verlag 1991. Seite 7-12.
Rothmann, Ralf: *Strange Little Girl*
Aus: Ralf Rothmann, Ein Winter unter Hirschen. Erzählungen. Suhrkamp Verlag 2001. Seite 39-58.
Treichel, Hans-Ulrich: *Nie wieder Italien.* Aus: Hans-Urich Treichel, Von Leib und Seele. Suhrkamp Verlag 1992. Seite 69-75.
Tschinag, Galsan: *Arsylang**
Aus: Galsan Tschinag, Der blaue Himmel. Suhrkamp Verlag 1994. Seite 154-174.
Vargas Llosa, Mario: *Die Anführer*
Aus dem Spanischen von Elke Wehr.
Aus: Mario Vargas Llosa, Die Anführer. Erzählungen. Suhrkamp Verlag 1992. Seite 7-36.
Walser, Robert: *Freundschaftsbrief*
Aus: Robert Walser, Träumen. Prosa aus der Bieler Zeit 1913-1920. Suhrkamp Verlag 1985. Seite 397-399.
Walser, Robert: *Freundschaft*
Aus: Robert Walser, Fritz Kochers Aufsätze. Suhrkamp Verlag 1986. Seite 14-16.

Die mit einem Sternchen versehenen Überschriften stammen vom Herausgeber.

Magnus Mills

Die Herren der Zäune

Roman
Aus dem Englischen von Katharina Böhmer
suhrkamp taschenbuch 3383
216 Seiten

Einen Zaun zu bauen ist eigentlich eine simple Angelegenheit: man gräbt Löcher in die Erde, setzt Pfähle hinein und spannt Drähte dazwischen. Hat man es allerdings mit Arbeitern wie Tam und Richie zu tun, wortkargen Heavy-Metal-Fans, die immer im Doppelpack auftreten und sich nur widerwillig von Schottland nach England versetzen lassen, dann wird ein solcher Zaunbau zu einer bizarren Unternehmung. Die englische Landschaft ist gnadenlos trist, das Glück besteht in ereignislosen abendlichen Kneipenbesuchen. Kleine Ungeschicklichkeiten führen zu Unfällen mit tödlichen Folgen – aber aufs Vergraben sind die beiden ja spezialisiert.

»Trocken, ohne von aufgesetzter Komik Gebrauch zu machen, schafft es Mills, eine durch und durch absurde Skizze in beinahe schon Beckettscher Manier zu schreiben … Bösartig und übertrieben, liebenswürdig und real.« *Hamburger Abendblatt*

NF 496/1/12.03

Ralf Rothmann

Milch und Kohle

Roman
211 Seiten. Leinen

»Milch und Kohle« beschreibt ein Ruhrgebietsleben in den 60er Jahren, das geprägt ist von körperlichen Gewalttätigkeiten, geistiger Enge und dem stetigen Wunsch, mit den Verhältnissen zurechtzukommen. Simon, der Ich-Erzähler, findet sich nach dem Tod der Mutter in der Wohnung seiner Jugendjahre wieder, und Erinnerungen an das fragile Zusammenleben von damals steigen in ihm auf. Der Vater tauschte den Melkschemel in Schleswig gegen die aufzehrende Arbeit unter Tage, die vergnügungssüchtige Mutter hat eine Affäre mit dem Italiener Gino, einem Kollegen ihres Mannes. Der 15jährige Simon ist viel zu sehr mit seiner Pubertät beschäftigt, um sich ernsthaft um seine Eltern zu sorgen, doch sein psychisch labiler Bruder reagiert ganz anders auf das Scheitern der elterlichen Beziehung …

»Das Faszinierende liegt versteckt in den Fugen dieser harten Welt der proletarischen Überlebenskünstler. Sie sind mit Genauigkeit und Sorgfalt in der Beobachtung und einem musikalischen Feingefühl gestaltet, die noch die einfachsten Handlungen der Figuren zu bedeutenden Gebärden, zu schöpfungsbezogenen Gesten macht. In dieser Landschaft von Ruß und Kohle ist ein Himmel eingezogen, den man hören, nicht sehen kann.«

Hubert Winkels, Deutschlandfunk

NF 253/1/8.00

Sabine Neumann

Streit

Drei Erzählungen
suhrkamp taschenbuch 3119
172 Seiten

Angefangen hat der Streit mit der leidigen Putzfrage. Als sie den hartnäckig vor sich hin putzenden Freund fragt, ob er auch einem Kaffee will, ist für ihn schon alles zu spät. Am späten Abend, nach einem gemeinsamen Konzertbesuch, kommt es zum Eklat. Unausweichlich, wie eine Naturkatastrophe, nimmt der Streit seinen Lauf. Und wieder einmal gelangen die beiden an einen Punkt der Auseinandersetzung, wo sie nur noch gewalttätig reagieren können. Wo sich nur noch die Frage stellt: Opfer oder Täter?
»Ich möchte weggehen, dahin, wo mich niemand kennt, ich möchte mich völlig neu erfinden«, sagt eine junge Frau und rettet sich aus einer Beziehung, die aus dem Lot geraten ist. Verliebt in eine Schülerin hat sich eine andere Erzählerin. Sie wählt das Reisen, um ihre »harmlose erotische Verwirrung leichten Herzens hinter sich« zu lassen. In ihrem Debüt treibt Sabine Neumann ein raffiniertes Spiel mit den Geschlechterrollen, erzählt vom Verliebtsein, von der Liebe, die zum Haß wird, von Ausbruchsversuchen und Versöhnungen.

Sabine Neumann, geboren 1961 in Regensburg, lebt zur Zeit in Malmö, Schweden.

NF 260/1/9.00

Peter Handke

Die drei Versuche

Versuch über die Müdigkeit
Versuch über die Jukebox
Versuch über den geglückten Tag

suhrkamp taschenbuch 3288
208 Seiten

In den Jahren des weltpolitischen Umbruchs 1989, 1990 und 1991 schrieb Peter Handke drei Versuche über scheinbar alltägliche, »unwichtige« Themen: die Müdigkeit, als Zustand höchster Konzentration, die Jukebox, als nach und nach verschwindende Quelle von Erfahrung, und den geglückten Tag, als eine jeden Tag notwendig begleitende Idee.

»Als eine Schule des Lesens ließen diese Versuche sich begreifen, des freihändigen Lesens in unserem Tag. Während die meisten deutschen Gegenwartsautoren damit beschäftigt sind, unser Leben verschieden zu interpretieren, könnten Handkes Versuche das Kunststück fertigbringen, es zu verändern.« *Frankfurter Allgemeine Zeitung*

NF 295/1/5.01

Hans-Ulrich Treichel

Der Verlorene

suhrkamp taschenbuch 3061
175 Seiten

Hans-Ulrich Treichels Erzählung handelt von einer Familie, an deren Leben nichts außergewöhnlich scheint: Der Flucht aus den Ostgebieten im letzten Kriegsjahr folgt der erfolgreiche Aufbau einer neuen Existenz in den Zeiten des Wirtschaftswunders. Doch es gibt für sie nur ein einziges, alles beherrschendes Thema: die Suche nach dem auf dem Treck verlorengegangenen Erstgeborenen, nach Arnold.
Lakonisch-distanziert und zugleich ungemein komisch erzählt Treichel von den psychischen Auswirkungen der Brudersuche, von den emotionalen Höhen und Tiefen und den subtilen Mechanismen, die die Eltern und auch der Sohn im Umgang mit dieser alle belastenden Situation entwickeln.

»Ein wunderbarer historischer Roman. Von einer großen Komik, hinter der die Trauer einer Kindheit steckt.«
Hellmuth Karasek im ›Literarischen Quartett‹

»Traurig wie Nachsitzen, komisch wie überstandene Katastrophen und skurril wie das vergangene Leben.«
Verena Auffermann, Süddeutsche Zeitung

NF 412/1/9.01

Martin Walser

Ein springender Brunnen

Roman
suhrkamp taschenbuch 3100
416 Seiten

Im Dorf, und erst recht in der Gastwirtschaft, kommt alles vor, was die Welt gerade erschüttert. Aber der Mittelpunkt der Welt ist Johann (den manche Leser mit dem jungen Martin W. verwechseln könnten), bestürmt, bedroht, gefördert von allem, was ihm passiert. Er lernt beten, beichten, singen, schießen, gehorchen, dagegen sein, küssen, lieben, schreiben. Liebend erlebt er ein veritables Wunder. Schreibend erlebt er sich selbst.

Martin Walser erzählt das mit der Fabulierlust, für die er berühmt ist; so entsteht ein Roman der deutschen Tragödienzeit jenseits aller Meinungen, mit einer nur dem Erzähler möglichen Schlüssigkeit.

»Es ist eines der großen Erinnerungsbücher unserer Literatur und unseres Jahrhunderts ... ein Erinnerungsroman, der Wasserburg samt seines schwäbisch-alemannisch redenden Bewohnern so zu retten vermag wie einst Thomas Manns Buddenbrooks Lübeck.« *Joachim Kaiser, Süddeutsche Zeitung*

NF 418/1/11.01

Andreas Maier

Klausen

Roman
216 Seiten. Gebunden

Klausen, ein unscheinbares Städtchen in Südtirol, wird zum Zentrum eines bedrohlichen Geschehens. Alles beginnt ganz harmlos: In einer Wirtschaft kommt es zu einem Streit zwischen einem Einheimischen und zwei deutschen Touristen. Die Meinungen über diesen Vorfall gehen schnell auseinander. Plötzlich ist von einem Schuß die Rede. Wer das Opfer ist, wer der Täter, darüber gibt es zunächst nur abenteuerliche Spekulationen. Immer hitziger werden die Debatten, der Streit weitet sich aus, es kommt zu einer Reihe von Übergriffen und Gewalttaten in der Stadt. Eine neugegründete Bürgerinitiative schließlich bringt das Faß zum Überlaufen.
Wie eine Verwirrung die nächste stiftet, bis alle Gewißheiten (oder was wir dafür halten) immer wahnhaftere Züge annehmen und schrill auf unser Handeln zurückwirken, das komponiert Andreas Maier zu einer bitterbösen Komödie über dieses vielleicht gar nicht so weltabgelegene Klausen.

NF 432/1/3.02